文春文庫

甘いもんでもおひとつ

藍千堂菓子噺

田牧大和

文藝春秋

甘いもんでもおひとつ

藍千堂菓子噺

目次

扉絵　鈴木ゆかり

甘いもんでもおひとつ

藍千堂菓子噺

四文の柏餅

二つ下の弟、幸次郎《こうじろう》と裏庭の壁まで空《から》の樽を二つ引き擦ってくる。大きい方を逆さに置いて上ると、広い仕事場の風窓が覗ける。七歳の幸次郎は、その樽の上にもうひとつの小振りの樽を重ね、背伸びをしてようやく目が窓に届いた。

小豆《あずき》を炊く匂い、蒸した柏葉の青臭い湯気、火を入れた砂糖の香ばしさ。陽気な怒鳴り声、きびきびと働く『百瀬屋《ももせや》』の職人達。そして、広い作業場の一番奥で菓子と向き合う父の、静かな姿。

幼い二人には、心の浮き立つ景色だ。

窓から流れてくる蒸し暑い風に、一際甘い匂いが混じる。幸次郎が鼻を鳴らし、うんっ、とつま先を伸ばした。片足が浮いた拍子に、ぐらりと小さな樽が揺れる。

「わっ、ばか」

転げ落ちかけた弟の腕を、慌てて支えた。

覗いていたのが母に知れたら、叱られる。

普段は優しい母だが、父や職人達の邪魔をした時だけは、父よりも厳しく兄弟に接した。

そろりと、風窓から仕事場の様子を窺う。

餡を仕込んでいた職人、茂市《もいち》とまともに眼が合った。茂市は顰《しか》め面を作り、目顔で勝手へ兄弟を促した。尻込みする幸次郎の手を引いて、勝手へ向かう。職人や奉公人、大所帯の飯を一手に賄う勝手は、夕飯にはまだ間があるせいで、がらんとしていた。先に来ていた茂市は顰め面のままだ。幸次郎は生真面目な職人の恐い顔に、半べそをかいている。

ごくりと唾を呑み込んだ時、茂市のへの字の口が綻んだ。背中に隠していた掌を、兄弟に向かって差し出す。

「はい。晴《はる》坊ちゃま、幸《こう》坊ちゃま」

ごつごつした掌に載っていたのは、二つの柏餅だ。よく見ると、真っ白な餅が小さく裂けて中から餡が顔を覗かせている。茂市が、悪戯な顔で声を潜めた。

「親方と御新造さんにゃあ、内緒でごぜぇやすよ」

兄弟は、揃って幾度も頷いた。

ほんのり温かさの残る柏餅と、茂市と内緒の約束。隣には幸次郎がいて、『百瀬屋』の菓子の匂いが漂っている。

晴太郎《はるたろう》は嬉しくなって、不格好だけれど飛び切り美味しい柏餅を頬張った。

あれは多分、蒸しに斑《むら》があったんだ。

＊

晴太郎は、目を覚ましてすぐに考えた。

裂けた辺りは餅が少し硬くなっていたし、中の餡の風味も損なわれていたはずだ。それでも、今の自分がつくる柏餅より美味しかった気がする。

「まだまだお父っつあんには、敵わないな」

声に出してから、晴太郎は寝床から勢いをつけて起き上がった。まだ、夢の中で嗅いだ小豆餡の匂いがしているような気がする。

懐かしい想い出に浸りかけ、晴太郎は頭を振った。今だって幸せには違いない。思う通りの菓子が作れるなら、それで十分だ。

心の裡にできた小さなささくれを無理に撫でつけて、晴太郎は身支度に取り掛かった。

「ねえ、幸次郎。柏餅、やりたいんだけど」

土間と板の間併せて四畳半ほどの、ちんまりした勝手には、味噌汁の良い匂いが漂っている。ここの家主でもある薬種問屋、『伊勢屋』の主《あるじ》が、朝だけ手配りしてくれるものだ。「小豆餡の匂い」が、現《うつつ》の朝飯にとって代わるにつれ、甘くほろ苦い夢の名残も、胸の隅から消えてゆく。けれど、楽しい思いつきはすっきり目が覚めた後でも、晴太郎の心を弾ませていた。

自分の椀に味噌汁をよそいながら、幸次郎は晴太郎を見ずに応じた。

「勿論やりますよ。去年も一昨年も、進物《しんもつ》でよく出ましたからね」

「そうじゃなくて」

晴太郎も慌ただしく味噌汁をよそい、幸次郎を追う。指に跳ねた汁が熱かった。

飯に洗濯、繕いもの、自分の世話は自分でする。神田は相生町《あいおいちょう》の片隅に店を構える小さな菓子屋、『藍千堂《あいせんどう》』の決まりごとだ。

今度は兄弟並んで、炊き立ての飯を山盛りにしながら幸次郎に告げた。

「上物《じょうもの》じゃない、ひとつ四文の柏餅」

幸次郎が手を止めた。すぐに淡々と飯の盛りを整える。怒ったな、と晴太郎は察したが、一度付いてしまった勢いは止められない。

「今年は、そうしようよ」

飯の山盛りを大雑把に作りながら、『藍千堂』の商いを仕切る弟に頼み込む。味噌汁の鍋の前に立った茂市の姿が、眼の端に入った。ちらりと眼で合図を送ったが、助け船を出してくれるつもりはないようだ。弱気を隠すために細かく言葉を重ねる。

「三盆白《さんぼんじろ》は使わない。黒砂糖で餡を炊いて、味噌餡もつくろう。少し小振りにしてもいいし、そうだ、粉はうちで米から挽いちゃあどうだろうか。勿論俺が」

「兄さん」

ぴしゃりと遮られ、晴太郎は口を噤んだ。朝飯の仕度が整ったところだ。晴太郎の斜め向かいで、茂市が笑いを堪えている。

「どうすれば柏餅を四文でつくれるかくらいは、私にだって分かります」

きりきりした物言いだ。やはり「うん」と言ってくれるつもりはないらしい。

幸次郎は堂々とした押し出しに男前、加えて客あしらいも丁寧で達者だ。いつまでも幼さが消えない顔立ちの晴太郎と並んでいると、誰もが幸次郎を兄だと思う。見てくれや立ち居振る舞いだけではない。菓子作りの他はまるで不器用、商才はからっきしの晴太郎に代わって、商いを切り盛りしてくれているのは幸次郎だ。しっかり者の幸次郎がいなければ、茂市も職人気質《かたぎ》の男だから、少々訳ありの『藍千堂』は忽ち立ち行かなくなるだろう。

「駄目、かな」

淡々と箸を進める幸次郎に、恐る恐るお伺いを立ててみる。

「『藍千堂《うち》』は、上菓子屋なんですよ。四文菓子なぞ扱ったら、いい笑いものです。日頃ご贔屓にしてくださるお客さんには、どうお詫びするつもりですか。きっと、端午の節句も『藍千堂』でとお考えでしょう。去年、一昨年、うちの柏餅が先様《さきさま》に喜ばれたから今年も御使い物に、と思ってくださっている方々に、四文の柏餅を売れ、と」

一々尤《いちいちもっと》もである。「四文菓子」は、素朴な味わいと安価が売りだ。同じ柏餅でも、進物用とはものがまるで違う。『藍千堂』は京の下りものにも負けないと評判をとる上菓子——茶席で出されるような、職人の腕と工夫を凝らした、見た目も味も贅沢な菓子を扱う菓子司《つかさ》だ。上菓子屋が四文菓子を扱うなぞ、聞いたことがない。

それでも。

「子供達の喜ぶ顔が、見たいんだよ。子供だけじゃない。大人も、金持ちだって、貧乏してたって、『甘いもんでもおひとつ』って言葉には、みんないい顔をするじゃないか」

幸次郎の纏う気配が冷たくなった。本気で腹を立てている。晴太郎は首を竦《すく》めた。何か言おうとした幸次郎の機先を制して、茂市が口を挟んだ。

「両方やりゃあ、いいんじゃねぇんですかい」

驚いたように、幸次郎が茂市の穏やかな顔を見返した。

「上物の柏餅は、少しも手を抜かねぇでつくる。その上で四文もやりてぇ、やれるってぇ晴坊ちゃまが仰るなら、やって損はねぇでしょう。笑いものになるかどうかは、幸坊ちゃまの商いの腕次第だ」

むっつきをしている頃から兄弟を知っている茂市は、さすが幸次郎の性分を心得ている。負けず嫌いの弟が「腕次第」と言われて引き下がるはずがない。

幸次郎は茂市を恨めしげに見つめていたが、すぐに俯いて、朝飯に戻った。心なしか箸の動きが乱暴だ。

「兄さんがやれると仰るなら、止めません。巧い売り方を工夫するのは私の仕事ですから、お任せください」

晴太郎は、こっそり溜息を吐いた。四文の柏餅をやれるのが嬉しいのではない。幸次郎の本気の怒りが消えたことにほっとしたのだ。

「ありがとう、幸次郎」

「帳尻合わせもしっかりお願いしますよ、兄さん。四文の損を上物の利鞘で埋めるのは、御免ですからね」

「わかってる」

うきうきと答えた晴太郎を、幸次郎はひと睨みしてから、食べ終えた器を持って立ち上がった。

店先で客の相手をしていた幸次郎が作業場へ顔を出した。茂市が昼飯に外へ出たのを見計らってのことだ。『藍千堂』の作業場は板敷きの八畳間で、小ぢんまり、と言えば聞こえがいいが、茂市と晴太郎が仕事をするので一杯一杯だ。十人を下らない職人達が、互いに邪魔にならずに立ち働けていた、父の『百瀬屋』とは何もかもが違っている。ただ、隅々まで掃除の行き届いた部屋、大切に使い込んだ道具、何より壁や天井に染みついた甘い匂いは、よく似ていた。

「どういうつもりですか」

幸次郎にこんな風に訊かれるたび、晴太郎は途方に暮れる。つもりも何も、「自分の思うような菓子を作りたい。自分の菓子を食べた人に、いい顔をしてもらいたい」、それだけだ。晴太郎の顔色を読んだか、幸次郎は肩を落とし、視線を晴太郎から逸らした。苛立っているようだ。

「兄さんの気持ちは、私だって分かっています。でも、今はそんな呑気なことは言っていられない」

「うん」

「せめてもう少しご贔屓がついて、商いが楽に回るようになるまで、どうして辛抱して下さらないんです」

「ごめん」

言葉を重ねるごとに、幸次郎の苛立ちは募っていく。

「『藍千堂《ここ》』を潰す訳にはいかないんです。三年前の冬、実家を追い出され路頭に迷うところだった私達を迎え入れ、小さいとはいえ自分のものだった店をあっさり譲ってくれた茂市っつあんの為にも、負ける訳にはいかないんだ」

大八車の前に飛び出した通りすがりの子供を庇って死んだ父と、父の後を追うように身体を壊して逝った母。『百瀬屋』を引き継いだのは、職人頭だった叔父だ。晴太郎が、「砂糖の問屋から勝手に袖の下を受け取った」と言い掛かりをつけられ、その叔父の手で『百瀬屋』を身一つで追われたのが、父の死からちょうど一年経った日だった。後を追ってきた幸次郎と共に茂市を頼った時、晴太郎は茂市を「親方」と呼ぶつもりでいた。

幸次郎は下働きをすると腹を括っていた。そんな自分達に、茂市は迷いなく店を譲ってくれ、自分はただの職人に戻った。茂市からは一通りではない恩を受けているのだ。幸次郎の言うことは正しい。

それでも晴太郎は、そうだね、とは言えない。勝つとか負けるとか、菓子づくりはそういうことじゃない。人をいい顔にさせるはずの菓子が、そんなものを纏っちゃいけない。

けれど今の幸次郎を支えているのは、正にその「負けない」の一念だ。

晴太郎は、黙るしかなかった。

「一体なんだって『四文』の柏餅なぞ、思いついたんです」

独り言めいた問いには、哀しい色が滲んでいる。答えない晴太郎に、声と揃いの眼を向けて、幸次郎は立ち上がった。

「『杵屋《きねや》』さんの誂え菓子、急いでお願いしますよ、兄さん。八つ前にお届けするお約束をしていますから」

「分かってる」

商いの顔に戻って頷き、幸次郎は店へ戻っていった。

溜息が、ひとりでに零《こぼ》れた。がっくりと項垂《うなだ》れてぼやく。

「やっぱり、言えないよなあ」

もうひとつ、小さく息を吐いてから、晴太郎は『杵屋』に頼まれた誂え菓子の仕上げに取り掛かった。

「邪魔するぜ」

「これは岡の旦那、いらっしゃいまし」

晴太郎と茂市は顔を見合わせた。聞き覚えのある男の声と、応じる幸次郎の固い挨拶が店先から聞こえてくる。晴太郎は腰を上げた。急いで顔を出すと、案の定軽い笑みを浮かべた黒の巻羽織姿の侍と、商い用の笑みに目だけは笑っていない幸次郎が向き合っている。

「本日はどのような御用でございましょう」

「菓子屋に用っていやあ、甘いもんってぇ相場は決まってら、と言いてぇとこだが、今日は客を連れてきたんだ」

上背のある岡の背中からひょっこり顔を出したのは、くっきりした目鼻立ちの娘だ。幸次郎が苦虫を嚙み潰した顔になる。

やれやれ、今日は幸次郎の不機嫌の種が二人いっぺんにおでましか。

零れそうになったぼやきを、晴太郎は吞み込んだ。

侍は南町定廻同心の岡丈五郎。娘は日本橋の菓子司『百瀬屋』の一人娘でお糸、兄弟の従妹でもある。幸次郎がお糸に冷たく当たる前に、晴太郎は口を挟んだ。

「旦那、毎度ありがとう存じます。お糸、暫くぶりだね。元気にしてたかい」

ほっとしたように、お糸が口許を綻ばせる。幸次郎の顰め面に向かって、小さく舌を出してから、晴太郎に笑いかけた。

「従兄《にい》さん達も、元気そうね。安心した」

背伸びをした物言いが可愛らしくて、晴太郎の頬も緩む。お糸は十六、名のある菓子司の娘ともなれば、そろそろ縁談のひとつも上がってきそうな年頃だが、二親が甘やかしているせいか、仕草の一々に幼さが抜け残っている。

岡が腰を下ろすのを待って、お糸もちょこんと晴太郎の側に座った。そこへ茂市が二人分の茶と菓子を持って顔を出した。顔色を変えたのは幸次郎だ。

「茂市っつあん、それは」

「いいんだよ、幸次郎。俺が茂市っつあんに頼んだんだ」

「でも、兄さん」

焦りと怒りが、幸次郎の男らしく整った面に浮かんでいる。茂市が客に出したのは、工夫の最中《さなか》の四文柏餅だ。

「試しに作ってみたのが、さっき蒸し上がったとこなんですよ。急場しのぎの柏の葉なもので、香りは落ちますが」

「ほう、こりゃ味噌餡かい」

裏を向けた柏の葉に目敏く気付いた岡が、嬉しそうに呟いた。ひとつ摘み上げて、眺め回す。素朴で安価な味噌餡の柏餅は、この季節の町場ならではの味だ。

「『藍千堂』が四文菓子たあ、思い切ったもんだぜ」

「両方やるって約束で、幸次郎に許して貰いました」

血相を変えた幸次郎に、お糸がすかさず言った。

「心配しなくても大丈夫よ、幸次郎従兄さん。私も旦那も、おとっつあんに告げ口なんてしないから」

むう、と唸って幸次郎が開きかけた口を噤む。お糸にやり込められた格好の幸次郎からは、先刻までのきりきりした気配はすっかり消えている。幸次郎とて、歳の離れた従妹が可愛いのだ。ただ、『百瀬屋』に繋がる者として用心せざるを得ない。それは岡も同じだ。

「俺ぁ、味噌餡入りの柏餅にゃあ、目がねぇんだ」

うきうきと呟きながら、少し色目の悪い葉を節くれだった指で不器用に剝いていく。待ちきれない、とばかりに、半分ほど顔を出した白い餅に齧り付いた。

「こいつあ、旨ぇ。やっぱり、そこいらの味噌餡とは訳が違うな」

釣られるようにお糸も一口、幸次郎によく似た眼が輝く。晴太郎にとって、何より嬉しい刹那だ。ふふんと、幸次郎が得意げに鼻を鳴らした。

「作ったのは、晴太郎従兄さんと茂市さんなのに」

口の端に付いた味噌餡を指ですくい、ぺろりと舐めながらお糸が茶々を入れた。

「行儀が悪いよ、お糸」

晴太郎は苦笑いでお糸を窘《たしな》めてから、岡に応じる。

「これが先代の味です。上菓子でも四文菓子でも、そこは変えません」

『藍千堂』は晴太郎が一代目だが、この味は自分一人で作り上げたものではない。かといって、本当の『百瀬屋』の味というには憚りも蟠《わだかま》りもあり過ぎる。だから『藍千堂』の味を褒められた折には、晴太郎はいつも「先代の味」と答えることにしている。

一番の肝は、砂糖にある。

砂糖作りが盛んな讃岐の中でもとり分け手間暇を掛け作られている、父が惚れこんだ三盆白と、唐《から》渡りの三盆白。晴太郎は、父や茂市が使っていたのと同じ白砂糖を『藍千堂』でも使っている。微かな雑味は残るものの、風味も味わいも奥行きが深い讃岐物と、淡白で癖がなく、上品な甘さの唐渡りの上物、菓子の種類で二種の白砂糖の割合を変えながら、丁度いい具合に混ぜ合わせて使うのだ。勿論、四文柏餅には高価な三盆白は使えない。讃岐物と同じ職人の手による黒砂糖を使っている。

かつての『百瀬屋』と、一人立ちした茂市が大切に使っていた『藍千堂』の仕事場に染みついているのが、この讃岐物の砂糖の匂いだ。生まれた時から嗅ぎ慣れているからこそ分かる、父と茂市、晴太郎の菓子の匂い。叔父が仕切っている今の『百瀬屋』からは感じ取れない匂いだ。

父が死んでから、晴太郎は幾度も叔父と諍いを繰り返した。

——叔父さん、なんだって砂糖を変えたんですか。

——親方と呼べってぇ言ったろうが。

——でも叔父さん、おとっつあんの味は。

——誰が今の『百瀬屋』の主だと思ってるんだい。口答えをするんじゃないよ。

——でも、叔母さん。

「勿体《もったい》ねぇなあ」

思い返していた、哀しく虚しい遣り取りを、晴太郎は慌てて胸の底に押し込めた。岡の呟きをいち早く聞き咎めたのは、幸次郎だった。

「何のお話でございましょう」

「こんなに旨ぇ柏餅なのに、売り出せなくなっちまうかもしれねぇって話さ」

作業場に戻りかけていた茂市の足が止まった。幸次郎と晴太郎は目を合わせる。すぐに幸次郎の切れ長の眼がきらりと光った。

「御冗談を」

「柏餅をつくる要のもんがなきゃあ、しぶてぇ『藍千堂』もお手上げじゃねぇのか」

「『伊勢屋』さんがお味方してくださる限り、あり得ません」

幸次郎は自信満々だ。晴太郎も菓子の材料に関しては心配していない。父の代から砂糖を仕入れている『伊勢屋』の主、総左衛門は、父の友であり、母を巡って争った恋敵だったのだそうだ。その好《よしみ》で、何かと兄弟の力になってくれている。茂市自らの申し出とはいえ、名店『百瀬屋』を追い出された晴太郎が店子として暖簾を出すことを認め、父や茂市の時と同じように、晴太郎が望むだけ貴重な砂糖を分けてくれている。

うちの店から追い出した職人の手助けなぞしてくれるな。不義理者の肩を持つつもりかと『百瀬屋』に言いがかりをつけられた折、総左衛門は大威張りで啖呵を切った。

――『伊勢屋』の三盆白を袖にするような味のわからない店に、とやかく言われる筋合いはない。昔から付き合いのある菓子屋の総領息子を盛りたてて、何が悪い。

江戸指折りの薬種問屋で、界隈の顔役の『伊勢屋』が『藍千堂』に付いてくれたのは大きな後押しになった。父の頃から付き合いがあった問屋の幾つかが、『百瀬屋』と折り合いが悪くなるのを承知で品物を卸してくれたのだ。そんな経緯《いきさつ》があるから、今更『百瀬屋』が何を言っても、付き合いが変わることはない。

哀しげに顔を伏せたお糸を気にしながら、晴太郎も幸次郎に続いた。

「弟の言う通り、その辺りの御心配は――」

「砂糖に小豆、米粉に味噌。その辺は俺だって心配してねぇ」

岡は『伊勢屋』と懇意にしていて、『藍千堂』にもちょこちょこ顔を見せては甘いものを摘んでいく。兄弟の経緯は一切承知している筈だ。勿体ぶった様子で、岡は笑った。

「もうひとつ、柏餅にゃあ欠かせねぇもんを忘れちゃあいねぇかい」

はっとした。茂市も幸次郎も気づいたようだ。

「それをお前さん達に伝えに、家を抜け出してきたんだよなあ、嬢ちゃん」

お糸が硬い顔で頷いた。

「柏の葉っぱ」

告げたお糸の綺麗な声が、微かに掠《かす》れている。

「茂市さん、従兄さんに毎年柏の葉を卸してるって人に、おとっつあんがお金を渡して言い含めてたのを、聞いちゃったの」

「何時《いつ》の話だ。叔父さんはどう言ってた。そいつは何て返事をしてたんだ」

幸次郎が、声を荒げ、矢継ぎ早に問い詰めた。お糸が怯えたように、身体を引いた。

「およし、幸次郎」

「兄さん」

「いいから」

不服げな弟を黙らせて、お糸に向かう。眼を細めて顔を覗き込むと、従妹はほっとしたように口許を綻ばせた。

「わざわざ報《しら》せに来てくれたのかい」

幸次郎に良く似た切れ長の瞳が、じんわりと潤む。

「こんなことが知れたら、おとっつあん、おっかさんに叱られるだろうに」

お糸が大きく首を横に振った。

「助かったよ」

「ほんとう」

「ああ」

大きく頷いてから、晴太郎は幸次郎に「ねぇ、幸次郎」と振り返った。顰め面のまま、幸次郎も頷いた。えへ、とお糸がようやく明るく笑ってくれた。

「岡の旦那に打ち明けたら、すぐ報せた方がいいって。言伝《ことづて》をお願いしたんだけど、あたしが直《じか》に伝えた方が従兄さん達も信じるし、喜ぶからって仰ったの」

邪気のないお糸の言に、幸次郎が微かにばつの悪そうな顔をした。岡は知らぬ振りだ。

「岡の旦那にも、お手数をおかけしました」

叔父と叔母を巧く言いくるめ、岡がお糸を連れ出してくれたのだ。晴太郎は勿論、憎まれ口を利いている幸次郎も、お糸の元気な様子を見るのは嬉しい。『百瀬屋』の一人娘のお糸が変わらず兄弟を慕ってくれるのが、晴太郎にも幸次郎にも、救いになっている。

「大したこっちゃねぇよ。嬢ちゃん、そろそろ帰ろうか」

岡が、湯呑に残っていた茶を飲み干し、立ち上がった。お糸が、寂しそうに続く。

「また、柏餅食べにきていい」

本当は、いつでもおいでと言ってやりたかったが、そうもいかない。

「あんまり、叔父さん叔母さんの気を揉ませちゃあいけないよ」

「あら、平気よ。知れたって何てことないもの」

お糸は勝ち気な口調で言った。幸次郎の眦《まなじり》が吊り上がった。

「確かにお前は平気だろうさ。お糸がここに出入りしていると知ったら、お前の二親が矛先を向けるのは私達、いや、兄さんだ」

みるみる内に、お糸の顔から血の気が引いた。

「幸次郎、言い過ぎだ」

「今のは、嬢ちゃんがよくねぇ」

晴太郎の叱責と岡の窘めが重なった。しゅんと萎れた二人の様子が妙に似ていて、晴太郎は笑いを堪えるのに酷く苦労した。同じことを考えていたらしい岡が、くつくつと喉で笑いながら再びお糸を促す。

「さあ、帰るぜ。『藍千堂』の柏餅が食いたきゃ、俺がこっそり買ってってってやる」

柏餅だけじゃなく、従兄さん達に逢いたいのに——。

ぽつりと呟き、幾度も振り返りながら帰っていく歳の離れた従妹を、晴太郎は見送った。

旋風《つむじかぜ》が去っていった後とはこんな感じなんだろうか。なんだかいっぺんに疲れた気分で、作業場へ向かった。茂市はともかく、なぜ幸次郎までついてくるのだろう。不思議に思った晴太郎に、茂市が声を掛けた。

「坊ちゃま方、どういたしやしょう」

幸次郎が晴太郎をちらりと見てから答える。
「まずは、お糸の話が本当かどうか、確かめるのが先でしょうね」
すっかり忘れてた、と呟きそうになって慌てて呑み込む。幸次郎とお糸の間に入って
ぐったりしているところに、真面目にやれと、当の幸次郎に追い打ちをかけられるのは、
遠慮したい。晴太郎は柏の葉を卸してくれる男を思い起こした。去年、一昨年の端午の
時分、まだ二度しか顔を合わせていないけれど、生真面目で人のよさそうな男だ。届け
てくれる葉の質の良さにも、実直さが滲んでいるようだったのを覚えている。
「叔父さんの持ち掛ける話に乗るようなお人には、見えなかったけどなあ」
「仕方ありませんよ。誰だって生きていかなけりゃいけませんから」
憤っているかと思いきや、幸次郎は少し哀しそうな眼で、淡々と晴太郎に応じた。
何故だろう。晴太郎は唇を噛んだ。
別にいいじゃないか、と心の底から思う。昔からの味を捨てようが、商いの仕方を少
しばかり変えようが、『百瀬屋』は揺るがない。父の味を懐かしむ人々が『藍千堂』に
流れてくるのは、仕方のないことだ。そういう道を『百瀬屋』は選んだのだから。ちっ
ぽけな『藍千堂』がじたばたしても、あの大きな店は痛くも痒くもないだろう。なのに、
他人様《ひとさま》を巻き込み、自分の娘を悲しませてまで、どうして——。
心の隅を過《よぎ》った思いつきに、晴太郎は凍りついた。
自分が菓子作りを諦めれば、全て丸く収まるのだろうか。

父が健在だった頃、叔父は明るくて優しい男だった。小さいながら、店の主だった茂市は職人に戻り、お糸の婿にと望まれていた幸次郎は、晴太郎について家を出た。晴太郎が菓子作りにしがみ付かなければ、叔父に阿漕《あこぎ》な真似をさせることもなく、色々な人に厄介をかけることもない。茂市は、自分の店を静かに営み、幸次郎は跡取りとして『百瀬屋』に戻る。

自分さえ――。

「晴坊ちゃま」

微かに咎める響きを帯びた声で茂市に呼ばれ、晴太郎は我に返った。

「ごめん。何でもない」

笑い掛けると、茂市は安心したように眼を細めた。何を考えているのか、茂市はいつもお見通しだ。

「茂市っつあん、それとなく確かめてもらえるかい」

「へえ、ようごぜぇやす」

「兄さん、私が」

晴太郎と茂市の遣り取りに、幸次郎が割って入った。

「古馴染みの茂市っつあんよりは、かえって私の方が本当のところを訊きやすいでしょう。お糸の話が間違いないとしたら、すぐにでも他を当たってみなければなりませんから、直に経緯を聞かせてもらった方が私も助かります」

少しの間、幸次郎の男らしく整った面を眺めて、晴太郎は「うん、頼むよ」と答えた。頭に血が上ってさえいなければ、幸次郎は誰より頼りになる。

「あんまり、失礼のないようにね」

「分かってます」

幸次郎は請け合ってから、軽く顔を顰めた。

「兄さんと茂市っつあんこそ、私の留守中、気をつけて下さい」

何のことやら、と茂市と顔を見合わせる。

「気易く味見なぞさせて、いくらなんでも人が良すぎます」

晴太郎は短く息を吐き出した。

「二人は柏の葉のことを知らせてくれたんだよ」

「お糸はともかく、岡の旦那は信用なりません」

「『伊勢屋』さんと懇意にしてる御方じゃないか」

「そのくせ、叔父とも堂々とつるんでる」

「つるんでる、って。幸次郎、お前ね」

宥《なだ》めようとした晴太郎を、幸次郎は言葉に力を入れて遮った。

「四文の柏餅をやると知れたら、今度はどんな嫌がらせをされるか分かりませんからね。こちらが足許を固める前に、付け入られることがないよう、お願いしてるんです」

理詰めの言い合いで、幸次郎に勝てた例《ためし》がない。加えて、四文の柏餅をやりたいと言ったのは自分だ。晴太郎は早々に諦めた。

「分かった。気をつけるよ」

幸次郎は、重々しく頷いて立ち上がった。

出掛ける弟を見送って、仕事に戻る。柏餅の出来栄えを確かめながら、晴太郎は茂市と幸次郎に心の中で詫びた。

二人に苦労をかけているのは分かっている。なのに、自分は菓子作りが捨てられない。

「一度決めたら諦めねぇ。文句も言わねぇ。そうでごぜぇやしたよね、晴坊ちゃま」

茂市に静かな声で諭され、晴太郎はいつの間にか俯いていた顔を上げた。

ここに『藍千堂』の暖簾を出した時、幸次郎と二人でした約束だ。茂市が柏餅のことを言っているのか、晴太郎の菓子作りを指しているのかは、分からなかった。晴太郎は、二度大きく息をして、茂市に笑いかけた。

苦労をかけている分、せめて約束は守らなければ。暖簾が変わったとはいえ、茂市が大切にしてきた店を潰す訳にはいかない。二人に報いるには、自分は前へ進むよりない。

「ねえ、茂市っつあん、この味噌餡、もう少し甘い方が餅に合うような気がするんだけど、どう思う」

陽が暮れてようやく戻ってきた幸次郎は、とびきり苦い顔をしていた。

「どうにもなりません」

弱音を吐いたというよりは、呆れている物言いだ。

茂市の古馴染みの行商は、何度も幸次郎に頭を下げたのだという。

あちこちに顔が利く『百瀬屋』を敵に回しては、まともな商いが出来なくなる。今年の柏の葉は他に頼んでくれ、と。

他があればいいが。幸次郎の危惧は的中した。目利きを任せられるような行商には、軒並み逃げられた。柏の葉は、この時節ならではの売り物だ。うかうかしている間に品薄になるし、質のいい物から押さえられてしまう。『藍千堂』で使うものは「柏の葉の形をしていれば、何だっていい」という訳にはいかない。たまにやってもいいという奴を見つけても、怪しげな物ばかり扱っているし、相場よりかなり高い額をふっかけてくる。

「たかが柏餅の邪魔をするのに、ここまで手間暇と金子《きんす》を掛けるとは、随分と私達を重く見てくだすっているらしい」

幸次郎は、楽しそうだ。

「さて、どうしますか。無事柏餅を売り出せるなら、この際少しばかり足が出るのは覚悟の上ですが」

「足が出るのは駄目だよ。一度決めたら諦めない。約束したじゃないか」

晴太郎は、幸次郎に胸を張ってからこっそり茂市に舌を出してみせた。

「『伊勢屋』さんにお願いしてみるかい」

晴太郎の考えに、今度は幸次郎が異を唱えた。

「あの方は、余程切羽詰まった時でないと、助けてはくれません。甘ったれるなと追い返されるのが関の山です」

眉間に皺を寄せて、幸次郎が唸る。

「いっそのこと顔でも隠して、露店から少しずつ直に買い付けますか」

「それだよ、幸次郎」

伸び上がって、晴太郎は叫んだ。幸次郎が厭な顔をする。

「顔を隠す、というのは、ほんの冗談ですよ」

「そうじゃなくて、直の方だよ」

呟き込みながら続ける。

「たしか、丁度八王子辺りで柏葉市が始まる頃だよね」

茂市が、ぽんと手を叩いた。

「あっちまで出向いて直に買い付ける。なるほど、そりゃぁいい」

「俺が行ってくる」

晴太郎は、即座に申し出た。

「わざわざ兄さんが行かなくても」

「いや、どうせなら自分で品定めしてみたいんだ。大丈夫、帰りは大荷物だから二日かかるとして、三日あれば充分だよ」

幸次郎は少し考えてから晴太郎に応じた。

「でしたら帰りに人足《にんそく》を頼んでください。一日で戻れます」

「お留守の間、作業場《こっち》はお任せくだせぇ」

二人の声も、弾んでいる気がする。幸次郎が悪戯な笑みを浮かべた。

「『百瀬屋《あちら》』を出し抜くのが、こんなに楽しいとは思いませんでしたよ」

旅支度を済ませた晴太郎が外へ出ると、七つの鐘が鳴った。夜明け前の空には星が瞬いている。心配顔で、八王子宿までの道のりを細々《こまごま》と伝え始めた幸次郎を、晴太郎は苦笑交じりで遮った。

「昨夜から幾度も聞いたよ」

「慣れない一人旅なんですから、これくらい念を入れた方がいいんです」

弟っていうより、お父っつあん、いや、おっ母さんみたいだ。

幸次郎の傍らの茂市をこっそり窺う。やはり笑いをかみ殺していた。

「旅っていっても八王子までなんだから、大丈夫」

言い置いて、早々に出立する。大仰に見送られるのが照れくさくて、少し嬉しかった。

筋違《すじかい》御門近くで猪牙《ちょき》を頼み神田川を遡る。四谷御門の辺りからは歩いて千代田の御城の西、内藤新宿へ。甲州街道を更に西へ向かい、府中を過ぎ浅川を渡れば、八王子宿だ。

急ぐ道だが、晴太郎は存分に一人旅を楽しんだ。進む程に濃くなる緑が目に沁みる。天気もいいし夏の初めの風は心地いい。日本橋で生まれ育った晴太郎に、街道沿いの景色は物珍しいものばかりだった。途中の茶店で食べた団子は、正直旨いものではなかったが、これも旅の愉しみだと思えば嬉しかった。一日歩いて、へとへとで辿りついた小さな旅籠《はたご》の倹《つま》しい夕飯が矢鱈《やたら》旨かった。

次の朝は早々に出立した。旅籠の女中から聞いた通り、甲州街道から陣馬街道に入り、水無瀬橋へ向かってみて、晴太郎は仰天した。浅川の川上、水無川の岸は色々なものでごった返していた。あちこちに積まれている柏の葉は、遠目で見てもこれはと目を瞠《みは》るような上質のものから、とてもではないが『藍千堂』の柏餅——たとえ四文でも——には使えないと思う葉まで、様々だ。男達は尻端折りやもろ肌脱ぎ、中には褌一丁になって、汗だくで立ち働いている。人出を見込んだか、饅頭や酒を商う露店もあちこちに出ている。だが、人よりも柏葉よりも晴太郎の眼を惹いたのは、荷馬だ。一体何頭いるのか分からない。重い荷を括りつけられ、不服げに地面を掻いている馬、莚《むしろ》で作った小屋の後ろで一心不乱に餌を食《は》んでいる食いしん坊に、川で水浴びをしているのんびりもの。これだけの馬を一度に見るのは、初めてだった。

「賑やかだなあ」

呟いたところで、くい、と後ろから袖を引かれて振り返り、また「うわ」、と驚く。長く大きい茶色の面《つら》と悪戯な黒い眼が、すぐ間近にあった。ぶふふん、と鼻息が顔に掛かる。馬だ。他の奴より一回り小さな鹿毛《かげ》が、晴太郎の袖を咥《くわ》えていた。

「旨いかい」

つい訊いてみたのは、その馬がやけに嬉しそうに見えたからだ。

「お前の主はどこだい」

勿論馬は答えない。

「困った、迷子かな」

「旦那あ、そいつは、あっしの馬でごぜぇやすう」

声の方を振り返ると、男が血相を変えてこちらへ走ってくるところだった。

「おや、お迎えだよ。よかったね」

ぶるる、と馬が頷いた。肩で息をしながら追いついた大男へ甘えるように鼻面を押し付ける。慌てていた男が、がっくりと肩を落とした。

「まったく、お前ぇってぇ奴は」

どうやら、この馬の迷子は今に始まったことじゃないらしい。面白く眺めていると、大男が晴太郎に頭を下げた。

「どうも、ご厄介をかけやして。こいつは落ち着きがなくてねぇ。ちょいと眼を離すと、すぐにどっかへ遊びに行っちまう。ああ、こりゃあ大変だ」

男が急にうろたえた声を上げたので、つられて視線の先を見る。道中羽織の袖、馬が食《は》んだ辺りに、大きな染みが出来ていた。

「なんてことありません。この陽気ならじきに乾きますよ」

「面目ねぇ」

呑気な馬をひと睨みしてから、大男が首のあたりを擦り擦り、詫びた。それから改めて晴太郎を物珍しそうに上から下まで眺める。

「旦那、物見遊山かね」

確かに、馬に積めるだけ買い入れて江戸へ運ぶつもりの男達が集まる中、身軽な旅人の形《なり》をした晴太郎は奇妙に映るだろう。

「そういう訳じゃないんだけど」

なんとなく居心地が悪くなって、もぞもぞと言い訳をした。


日が暮れる少し前、晴太郎は『藍千堂』へ戻った。勝手へ迎えに出た幸次郎が、晴太郎と共にいる大男へ「ご苦労でした」と頷き掛ける。荷を運んできた人足だと思ったのだろう。男は首にかけていた手拭を慌ててとり、大店《おおだな》の主然とした幸次郎に、ぎくしゃくと頭を下げた。

馬が縁で知り合った男は、上恩方《かみおんがた》村の粂吉《くめきち》といった。毎年、市《いち》の頃には数人の仲間と山へ入り、柏の葉を採る。殆ど市で売ってしまうが、幾らかは江戸へ直に持ち込んで売り捌くのだそうだ。市で売るより高値が付くし、こういう時でもないと、華やかな江戸へはなかなか出られない。市中《しちゅう》では菓子屋に卸すのではなく、自前で沢山の柏餅を仕込む金持ちの商家や、料理屋の勝手口を覗いて「買ってくれないか」と声を掛ける。そちらの方が「縁起物だから」と祝儀をくれたり、代金を弾んでくれたりすることが多いのだそうだ。次の新芽が芽吹くまで葉が落ちない柏は、「家が途切れず続く」に繋がる。家名安泰を願う縁起物に出し惜しみする者はそういない。晴太郎が『藍千堂』の事情《わけ》を話したところ、馬が粗相をした詫び代わりにと、飛び切りの葉を譲り、それを神田まで運ぼうと申し出てくれたのだ。

「なるほど、商家や料亭へ直に売り歩く目利きのお人までは、あちらも手を回しきれなかった、という訳ですね」

「お陰で帰りの道中はそりゃあ楽しかったよ」

「兄がご厄介をおかけしました」

「い、いや、とんでもねぇ」

粂吉はひっくり返った声で幸次郎に応じてから、こそっと晴太郎へ耳打ちをした。

「こちらさんは、本当に旦那の弟さんですかい」

「あっちが兄みたいでしょう」

笑い混じりで囁き返した晴太郎を、幸次郎がひと睨みしてから話を変える。

「で、肝心の柏の葉はどうでした」

「それがねえ、粂吉さん達の柏の葉は、惚れ惚れするほど上等なんだよ」

晴太郎の弾んだ声を耳にしたか、奥から茂市も顔を出した。柏餅が二つ載った皿を手にしている。

「晴坊ちゃま、おかえりなさいやし」

「ただいま、茂市っつあん」

「そろそろお戻りになる頃かと思いやしてね。味噌餡をもうちっと甘くしたもんを作っておきやした」

晴太郎に告げてから、茂市は粂吉に頭を下げた。

「お疲れでごぜぇやしょう。甘いもんでもおひとつ、いかがです」

愛想良く差し出された皿を、粂吉は胡乱《うろん》な眼で眺めている。「どうしました」と訊いた晴太郎に、顰め面を向けた。

「こりゃ、ひょっとして柏の葉ですかい」

晴太郎と茂市が眼で笑い合う。自分達と同じように、粂吉にも並々ならぬ拘《こだわ》りがあるようだ。

「急場しのぎですからね。葉は差っ引いて、味を見て下さい」

晴太郎が皿から二つ取り、ひとつを差し出すと、粂吉はようやく柏餅を手に取ったものの、不服げに眺めまわしている。零れかけた苦笑を呑み込み、晴太郎は先に柏葉を剝き、齧った。滑らかで丁度良い固さの餅の間から、甘みの強い味噌餡がはみ出す。香りのよい味噌に、こっくりとした黒糖の甘みが利いている。

「うん。いいね」

呟くと、茂市が嬉しそうな顔をした。つられて粂吉も一口、厳《いか》つい顔の小さな眼が丸くなった。

「旨ぇ」

餅の間から覗く味噌の匂いを嗅ぎ、「えらく良い匂いがしやすね」と感嘆の声を上げる。いつ見ても、誰のものでも、美味しさに綻ぶ顔を見るのは嬉しい。

「味噌と、黒砂糖の香りでごぜぇやす」

伝えた茂市に、粂吉は丸くしていた目を一回り大きく瞠って、「へぇえ」と返した。半分ほど残っていた餅を珍しそうに眺めてから、ぽい、と口へ放り込み、馬の背中の籠を下ろす。

「こいつを使やあ、もっと旨くなりやすよ」

粂吉の厳つい手が差し出した柏の葉を見て、茂市と幸次郎の眼の色が変わった。受け取った茂市が丁寧に確かめる。

「色艶、形もいい。柔らかさも厚みもいい塩梅《あんばい》だ。何より、いい緑の匂いがしやす」

「蒸した後も、飛び切りの匂いは変わらねぇ。幾度も山へ通って念入りに目利きしてるからね」

粂吉が胸を張った。柏餅を包んでいた葉を摘み上げ、しみじみと続ける。

「旨ぇ餅に、こんな碌でもねぇ葉を使っちゃあいけねぇよ、旦那」

畑は違えど、こういう頑固者と遣り取りをするのは、楽しい。晴太郎は浮き立つ心で、粂吉に告げた。

「お帰りの時、店に寄ってください。粂吉さん達の葉を使った飛び切りの柏餅を仕度しておきます」

初めは遠慮していたものの、晴太郎がしつこく念を押した所為《せい》か、粂吉は上恩方村へ戻る朝、開けたばかりの店に顔を出した。深い緑色が残る葉に包まれた柏餅を見、村の仲間の分も土産を受け取り、日に焼けた顔が子供のように輝いた。来年も一番上等な葉を届けるからと請け合い、悪戯者の馬を引いて気のいい大男は、帰っていった。

その日から売り出した柏餅は、早速大評判となった。

店先の隅に小さな屋台を設え、そこで四文の柏餅を扱う。売り子には『伊勢屋』から若い女中が手伝いに来てくれた。ちょっと見には別の店に見えるように、幸次郎が考えてくれたのだ。お陰で、四文の客は気兼ねせず、上物の柏餅を求めにくる客は、物珍しそうに屋台を横目では見るものの、気分を害した様子もなく店の中まで進み、それぞれの買い物を済ませた。

『藍千堂』の盛況ぶりを耳にしたか、早々に『百瀬屋』が動いたらしい。柏餅を売り出した翌日、怒鳴り込んできた客がいた。前の日、ふらりと寄った『藍千堂』で上物の柏餅を買い、吉原へ繰り出したという大店の若旦那だ。

四文菓子を箱詰めして、進物向けと偽って売っているというのは本当か。馴染みの見世では通人で通っているのに、いい笑い者だ。

大変な剣幕の客を穏やかに宥めたのも、幸次郎だった。小豆餡の四文と上物を、客の見ている前で店先から取り上げて差し出す。

「どうぞ、味を比べて下さいまし。四文には四文、上菓子には上菓子の良さがございます。どちらがどちらでも、入れ替えて誤魔化すことなぞできません」

疑いの顔で一口ずつ頬張った客の顔が、青くなった。

元々四文の柏餅は一回り小振りに作ってあるから、見た眼で違いはすぐに分かる。食べれば更にはっきり差が分かるはずだ。三盆白と黒砂糖の違いが一番大きいが、四文の方は、小豆と餅用の米の質を一段ずつ落としている。小豆餡は、進物用は手間暇かけた上品な漉《こし》餡、四文は小豆の風味を生かした潰し餡。もうひとつ、四文に使う米粉は店で挽いているから、進物用に比べてほんの少し舌触りが荒いが、かえって素朴な餡と釣り合いが取れている。

「通人で通っておいでの方なら、違いがお分かり頂けましょう」

やんわりと念を押した幸次郎に、固い顔つきで若旦那は応じた。

「あ、ああ。昨夜花魁《おいらん》や新造達と食べたのは、こっちの上物と同じだった。邪魔をしたね、私もこれで安心したよ」

居合わせた客達の忍び笑いから逃げるように、若旦那は出ていった。それからの幸次郎の動きは素早かった。上物の柏餅を買った客には「食べ比べ用にどうぞ」と、上物と四文、ひとつずつ添えて渡した。食べ比べれば確かに違うが、四文も旨いと、瞬く間に噂は広まった。神田界隈では、『藍千堂』の柏餅の食べ比べ」がちょっとした流行《はやり》になり、進物用と同じ数だけ四文も箱詰めにしてくれと言い出す客もいた。

『百瀬屋』を出し抜くことに楽しみを見出した様子の幸次郎を余所に、晴太郎と茂市は目の回るような忙しさを味わった。足りなくなったら大変だと粂吉が言い張ったので、札を兼ねて多めに買い入れた柏の葉も一枚残らず使った。

節句というと、どこの店も休みをとるのが常だが、『藍千堂』は、茂市の店だった頃から、端午の節句だけは、店を開けることにしている。今年の五月五日はいつにも増して盛況で、午過《ひるす》ぎには早々に全て売り切り、店じまいをしてから三人揃って近くの『亀乃湯』へ足を運んだ。

半端な刻限の湯屋は空いていて、先客は八つ時の休みに汗を流しに来ていたらしい大工二人くらいだ。大工達は、流し場の水を貯めた水舟の前で、人使いの荒い親方の悪口に花を咲かせている。晴太郎はざっと汗を流してから、早々に石榴口《ざくろぐち》へ向かった。切妻《きりづま》破風《はふ》の派手な石榴口には、瀬戸で作った亀が付けられていて、潜るたびに頬が綻んだ。誰もいない浴槽にゆっくり浸かる。ここ数日で溜めこんだ疲れが湯に溶けだしていくような心地に、晴太郎は浸った。すぐに幸次郎がやって来た。ふと思い立って、傍らの弟に訊いてみる。

「『食べ比べ』なんて、よくその場で思いついたね」

「それが私の仕事ですから」

得意げに返してから、幸次郎はぶっきらぼうに白状した。

「柏餅を売り始めた夜、お糸がこっそり文で報せてくれたんです。叔母さんが噂を流してるってね」

「そう、お糸が」

「お陰で、迎え討つ方策を一晩かけてじっくり練ることができました」

「それにしたって、大したもんだ」

幸次郎の機転と商才は、並ではない。『藍千堂』には勿体ない。胸を過った鈍い痛みを、湯に深く浸かることで晴太郎は誤魔化した。

大工達は先に上がったのか、賑やかな声は少し前から止んでいる。石榴口の向こう、湯気に霞む流し場の茂市の背中が、しんみりと笑っているように見えた。

「助けてもらったのに、不機嫌だなあ」

晴太郎がからかうと、幸次郎は更に渋い声で続けた。

「岡の旦那にも、どうやら助けて頂いたようです」

「へえ、どんな」

「食べ比べの話を広めてくだすったとか。幾人もの御客さんから、『八丁堀の旦那方の間で大層評判らしいね』と、伺いました。全く、敵なのか味方なのか、分からないお人だ」

「じゃあ、二人には礼をしないといけないな」

幸次郎の返事はない。

「ねえ、幸次郎」

「分かってます」

意固地な返事が子供のようで、晴太郎は先だっての夢を想い出してほろ苦い気分になった。


次の日、『藍千堂』には普段の静けさが戻っていた。晴太郎と茂市は、誂え物の上菓子をじっくり作り、幸次郎は時折訪れる通りがかりの客の相手を務める。昼過ぎ、出来たての上菓子の試作を店先に持っていった折、幸次郎が兄を見ずに、飛び切り不機嫌に告げた。

「兄さんが四文柏餅を作りたいと言った訳、食べてみて分かった気がします」

晴太郎が黙っていると、弟は遠い目をした。

「子供の頃隠れて食べたおとっつあんの柏餅の、懐かしい味がしました」

襟から覗く照れ屋の弟の首が淡い朱に染まっている。

そうだね、と晴太郎は小さく応じた。

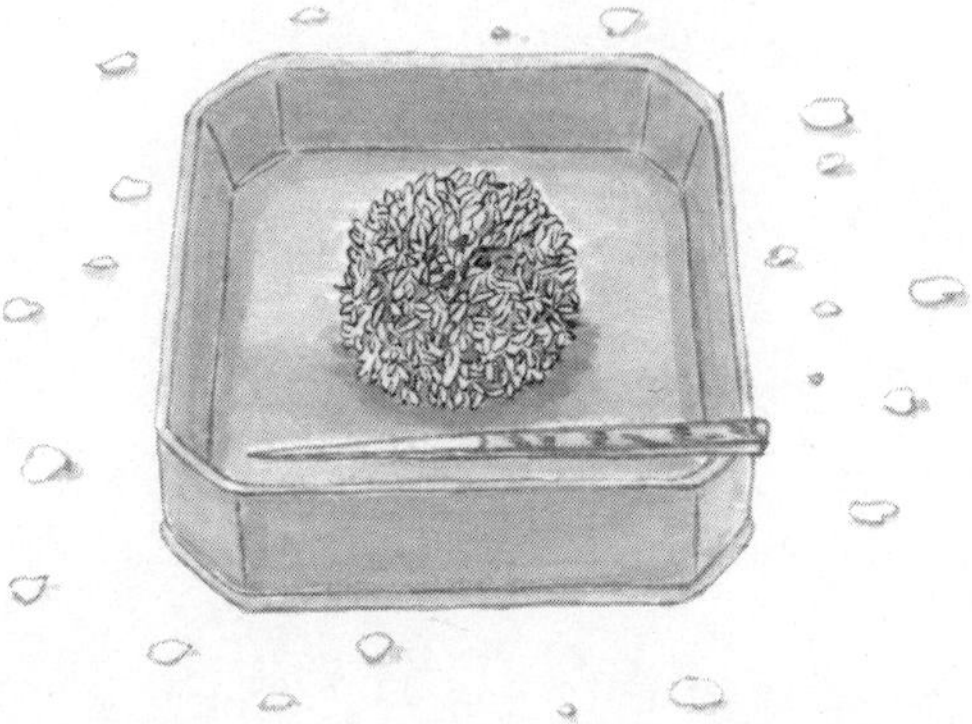

氷柱姫
つらら
ひめ

「今年も、咲き揃ったな」

うっすらと哀しさの滲む目をして、父、利兵衛《りへえ》が呟いた。

荘三郎《そうざぶろう》は「ええ」と応じ、咲き揃う桜を見上げた。春の飛鳥山は、どこも大賑わいだが、富士の御山が望める丘や、茶屋が軒を連ねる辺りを除《よ》ければ、存外人ごみに煩わされず、のんびり花見を楽しめるところも多い。

毎年桜が咲くと、荘三郎と利兵衛は飛鳥山へ足を運ぶ。桜が好きだった亡き母を偲ぶためだ。供は、母を見知っている古参の家臣と小者を一人。用人は松沢家の家格に合わない、寂しい供ぞろえだと渋い顔をするが、これぱかりは穏やかな父が頑固に我儘を通している。母を知らぬ者を連れて来たくはないのだろう。

母が病で逝ってから十と二年。父は未だに母を想い出しては、哀しい目をする。だがそんな時の父は、きまって幸せそうに見えるから不思議だ。

父が桜の枝の向こうに見ているのは、母の若い頃の面影なのかもしれない。父母が初めて顔を合わせたのは、桜の頃の飛鳥山だという。松沢家の毎年の行事、飛鳥山の花見に、息子の許婚《いいなずけ》も呼んではどうだろうと言い出したのは、利兵衛の母だったそうだ。いつだったか、荘三郎は、珍しく深酒をした父から一度だけ、その折の様子を聞いたことがあった。

*

随分大人しい姫だ。始終俯いたまま、「はい」と「いいえ」しか発しない許婚を見て、利兵衛は思った。「地味で冴えない」と噂される松沢の家風には似合いかもしれぬ。安堵の中に一抹の虚しさが過《よぎ》った時、ふいに吹いた風に桜が散った。

姫が、顔を上げた。下がり気味の目尻が優しげで好ましい。

皆が見守る中、ひとひらの花弁が、時折向きを変えながら、利兵衛の手にした盃にはらりと降りた。

さざ波が、花弁を芯に綺麗な円を描き、すぐに消える。

「まあ」

姫が、小さな声を上げた。

「良いことがある標《しるし》でございましょう」

「はい」と「いいえ」の他の口も利けるではないか。心の裡で憎まれ口を利きながら、利兵衛は綻びかけた桜の蕾を思わせる、ふんわりとした姫の笑みから、目が離せなかった。

＊

始終照れくさそうに語った父を思い出し、荘三郎がこっそり笑った時、少し遠くで騒ぎが起こった。松の生えた小さな丘の向こうだ。

父が目をやったのを、小者の治助が気付いた。「様子を見てまいります」と告げ、身軽に走っていく。

程なくして戻ってきた治助は、合点がいかないような、珍しいものをみたような、込み入った顔をしていた。

「何事だ」

「ちょっとした、諍いでございます」

父に応えた治助は、いつになく歯切れが悪い。荘三郎は気になって訊いた。

「どんな諍いだ」

「それが、その」

首の後ろを、二度、三度軽く擦ってから、治助がようやく委細を語った。

「酔っぱらったお侍様と、その、元々の相手は、ええ、町人の子供なんでございますが、間に割って入ったのが、どうやら――」

「どうやら、何だ」

口籠った治助を、荘三郎が促す。大きな塊を呑み込んだように、治助の喉が動いた。

「御旗本の姫君様らしいので、ございまして」

荘三郎は利兵衛と顔を見合わせた。父が荘三郎を促す。

「酒が入っている者も多い。どちらの姫かは分からぬが、怪我でもしたらことだ」

荘三郎は、立ち上がった。

「行ってまいります」

父に一礼し、治助を連れて急ぐ。騒ぎはいよいよ大きくなったようで、あちこちから足を運んでくる野次馬も目に付いた。近道をしようと松の丘を駆け上がったところで、荘三郎の足は止まった。

すぐ近くで一際見事に咲き誇っている桜の大木の前に、かの女《ひと》は立っていた。

ぴんと伸ばした背筋。憤りの浮かぶ目尻、正面に据えられた瞳には、迷いも気後れもない。顔から首まで赤黒く染めた目の前の侍から、怯えて縮こまっている町人の童を背に庇っていた。

厳しい横顔の、上向き加減な鼻が妙に可愛らしく、凜とした佇まいには少しばかり不似合いだ。

一陣の風が、満開の桜の花弁を連れて、かの女の周りを舞った。

薄紅色の袖が、同じ色目の風に揺れるのを、荘三郎は息を詰めて見つめた。

薬種の大店《おおだな》『伊勢屋』の主総左衛門が、神田相生町《あいおいちょう》に店を構える小さな上菓子司『藍《あい》千堂《せんどう》』へ姿を見せたのは、高く澄み渡った空が眩しい、秋の初めの昼下がりであった。

「今年はいつまでも暑くて、かなわないね」

栗皮茶の袷に共の羽織を隙なく着こなし、涼しげな顔で、店先にいた晴太郎《はるたろう》へ声を掛けてきた。

「これは、伊勢屋さん。わざわざご足労いただきまして」

のんびり者の晴太郎は、総左衛門がほんの少し苦手だ。ほっそりして小柄だが、京の出を思わせる典雅な所作に切れる頭、どんな時も揺るがない信念で、自分を一回り大きく見せてしまう。何の気なしに口走ったことを厳しく深く掘り下げてくるから、その場その場、つい相手に合わせてしまう性分の晴太郎なぞは、相槌一つうっかり打てない。

弟の幸次郎《こうじろう》は、晴太郎と違って総左衛門とは気が合うようで父か叔父のように慕っているし、総左衛門も、商い上手で頭の巡りも良い幸次郎に目を掛けてくれている。

だから、『藍千堂』の家主でもある伊勢屋へのご機嫌伺いや、たまに店を覗きに来る総左衛門の相手は、もっぱら幸次郎の役目だ。

だが今日に限って、幸次郎は留守をしていた。半月ほど前に届けた秋の菓子の見本帳から何か注文はないかと、贔屓筋を回ってくれているのだから、晴太郎が文句を言う筋合いはないのだが、どうにも間《ま》が悪い。

「私は、お邪魔のようだね」

柔らかく切り出され、晴太郎は慌てた。

「何をおっしゃいます。茂市《もい》っつあん、伊勢屋さんにお茶をお願いします」

あたふたと愛想笑いで誤魔化し、『藍千堂』のもう一人の職人、茂市《もいち》へ声を掛ける。

「声がひっくり返っているよ、晴太郎」

淡々と図星を指され、晴太郎は肩を竦めた。総左衛門の声に気付いていたのか、茂市が笑いを堪えながら、茶と焼きたての金鍔《きんつば》を持って店へ顔を出した。餡の出来栄えを三人で確かめるために、いつも八つ時につくって食べるものだ。

「おや、茂市っつあん」

「いらっしゃいやし、伊勢屋さん」

総左衛門が、金鍔を見て顔を綻ばせた。三和土《たたき》から腰だけ板の間に上げ、茶を一口呑んでから、金鍔へ手を伸ばす。

江戸では金鍔の金の色を出すために、皮を小麦粉で作る。対して『藍千堂』の金鍔は、京から伝わった通り、皮に上新粉を使う。だから呼び名も、伝わったままの「銀鍔」とした方が似合いかもしれない。

浅い筒の形に丸めた小豆餡を、できるかぎり薄くした皮で包み、銅板の上でこんがりと焼く。焼きたての香ばしいところを頬張るのが格別で、熱々の皮の表はさくっと軽く、餡に接した内側は米の皮ならではの、もちっとした歯ごたえがある。

一口齧って、総左衛門は小さく頷いた。

「『藍千堂』の焼きたての金鍔は、いつ頂いても飛び切りだ」

「ありがとうございます」

ほっとしたところへ、総左衛門が告げた。

「窮屈だろうけれど、幸次郎が戻るまで待たせて貰うよ。込み入った話になるのでね」

晴太郎は、吐き出しかけた息を呑み込んだ。総左衛門が涼しげに続ける。

「お前が私の相手をしてくれているんだ、幸次郎は留守なのだろう」

「お、小父《おじ》さん、俺は、別に」

「幾度も言っているけどね。店先では『伊勢屋さん』とお呼び」

肩を窄《すぼ》めて「すみません」と詫びた晴太郎の耳に、茂市の忍び笑いが聞こえてきた。

そこから先は、秋の菓子の意匠や味の工夫、そんな話に総左衛門が水を向けてくれたお陰で、晴太郎はあまり気を張らずに相手ができた。

総左衛門が小ぶりの金鍔ひとつを茶二杯で平らげた時、幸次郎が戻った。

「伊勢屋さん、いらっしゃいまし」

幸次郎は、嬉しそうだ。それでも「小父さん」と口走らないあたり、迂闊者の兄とは違う。総左衛門が目許を和ませて応じた。

「お前の帰りが遅いから、もう少しで晴太郎に追い出されるところだったよ」

「あまり兄さんをからかわないでいただけますか。萎れてしまうと後の仕事に響きます」

「からかうだなんて、人聞きの悪いことを言うものではないよ」

二人の目が、笑っている。晴太郎は顔を伏せてこっそり息を吐き出した。

「『藍千堂』に上菓子の誂えを頼みたい、というお方がいらしてね」

だしぬけな総左衛門の言葉に、顔を上げる。静かで生真面目な眼が幸次郎と晴太郎を見比べていた。幸次郎が受ける。

「只のご注文ではなさそうですね。でなければ、私を待たなくても兄さんにお伝えいただければ済むことですから」

総左衛門は小さく頷き、「奥へ行こうか」と立ち上がった。

小ぢんまりした作業場へ座を移すと、総左衛門は軽く鼻を鳴らし、懐かしそうに目を細めた。掃除片付けに、道具の手入れ、茂市が長年手を掛けてきた菓子作りの部屋には、父が主を務めていた頃の『百瀬屋《ももせや》』と同じ、讃岐ものの砂糖の良い匂いが染みついている。

総左衛門は、時折『藍千堂』の作業場を覗いて、一番の友だった晴太郎の父との思い出に浸る。気が向くと、晴太郎や幸次郎が知らない昔話を聞かせてくれることもある。

だが今日はすぐに面を改め、先刻の続きへ、話を戻した。

誂え菓子の頼み主は、疋田五右衛門《ひきだごえもん》という旗本だ。松沢利兵衛なる旗本が開く茶会の菓子を頼みたいという。

「少しばかり、込み入った話ですね」

幸次郎が考えながら呟く。

「直《じか》のお客さんは疋田様、茶会を催されるのは松沢様。さらに手前どもとお客さんの間に、伊勢屋さんが入っておいでだ」

松沢何某という旗本に聞き覚えはないが、小姓組番頭《ばんがしら》を務める疋田五右衛門は、出世頭と評判だ。晴太郎が総左衛門に訊いた。

「詳しい経緯《いきさつ》を、伺っても」

「先頃ご両家の間で、ご縁談が調《ととの》った」

縁組は、松沢家嫡男荘三郎と疋田家の末姫雪で纏まった。家格も同等、二十四の荘三郎に雪は十八、表向きは釣り合いがとれている。だが、疋田家の末姫の評判を耳にしたことのある者は皆、白羽の矢を立てられた松沢家を気の毒がっているという。

顔を見合わせた兄弟に代わって訊いたのは、茂市だ。

「どんなお姫様なんで」

「まあ、一言で言ってしまえば、豪傑」

「豪傑、ですか」

恐る恐る確かめた晴太郎に、総左衛門は軽く笑った。

「『お転婆』や『勝気』という言葉には、収まりきらないお姫様でいらっしゃる。小太刀、長刀《なぎなた》の腕前は男顔負け、学問の造詣深く頭も切れる。舌鋒にしろ太刀筋にしろ、なまなかな男ではまるで敵わない。おまけに曲がったことが大嫌い、竹より真っ直ぐなご気性だ。ついた綽名が『氷柱姫《つららひめ》』

元は雪でも刺さると痛い、という訳らしい。幸次郎が呟いた。

「松沢様は、貰い手のない姫君の厄介払い先にされてしまった、という訳ですか」

「幸次郎」

晴太郎は急いで窘《たしな》めたが、「経緯をはっきり伺わなければいけない時に、言葉を選んでも仕方ないでしょう」と言い返されてしまった。総左衛門が幸次郎に答える。

「松沢様父子は、地味で物静か、出世欲もおありでない。人の心を気遣う余り、否と言えず、つい話を合せてしまう。どこかの菓子屋の主と良く似ているご気質なんだ」

「褒めてくだすってるんですよ、兄さん」

すかさず、幸次郎が晴太郎を宥《なだ》めた。茂市はさっきから、笑いを堪えている。

下手な口を挟んでは、幸次郎と総左衛門に叱られ、笑い上戸の茂市に笑われるばかりだ。晴太郎は、総左衛門の相手を幸次郎に任せて、大人しく耳を傾けることにした。

「松沢様の災難は、姫君ご当人だけではない。何かと派手で目立つことがお好きの疋田様が、『松沢家のため』と称して要らぬ根回しをしておいででね」

小姓組番頭の疋田家に比べ、松沢家は無役の寄合、同じ石取りでも華やかさと先に見えている道筋が違う。仮にも疋田家の姫の嫁ぎ先が、寄合の家であってはならない。そう考えているらしい。断れない性質《たち》の父子を置き去りにして、松沢利兵衛の新番頭就任の働きかけを盛んに行った。その総仕上げとして、「お骨折り頂いた皆様へのお礼とご挨拶を兼ねた」茶会が、松沢家で催されることになった。茶会の仕切り如何《いかん》で、利兵衛が新番頭に就任できるか否かが決まる。下手な菓子屋に頼めないと、疋田五右衛門が菓子屋探しを買って出たのだそうだ。

幸次郎が、首を傾げた。

「なぜ、『藍千堂《うち》』なんです。疋田様がお話を持っていくなら、まず『百瀬屋』さんでは」

「大奥ご献上品の仕度で手一杯と、断られたそうだ。それで長い付き合いの『伊勢屋《うち》』に泣きついてきた、という訳だよ」

「何か、裏がありそうですね」

呟いた幸次郎に、総左衛門が頷いた。

「飛ぶ鳥を落とす勢いと噂の疋田様の口利きだ。『百瀬屋』の強欲夫婦が、断るはずがない。ああ、お前たちの叔父と叔母でもあったたっけね。悪いことを言ったかな」

「お気遣いなく。本当のことですから。それで、裏があるとお分かりになっていて、小父さんは『藍千堂』に話をお持ち込みになった」

「あちらの鼻を明かす好機だと、幸次郎なら考えると踏んだのだけれど、見込み違いかい」

「しくじれば、『それみたことか』と、尾鰭付きで言いふらされるでしょうね」

「しくじらなければ、済むことだよ」

どこか似た匂いのする商人《あきんど》二人は、人の悪い笑みで互いを見交した。

晴太郎は、ごくり、と喉を鳴らした。

頼もしいというか、恐ろしいというか。

弟の男らしく整った横顔を盗み見ていると、ふいに幸次郎が晴太郎へ目を向けた。

「しくじるはずがありません。兄さんと茂市っつあんの菓子で、私が仕切るんですから」

晴太郎は、物騒な遣り取りが少しでも早く終わるようにと願いながら、艶やかな飴色の床へ目を落とした。


松沢家の誂え菓子は、『藍千堂』で引き受けることになった。幸次郎は、後継ぎだったはずの兄を追い出した『百瀬屋』の鼻を明かせると、張りきっている。だが晴太郎は少し違う考えで、引き受けると決めた。

疋田家の末の姫君――雪のことが気に掛かったのだ。真っ直ぐな気性とはいえ、育ちの良い姫君だ、口さがない噂や綽名に、肩身の狭い思いをしているかもしれない。自分の菓子がせめて少しでも、嫁ぎ先の面目を保つ助けになれば、雪の心も軽くなるだろう。

疋田五右衛門は、茶菓子を手がけるのが小さな菓子司だと知ると、いい顔をしなかった。だが、良い腕だったと語り草になっている『百瀬屋』先代の息子の店で、先だって、面白い柏餅の売り方をして大評判になったと知ると、一転して喜んだそうだ。

茶会の流れや亭主と客の好み、屋敷の様子を摑もうと、仕事を受けた次の日、晴太郎は幸次郎と共に松沢家を訪ねた。

松沢家は、増上寺の北西、町家と小さな寺社、武家屋敷が入り組んでいるところに屋敷を構えていた。北東の借景に愛宕山を望み、増上寺の凜とした静けさと町家の気さくな賑わいが混じる、不思議に居心地の良い辺りだ。

生真面目そうな門番に訪《おとな》いを告げると、すぐに中へ通された。数寄屋に腰を落ち着け、趣のある枝ぶりの松が目を引く庭を眺める。晴太郎はそっと溜息を零《こぼ》した。粋とも華美とも無縁だが、木々や花が健やかなように、訪れる者が心地よく感じられるように心を砕いているのが分かる、温かみのある庭だ。

「いい庭だね」

囁いた晴太郎に、幸次郎が応じた。

「兄さんの菓子の引き立て役になりますか」

「菓子が、引き立てるんだよ」

「分かってます。『藍千堂』の評判を上げられそうかと、訊いたんですよ」

幸次郎は、まったく悪びれない。もう一言返そうかと晴太郎が息を吸った時、近づいてくる気配があった。入ってきたのは若い侍だ。

「よく来てくれた」

頭を下げた兄弟に、穏やかな声が掛けられる。侍は、松沢家嫡男荘三郎と名乗った。供も連れず、物言いも気どらない。二十四と聞いていたが、もう少し若く映る。少なくとも、寄合とはいえ大身旗本の跡取りには見えない。

幸次郎に横目で睨まれ、晴太郎は慌てて顔を伏せた。思ったことがすぐ表に出る。幾度弟に叱られても、なかなかこの癖は治らない。

荘三郎が気を悪くした風でもなく、笑った。

「戸惑わせて済まぬ。父も俺も地味な性分で、回りくどい遣り取りが苦手なのだ」

不躾《ぶしつけ》を詫びるか、聞き流すか。晴太郎が迷っていると、幸次郎が落ち着いて口上を述べた。

「このたびは、手前ども『藍千堂』にご用命頂き、ありがとう存じます」

「大勢お招きした茶会は父も俺も初めてで、今ひとつ勝手が分からぬが、よろしく頼む」

困ったような荘三郎の笑顔に、晴太郎はいよいよ他人事《ひとごと》とは思えなくなった。

「お父上様の新番頭ご着任のお披露目と、伺っております。若様のご婚儀も整われたとか。まことにおめでとうございます」

実は着任前の品定めだと、幸次郎も承知した上での言葉だ。荘三郎の笑みにほろ苦いものが混じり、すぐに消えた。腹を据え直したように頰を引き締め、呟く。

「お骨折りをいただいた舅殿の顔を潰す訳にはゆかぬ。姫にも、肩身の狭い思いをさせることなく、お心安らかに嫁いできてもらいたい。そのためには、茶会を滞りなく催し、新番頭のお役目を頂かなくては」

ご自分に言い聞かせていらっしゃるみたいだ。

無理をしているのではないかと心配になった晴太郎を余所に、幸次郎が話を進めた。

「お美しい姫君様だと、伺っております」

「うん、まあ、そうだな」

もごもごと返す荘三郎の目許が和んでいる。穏やかな顔に、明るい朱が散った。見ている方が気恥ずかしくなるような、照れと愛おしさの混じる、純な顔だ。

「姫君様は、どのようなお方でおいでですか」

「兄さん」

不躾を幸次郎に咎められ、晴太郎は急いで言葉を添えた。

「茶会においでの皆様は、ご縁組もご承知でございましょうから、姫君様のお美しさを少しでも、菓子に写しとらせていただけましたら、と」

荘三郎の照れた面が、温かい色を纏った。「そうだな」と呟いてから、遠い目で続ける。

「初めてお会いしたのは昨年の春、桜が咲き揃った飛鳥山だった。町人の童を背に庇い、侍と睨み合っていた」

晴太郎は、雪の綽名と評判を想い出した。

「お優しい姫君様でございますね」

「心の真っ直ぐな、気持ちのよい女性《にょしょう》だ」

得意げに晴太郎へ応じた荘三郎は、邪気のない子供のようだ。

伊勢屋の小父さんから聞いていた話とは、少し違うな。

否と言えない性分の松沢父子が、貰い手のないお転婆姫を押し付けられた。そんな話ではなかったか。

「親と逸《はぐ》れて泣いていた童に、酔った侍が『うるさい』と絡んだのだそうだ」

逸れた話を戻した荘三郎が、その時のことを思い起こすように、視線を宙に彷徨《さまよ》わせた。

町人にとって、酔った二本差しほど厄介なものはない。幼子相手に、自分は旗本だの何のと喚き散らすような酒癖の悪い奴ならば、なおさらだ。親が現れる気配もなく、周りの大人たちも遠巻きに様子を窺う中、雪ひとりが割って入った。見たところ、侍は旗本だと喚く割に、宥める供も連れの姿も見当たらない。身なりや物言いから推しても、小身、恐らく小普請というところか。対する姫君は、絹の小袖、帯に簪《かんざし》、みな上物だ。姫自身の立ち居振る舞い、なんとか主を止めようとはらはらしている中間《ちゅうげん》や供の女中の様子から、こちらは大身、羽振りも良いことが分かる。

仲裁に入ろうとした荘三郎の耳に、近くにいた侍たちの囁きが聞こえてきた。

——疋田の末姫ではないか。

——『氷柱姫』か。

あれが、疋田家の雪姫。荘三郎は足を止め、凜々しい立ち姿を見つめた。ぴんと通った雪の声が、口さがない噂と目の前の旗本の酔いを一遍に吹き飛ばした。

『年端も行かぬ童相手に、旗本、旗本とみっともない。直参のご身分を何とお心得か。この子は親と逸れて泣いていただけ、誰に無礼を働いた訳でもございませんでしょう』

荘三郎は笑いを堪えるように、畳に目を落とした。

「旗本の顔色が、酔いの赤から怒りの赤に変わっても、姫は怯まなかった。小太刀の使い手だ、酒の入った侍なぞ相手にもならぬ」

「それで、どうなすったのですか」

小さく訊いた晴太郎に、荘三郎が困り顔を向ける。

「花見の場で刃傷沙汰という訳にもゆかぬだろう。疋田様のお名を拝借して、酔っ払い殿にお引き取り頂いた。姫は不服そうだったが、仕方ない。騒ぎが大きくなれば、他の花見客にも厄介を掛けるからな」

一人語りのように呟いてから、慌てて付け加えた。

「姫は、決して勇ましいだけの女子《おなご》ではないぞ。迷子の親を自ら捜し歩く優しいお方だ。時折見せる笑みも、清楚で好ましい。あ、いや、その——」

惚気《のろけ》たことに遅まきながら気付いたのか、荘三郎が照れ笑いで口籠る。それから頰を引き締め、茶会に話を戻した。

亭主は利兵衛、茶を点《た》てるのは荘三郎。客は六名で、正客《しようきやく》は若年寄嫡男。他は、利兵衛の寄合席を纏める肝煎《きもいり》、現職の新番頭二名に、疋田五右衛門と同輩、二名の小姓組頭。都合八名が居並ぶ茶会になる。

「数寄屋《こちら》をお使いになるのですね」

確かめた幸次郎に、荘三郎が言い淀んだ。申し訳なさそうな顔で、ぽつりと答える。

「天気が良ければ、野点《のだて》になる」

「それは、また」

幸次郎が、語尾を淀ませた。

「我が家の庭の評判とやらを耳にされた客人、たってのお望みだ」

すかさず、そうでございますか、と受けた弟の声が、微かに固い。

野点は、難しい。

茶席の菓子を扱っている晴太郎、幸次郎も承知している話だ。

庭の美しさや清々しさ、気が散るものが多い分、茶よりも花木や景色を愉しむ会になりがちなのだ。屋内に比べ点前や作法の縛りが少ない一方で、茶そのものに客を惹きつけるのが難しい。つまり、亭主の力量が問われる茶会になる。菓子作りにも、屋外ならではの細やかな気遣いが欠かせない。晴太郎は、野点に使う庭を見せて貰いながら、思案を巡らせた。考えるにつけ、二人の出会いや雪の人となりが、茶菓子の誂え様に、深く関わってくるような気がする。

よし、と晴太郎は心に決めた。桜は咲いていないけど、飛鳥山へ行ってみよう。お屋敷をじっくり見せていただくよりも、何かを見つけられるかもしれない。


屋敷を出てすぐに、晴太郎は猪牙舟《ちょきぶね》を頼んだ。今からなら、明るいうちに飛鳥山まで行って戻ってこられる。江戸湊から隅田川を遡り、両国橋近くで幸次郎を降ろした。だが幸次郎を見送った後も、飛鳥山へと伝えておいたはずの船頭は、舟を出そうとしない。

「船頭さん、どうしました」

船頭は陸《おか》へ眼をやりながら、戸惑い混じりで晴太郎に訊いた。

「旦那、あちらのお嬢さん、お知り合いでごぜぇやすか」

「あちらのお嬢さんって」

船頭の視線の先を辿るが、人でごった返した両国橋界隈では、「どのお嬢さん」なのかさっぱり分からない。

「ほら、あそこで柳に隠れて、手を振ってるお嬢さんですよ」

船頭の言う「お嬢さん」をようやく見つけた晴太郎は、軽い眩暈《めまい》に目頭を摘《つま》んだ。

「お糸」

お嬢さん――当代『百瀬屋』の一人娘で晴太郎と幸次郎の従妹、お糸は、晴太郎と目があった途端、嬉しそうに駆けてきた。当たり前のように猪牙に乗り込もうとするお糸もお糸だが、手を貸してしまう自分も情けない。

「早く出して頂戴」

大店の娘ならではの、人に命じ慣れた物言いで船頭を急《せ》かす。眼顔で訊いてきた船頭へ、晴太郎は首を横に振った。

「一人きりで、どうしたんだい」

「お裁縫の手習いを、抜け出してきちゃったの。従兄《にい》さんたちのお店へ遊びに行こうと思ったら、舟から幸次郎従兄さんが降りるのを見かけたから」

苦い息を、晴太郎は胸の奥から押し出した。

「怒りん坊の幸次郎がいなくなるのを、隠れて待ってたって訳か」

お糸は、幸次郎が帰っていった方を寂しそうな眼で見遣ってから、「当たり」と笑った。

「ねえ、早く出してったら。およねにみつかっちゃうじゃないの」

船頭に文句を言ったお糸を、「お止し」と叱る。およねとは、お糸付の女中だ。素直だがお転婆で敏《さと》い分、少々生意気で扱いづらいお糸に、そつなく仕えている。

「戻った方がいい」

「お裁縫、好きじゃないんだもの」

ぷっと、お糸が頬を膨らませた。

「およねが叔母さんに叱られたら、気の毒だよ」

「平気よ。およねは私が逃げ出すたびに、巧く誤魔化してくれるもの」

諦めに似た色が、お糸の可愛らしい顔に過《よぎ》った。およねがお糸を庇うのは、お糸のためではない。自分の不始末を隠すためだ。身近に味方のいない従妹が哀れだった。晴太郎の胸の裡を見透かしたように、お糸はにっこりと笑った。

「でも、こんなとこをみつけたら、およねはかえって得意になっておっ母さんに告げ口するでしょうね。きっと私、こってり叱られる」

やられた。晴太郎は頭を抱えた。

「どうしやすか、旦那」

そろりと伺いをたてた船頭に眼をやり、晴太郎を言い負かした時の幸次郎によく似た顔をしているお糸を眺める。

「出しとくれ」

肩を落として告げた。船頭が気の毒そうに晴太郎を一瞥してから、舟を川岸から遠ざける。川面を渡る風は、涼しさを含んで心地いい。お糸が幼さの残る頬を風に当てながら訊いた。

「どこへ行くの」

「飛鳥山」

「桜の季節じゃないのに」

「仕事だよ、しごと」

「ふぅん」

このことが『百瀬屋』に知れた時の騒ぎと、幸次郎の怒りようが頭の隅を過った。それでも、お糸が嬉しそうだからまあいいか、と思ってしまうあたり、自分は甘いのだろう。

飛鳥山は、桜と紅葉の狭間の季節のせいか、人影が疎《まば》らでのんびりした気配が漂っていた。だが晴太郎は、お糸を連れている。早めに帰さなければならない。荘三郎が雪を初めて見掛けたという、松の生えた小さな丘を、急いで探した。

松の木ばかりに気を向けていた晴太郎より先に、お糸がその女《ひと》を見つけた。あら、と嬉しそうな声を上げる。

「疋田様の雪姫様じゃないかしら」

晴太郎は仰天した。どんな女《ひと》なのか知りたいと思っていた当の姫が、ここにいるという。夢中で姫の姿を探した。

「ほら、あの大きな桜の近く」

お糸が指した先、色濃い緑の葉を茂らせる大木の傍らに、若い武家の娘が立っていた。風に煽られた梢がざわめく中、きりりと背筋を伸ばしている。心持ち上を向いた鼻、華奢な中にも女らしい丸みを描く顎、紅い唇は何かを堪えるように結ばれ、切れ長の瞳は薄い膜を張ったように煙《けぶ》っている。晴太郎のような気弱者は、およそ近づき難い姫君だ。

雪は、小さな丘に生える松の木を見上げていた。

薄氷《うすらひ》に似た静けさを、自分の吐く息が乱してしまいそうで、晴太郎は息を詰めた。

ここが、お二人の出逢った場所。

なんとなく思い当たったが、雪の眼が何を追っているのか、晴太郎には分からなかった。雪のことを語る荘三郎と似ているようでいて、まるで違うようにも見える。

少し離れて雪を見守っていた女中が、そっと主家の姫に近づいた。

「姫様、そろそろ」

「もう少し」

女中に応じた姫の声は、凜とした佇まい、哀しげな目とは裏腹に、柔らかく温かい音色を纏って晴太郎まで届いた。

「雪姫様」

夏の名残の日差しそのままの明るさで、お糸が叫んだ。一幅の画に見惚れる心地に浸っていた晴太郎は、ぎょっとして、従妹を見た。止める間もなくお糸が雪へ駆け寄る。慌てて後を追ったが、お糸が早かった。ためらいなく雪に近づいたお糸は、一転、大店の娘らしいしとやかな所作で頭を下げた。

「お久しゅうございます、雪姫様」

雪の紅い唇が、綻んだ。

「はい。その節はお助けいただきまして、ありがとう存じます」

お糸のどこかしらたどたどしい「大人の物言い」に、哀しげだった雪の目許が和む。

「今日もまた供を置いて、一人歩きですか」

悪戯な問い掛けには、呆れと慈しみが同じほど混じっていた。

「今日は、従兄に連れてきてもらいました。ね、晴太郎従兄さん」

いきなり水を向けられ、晴太郎は急いで詫びた。

「お糸がご無礼をいたしました。晴太郎と申します」

「無礼なぞ、何もありません。あれからどうしたか、気になっていたのです」

歯切れのよい物言いには、松を見上げていた哀しみの名残りもない。

「雪姫様に、お助けいただいたことがあるの」

自慢げに、お糸が教えてくれた。半年前、およねから逃げ出した折、柄のよろしくない男たちに囲まれたことがあった。困っていたお糸を、雪が助けたのだそうだ。

荘三郎との馴初《なれそ》めに似ているな。

考えた晴太郎へ、雪がほろ苦い笑みで言い直した。

「連れていた供が大仰だったのと、相手が妾《わたくし》の綽名を知っていただけのことです」

「でも、姫様がお声をかけてくださらなければ、私はあの時どうなっていたか」

真剣な顔のお糸を、晴太郎は茶化した。

「お前はたしか、糸」

「それなのに、またおんなじことを繰り返しているのかい。懲りないね、お前も」

「従兄さんったら、姫様の前で」

頰を膨らませたお糸を見守る雪の目は、大人びて温かい。はしゃいでいたお糸の顔が、ふいに曇った。

「姫様、お顔の色がすぐれません」

お糸と話している間、消えていた哀しい色の膜が、再び雪の双眸を覆った。ひっそりと、細い溜息を吐く。

「姫様」

気遣うように、女中が雪を呼んだ。

「大事ない」

鷹揚に供の女中へ答えてから、疋田家の末姫は松を見上げた。

「人とは、こうも欲深いものであろうか」

哀しみに煙《けぶ》る眼のまま、誰にともなく訊く。声をかけようとしたお糸を、晴太郎は小さく首を振って止めた。

すぐに静けさに耐えられなくなったお糸が訴える。

「姫様は、違います。雪姫様は素晴らしい御方です」

雪は、小さく眼を瞠《みは》ってから微笑んだ。

「そなたは、幸せだな」

「そなたとて、大店の総領娘だ。窮屈な日々を送っていることは分かっておる。それでも、そなたに甘い従兄が、こっそり息抜きに連れ出してくれる。心の裡《うち》を真っ直ぐに告げることを、許してくれる身内がおる」

「わたしが」

小さな溜息が、雪の紅い唇から零れた。

「妾《わたくし》は、それが許されない身の上。幼い頃から承知していた。諦め、堪える術《すべ》も身につけたつもりでいた。だが、此度《こたび》ばかりはどうあがいても、巧くゆかぬ。御側にいるのが妾では、あの御方の平穏を乱してしまうと分かっておるのに、御側にいたい自らの欲を、抑えることができぬ。まったく、浅ましいことよ」

女中は、顔を伏せ、黙っている。お糸が夢中で頭《かぶり》を振った。

雪の穏やかな横顔が、切なかった。

女性《にょしょう》の心に疎い晴太郎も、先刻雪が一途な眼で見つめていたものに、見当がついた。

多分、昨年の春、松の側に立っていたという荘三郎の姿だ。

荘三郎が雪を好ましく思っているように、雪もまた、荘三郎を想っている。見えない糸が、晴太郎にも視えた気がした。

だったらなぜ、その気持ちを抑えようとなさるんです。

晴太郎は、喉元まで出かかった問いを呑み込んだ。

日本橋の『百瀬屋』の近くまでお糸を送り、『藍千堂《みせ》』へ戻ってすぐに仕事場へ入ろうとした晴太郎を、幸次郎が呼び止めた。

「どう思います、兄さん」

「そうだねぇ。湿気や乾きをあんまり気にしなくて済む琥珀《こはく》か、煉《ねり》がいいんだろうけど」

それでは、二人の想いを写しとれないような気がする。固く平らなものじゃなく、もっと、ふわりとして、柔らかくて優しい――。

「そうではなく」

帰り途、菓子の工夫を考え続けていた流れで答えた晴太郎を、幸次郎が苦笑いで遮った。

「『百瀬屋《あちら》』が、断った理由《わけ》ですよ。確かに野点は厄介ですが、それだけであの人たちが尻ごみするとも思えない」

幸次郎の目が昏《くら》い怒りを纏った。弟は時折、こうして自ら、敢えて怒りを呼びおこす。叔父の理不尽な仕打ちに対する憤《いきどお》りを力に変えるのだ。今の穏やかな暮らしや、小さな菓子屋ならではの「いい仕事」をさせてもらった喜び。『藍千堂』での日々で心の角が取れかけるたび、幸次郎は生傷に爪を立てる様にして、「怒り」を思い出す。

どうして、そうまでして『百瀬屋《おじさん》』を気にするんだい。

訊きかけて、晴太郎は思い直した。幸次郎と晴太郎では、目を向ける方角は同じでも見ているものが違う。菓子を作っていればいい自分に比べ、弟は商いの煩わしいあれこれへ気を回さなければいけない。その為に、『百瀬屋』への怒りを使って、心の力を振り絞る。

負けない。あんな理不尽な奴らには、決して、と。

それが今の幸次郎と、『藍千堂』を支えている。だったら今は、『藍千堂』の主である晴太郎が、幸次郎に寄り添って、少しでも弟の背負うものを軽くしてやらなければいけない。

「そうだね」

頷いた晴太郎を、幸次郎が珍しいものを見るように眺めた。知らぬ振りで続ける。

「何か、松沢様がご存知ない曰《いわく》が、あるのかもしれない」

「おっとり兄貴が、珍しく冴えてるじゃねぇか」

二人の遣り取りに、笑いを含んだ声が割り込んだ。幸次郎が顔を顰める。

「これは、岡の旦那」

愛想よく応じた晴太郎へ、南町定廻同心、岡丈五郎は「よっ」と、掌を挙げた。『伊勢屋』と懇意にしながら、『百瀬屋』とも密な繋がりを持つ町方に、幸次郎は気を許していない。

「珍しくは余計でございますよ、旦那」

冷やかに幸次郎が岡にいい返す。いつものことだ。岡も大した物好きで、棘を隠さない幸次郎との言い合いを、楽しんでいる節がある。

「幸次郎だってそう思ってるんだろうがよ」

「他人様《ひとさま》に、言われたくはございません」

そりゃ、そうだ。あっけらかんと引いてから、岡が目を細めた。

「冴えてるなあいいことだが、店先でするにゃあ、ちょいと穏やかじゃねぇ。丁度、俺も話があってよ」

腹の裡を探るように岡を見ている幸次郎に代わって、晴太郎が促した。

「ちらかっておりますが、どうぞ奥へ」

作業場と店の様子がすぐに分かる勝手へ三人で腰を落ち着ける。茶と、出来上がったばかりの蒸し羊羹を出して戻ろうとした茂市を、幸次郎が引き止めた。土間と板の間合わせて四畳半のちんまりした勝手に、大の男四人が顔を突き合わせると、さすがに窮屈だ。土間から板の間に腰だけ上げた岡が、羊羹ひと切れ丸々口に放り込んでから、くぐもった声で切り出した。

「松沢様の茶会、引き受けたんだってな」

「よくご存知で」

幸次郎がぶっきらぼうに応じる。

「野点ってのは、初耳だぜ」

「盗み聞きとは、お人が悪い」

「聞こえちまったんだよ」

飄々と躱《かわ》した岡が、渋い顔になった。顎を擦り擦り呟く。

「茶の湯なんざさっぱり分からねぇ俺みてぇな奴でも、すぐに察しがつくぜ。天気が変わり易い時分だ、茶会を仕切る奴も菓子を作る奴も、面倒《めんど》臭《くせ》ぇ仕事になるってな」

幸次郎が、二切れ目に手を伸ばした岡を見た。

「どなたかがそれを見越して、敢えて『野点』を持ちだされた、と」

今度は、岡は味わうように羊羹を嚙みしめた。茶をひと口、「ああ、旨かった」と呟いてから、答える。

「疋田家と縁組が調ったことで、松沢様の評判は概ね二つに割れてる。『あの末姫を押し付けられたのじゃあ、お気の毒に』。もう一方は」

岡が面白くもなさそうに笑って、続けた。

「『大人しい振りをして、巧くやったものだ』」

晴太郎は、厭な気分で顔を顰めた。幸次郎があっさり頷く。

「ありそうな話でございますね」

晴太郎は口を挟んだ。

「少なくとも、荘三郎様はそうしたお方に見えませんでした」

岡が「だからだよ」と応じる。

「役欲しさに右往左往してる直参は五万といる。なのに、地味で冴えねぇ、出世する気も器量もねぇ奴に限って美味しい役に棚ぼたでありつきやがる。理不尽だってぇ訳よ。噂をしてる連中も、松沢様父子が『巧くやった』とは思っちゃいねぇ。憂さ晴らしの嫌味を言いたいだけだ」

ああ、そうか。

晴太郎は、飛鳥山で遠い眼をしていた雪を思い出した。

輿入れ間近、相手は互いに憎からず想っている男。なのになぜ、哀しげな顔をしているのか。茶会が正念場とはいえ、松沢家の役付の話も縁談も滞りなく進んでいるのに、何を思い切ろうとしていたのか。

松沢家の屋敷を見て回り、荘三郎と言葉を交してみて、晴太郎にも分かった。

穏やかで静かな日々を望む松沢家にとって、新番頭就任は重荷になる。それを強いているのは自分だと、多分雪は考えている。

だからといって、茶会をしくじればいいという話ではない。気が乗らない役付き話に巻き込んだ挙句、面目を潰したとなれば、雪は余計に申し訳なさを募らせるだろう。

この仕事、どうあってもしくじれない。

ふいに、ぽん、ぽん、と二度、厚みのある手が晴太郎の肩を叩いた。固くごつごつした、鍛錬を欠かしていない定廻の手だ。

晴太郎は、驚いて顔を上げた。岡が軽い笑みを浮かべている。

「力《りき》み過ぎると、菓子が不味《まず》くなるぜ」

ふっと、胸の重しが退いた。

自分は菓子屋だ。いい菓子をつくることだけに、心を砕けばいい。

岡が、立ち上がった。思い出した風でさらりと告げる。

「野点を言い出したのは、もうひとりの小姓組頭だって話だぜ。疋田様とは別の寄合を、新番頭に推してたそうだ」

ごちそうさん、と言い置き、飄々と勝手口から出て行った厳《いか》つい背中を見送り、幸次郎が無愛想に呟いた。

「町方が、お旗本の内証に随分とお詳しいものですね」

晴太郎は、笑って言った。

「お前も『伊勢屋』の小父さんも、似た者同士の大した照れ屋だね」

「何の話ですか」

惚《とぼ》けた幸次郎の声が、上擦っている。

「他人《ひと》に頼んだり、憎まれ口で照れ隠しなんぞしないで、真っ直ぐ伝えてくれればいいのにってことだよ。岡の旦那の話、出処は小父さんだろう。大名、旗本に詳しいのは町方の旦那より商いで付き合いのある伊勢屋さんだ。きっと、こっそり気を揉んでる小父さんから、遠回しに『伝えてほしい』って頼まれたんだろうね。岡の旦那は厭な顔ひとつせずに、わざわざ足を運んでくだすった。幸次郎だって、本当はありがたいって思ってるくせに」

幸次郎が長い間を空けてから、力なくぼやいた。

「まったく、兄さんときたら妙なところで鋭いんですから」

三人の遣り取りを静かに聞いていた茂市が、小さく笑った。父の微笑が、茂市の穏やかな顔に重なって見えた。


一日降り続いていた冷たい雨は、夜明け前に止んだ。晴太郎は明け六つの鐘を聞いて表へ出た。空を見上げ、風の匂いを嗅ぎ、辺りに残る雨の名残を肌で探る。雲の様子かすると一日晴れるだろう。

今日の菓子は、やっぱり難しそうだ。

背中に人の気配を感じて振り返ると、身支度を済ませた茂市が立っていた。晴太郎の傍らに立ち、同じように風の匂いと空の色合いを確かめる。

「野点になりやすか」

「多分」

「それじゃ、昨日伺った通りの手はずで」

「うん」

「あっしも、お供しやしょうか」

茂市は心配性だ。晴太郎はちょっと笑った。

「茂市っつあんは店を頼むよ。お客さんは松沢様だけじゃないからね」

「かしこまりやした」

頭を下げた茂市の肩越しに、庭の椿の葉から雨の雫が滴った。朝日を弾いて小さく煌めき、水溜りに丸い波をつくる。

「そうだ」

呟いた晴太郎の顔を、茂市が見遣った。晴太郎は浮き立った気分のまま、茂市に訊いた。

「氷研《こおりおろし》、まだあったよね。一番粗いやつ」

「飛び切り上等な氷砂糖で作った、あれでごぜぇやすか」

晴太郎の視線を追った茂市が、濡れた葉を見て頬を緩めた。合点がいった顔で答える。

「充分残っておりやす」


茶会へ向かう菓子を見送ってから、晴太郎は内向きの客間として使われる黒書院へ赴いた。「今日の菓子を見せて欲しい」と頼まれていた相手へ、襖の外から声を掛ける。

「雪姫様。『藍千堂』にございます」

「お入り」

静かな応えに促されて入る。雪と、飛鳥山で見掛けた女中が、揃って驚いた顔をした。

「お前は、いつぞやの」

「あの折は、お糸がお騒がせいたしまして」

強張っていた雪の顔が、僅かに綻んだ。

「そう。菓子作りに才のある血筋なのですね」

晴太郎は、手にしていた漆の箱の蓋を開けた。

「菓子を、お持ちいたしました」

雪の頬が再び固くなる。小さく頷いた疋田の末姫に、菓子の仕度をしながら訊く。

「ご心配でいらっしゃいますか」

小さな間を置き、雪は静かに答えた。

「お二人とも茶の湯を人付き合いの術に使われないだけで、荘三郎様に勝る点前《てまえ》を、妾《わたくし》は知らぬ。御義父《ちち》上様も客人を心を込めてもてなすことのみをお考えです。何を心配することもない」

言葉とは裏腹に揺れていた瞳が、晴太郎の菓子を見るなり、凪《な》いだ。

「美しい菓子だこと」

「恐れ入ります」

この誂え菓子は、白大角豆《しろささげ》の餡のみでつくった巾飩《きんとん》だ。『藍千堂』の餡の味を、存分に楽しんでもらいたかった。

白餡を紅《くれない》に染めた紅餡《べにあん》を丸めて芯に使い、白のそぼろ餡を纏わせた。普段のそぼろよりも細かくしたから、ふわふわと軽やかな佇まいに仕上がった。仕舞いに、上から粒の粗い氷研《こおりおろし》――真っ白な氷砂糖を薬研《やげん》で研《お》ろしたものを掛けた。今日の雨上がりの煌めきに見立てたものだ。

茶菓子は季節を写し取るのが定石だが、晴太郎は敢えてそれを外した菓子を仕立てた。庭の美しい緑に映えるよう、この茶会に本当に相応《ふさわ》しいよう、そこを一番に考えた。見ようによっては、間もなく訪れる紅葉を、その先にくる名高い「愛宕山の雪景色」を思い起こして貰えるかもしれない。

「こちらで仕上げたと、聞きましたが」

菓子を目で愛でながら、雪が晴太郎に訊く。

「よく晴れたとはいえ、外は昨日の雨の名残が残っております。早く仕上げ過ぎると、そぼろ餡が湿気で萎れます。仕上げが遅れれば、餡がこなれず舌触りが悪くなる。芯の餡と雨の名残、両方の湿気がいい塩梅《あんばい》で菓子に馴染んだ時にお出しできるよう、間合いを計りとうございましたので」

餡の甘味にも拘った。『藍千堂』の味の大元になる最上級の白砂糖、三盆白《さんぼんじろ》を使い分けている。芯の餡玉には、味わい深い讃岐もの、回りのそぼろ餡には雑味のない唐もの。口に入れると、まず上品な甘さが広がる。細かなそぼろ餡はすぐに溶け、こくのある餡の味が追いかけてくる仕掛けだ。勿論、その違いがはっきりと分かる作り方は、していない。

『藍千堂』の餡は旨い。

そう感じて貰えれば、充分だ。

「そこまで細やかにつくるのですね」

呟いて菓子を口にした雪の顔が綻ぶのを、晴太郎は幸せな気持ちで見守った。

「荘三郎様と出会った日を、思い出しました」

あの日も、こんな色合いの桜が咲いていた。

晴太郎は、紅餡の透け具合が淡く優しい桜色になるよう、そぼろの大きさに量、芯の餡玉の色合いを工夫した。二人の出会いを知っている人には、「雪を被った紅葉」ではなく「桜」に見えるように、と。

「お糸が、案じておりました。姫様のご心痛に気付いたようにございます」

晴太郎が水を向けると、雪は戸惑った顔をしたが、すぐにゆっくりと一度目を閉じ、再び瞼を上げた。その瞳に、迷いの色は残っていなかった。娘らしい優しさの滲む口調で、呟く。

あの花見の日、睨み合う男と雪の間に割って入った荘三郎は、始終穏やかな笑みを浮かべていた。威《おど》すことなく、疋田の名ひとつで酔った旗本を引き下がらせた機転。花見に来ている者の楽しい気分を壊すこともないと言った懐の深さ。自分は酔った旗本への憤りと子供を庇うことばかりに気がいっていた。

親を探すと言った荘三郎に、無理を言って付いて歩いた、満開の桜の下。楽しく、幸せなひとときだった。

ほんの少し黙ってから、雪はきりりとした笑みを浮かべ、晴太郎に告げた。

「糸に、案じぬようそなたから伝えて下さい。『そなたの従兄の菓子のお陰で、あの日の自らの心を、妾がすべきことは何かを、ようやく思い出した』と」

眩しいな。

静かな気迫に晴太郎が圧されていると、雪はふいに悪戯な様子になって、目を細めた。

「折角、『氷柱姫』という頼もしい綽名があるのですから、たまには父に対して使ってみるのも、いいかもしれません」

呟くなり雪姫は軽い衣擦《きぬず》れの音を立て、黒書院を出ていった。晴太郎は、勇ましい『氷柱姫』が出世頭と世間で評判の父に、はきはき意見している姿を思い浮かべ、小さく笑った。

帰り支度をしていた晴太郎の許へ、荘三郎が姿を見せた。大層楽しげに、話しかける。

「あの菓子は素晴らしいな。父が『味も美しさも、百瀬屋より上だ』と褒めていた」

野点も滞りなく済み、客たちも喜んで帰った。これで肩の荷も下りた、と。

そして、雪とどこか似通った凛々しさを漂わせた顔で、荘三郎は言った。

「何故だろう。皆様、雪を纏った愛宕山や紅葉が思い浮かぶと仰せだったのに、俺はお前の菓子に、桜の面影を見た。亡き母が桜と共に慈しみ、雪姫が好ましいと言った松沢の家風を、思い出したのだ」

先刻の雪の様に悪戯に微笑んで、続ける。

「父も、母と見た桜のようだと言っていたぞ。父母の馴初《なれそ》めも桜の頃の飛鳥山なのだ」

「松沢様の野点、滞りなく済んだそうだね」

店先から総左衛門の声が聞こえ、晴太郎は小さく首を竦めた。「行ってらっしゃいまし」と茂市に促され、しぶしぶ重い腰を上げる。松沢家の野点の話が出ているのだから、知らぬ振りはできない。「聞こえているのに往生際が悪い」と、また叱られそうだ。

店へ顔を出した晴太郎に、総左衛門は柔らかく微笑んでみせた。

「ご苦労だったたね。疋田様もお喜びだったよ」

身構えていたところに不意打ちを食らい、言葉を失う。幸次郎が「それはようございました」と、受けてくれた。

総左衛門が疋田五右衛門から聞いた話では、荘三郎の点前も、利兵衛の仕切りも大したものだったのだという。岡が教えてくれた件《くだん》の小姓組頭が、重箱の隅をつつくような些細なことをあげつらったが、松沢父子は終始落ち着いてやり過ごしていた。

華美に走らず侘《わび》に偏らず、客に庭と茶を愉しんでもらうことにひたすら心を傾けた、温かみと滋味溢れる良い会であったと、柔らかな物腰の正客——若年寄の嫡男は満足げだったという。

——正客を差し置いて、下らぬことをあれこれあげつらう振る舞いは感心せぬ。我が父がこの場にいたら、そう申したでしょう。

のだそうだ。

帰り際、嫡男が小姓組頭を窘《たしな》めていたのを耳にして、疋田は胸のすく思いを味わった

それだけではない。良い茶会だったと息子から聞かされた若年寄の求めで、若年寄親子と疋田を呼び、季節の折々を愉しむ茶会が松沢家で開かれることになった。

「皆様、晴太郎の菓子がよほどお気に召したらしい。その折は必ず『藍千堂』の菓子でという話になったそうだから、よろしく頼むよ」

晴太郎は、幸次郎と顔を見合わせて笑った。

「それで、あの、お役の話は、どうなったのでしょう」

そろりと訊くと、総左衛門は眦《まなじり》を吊り上げた。

「幸次郎。お前の兄さんは、どうしてこうも気が散り易いんだろうね」

幸次郎は笑うのみで、答えない。小さく息を吐いて、伊勢屋の主は教えてくれた。

「新番頭ご就任はなくなったよ。松沢様と若様、疋田様に雪姫様、それぞれ思うところがあられたようだ。私にはわからないがね」

松沢の家は、代々寄合で頂戴するお役目を大切に、穏やかで慎ましい家風を守ってきた。自分の代でも荘三郎の代でも、その家風を守っていく。利兵衛は、そう言って疋田の推挙を断ってきたそうだ。骨折りを無駄にしてしまったことを丁寧に詫び、地味で面白味のない家でよければ、雪に嫁いで来てほしいと。

疋田五右衛門は、普段否と言わない松沢父子の返事にまず驚いたという。慈しんでき

た末の姫にも、松沢父子の意向を一番に考えて欲しい、無理に新番頭の話を進めないで欲しいと頼まれ、引くしかなかった。

根回しをした先々に頭を下げて回り、穏便に新番頭就任を白紙に戻した疋田は、『伊勢屋』で盛大にぼやいた後、ぽつりと言ったそうだ。

――茶の湯を通して、内々に後ろ盾を頂く方が、松沢様のご家風には良いかもしれぬ。

それから父の顔になって穏やかに笑い、こう続けた。

自分と正室の間には、今も昔も冷たい静けさだけが流れている。ひとかどの家格の旗本たる者、それが当たり前だと思っていたが、誰より慈しんだ末姫が、互いの心に添い合える伴侶を得たのは何よりだ。

出世頭で派手な性分の旗本は、寂しさと嬉しさが綯《な》い交ぜになった面をしていたという。

総左衛門が、幸次郎に視線を遣った。

「『百瀬屋』が尻込みした茶会で、『藍千堂』が見事な菓子を出した。してやったりだね」

そんなことは、と晴太郎が口を挟もうとしたのに先んじて、幸次郎がにっこりと笑った。

「はい。それはもう」

にやりと笑い返した総左衛門から、晴太郎はこっそり目を逸らした。

勝手口の脇で、鈴虫が鳴いている。晴太郎は、ひんやりした板の間に腰を降ろし、虫の声を楽しんでいた。

「よかったですね、兄さん」

傍らに腰を下ろし、幸次郎が囁く。鈴虫たちが一斉に鳴き止んだ。

幸次郎が、荘三郎と雪の縁組を言っているのは、すぐに分かった。

うん、と返事をしてから、晴太郎は幸次郎に笑いかけた。

「お前の縁談も、俺の菓子で纏めてやろうか」

長いこと黙ってから、幸次郎は真摯な声音で答えた。

「私は、お糸の婿になる気はありませんよ」

でも、お糸はそのつもりなのに。

腹の裡だけで呟く。弟の気持ち、決心を考えると、口には出せない。

幸次郎やお糸が、たとえ互いではない誰かに想いを寄せたとしても、いつか自分の菓子が、大切な人の幸せに花を添えられたらいい。

「桜が、待ち遠しいね」

軽い調子で話を変えた晴太郎に、幸次郎が呆れた声を上げた。

「今年の紅葉もまだですよ」

「だから、待ち遠しいんだよ」

晴太郎は、飛鳥山を薄紅に染める桜を思い浮かべた。

満開の枝を、睦まじく見上げる男と女がいる。それが荘三郎と雪なのか、幸次郎とお糸なのか、晴太郎自身にもよく分からなかった。

弥生のかの女《ひと》

弥生朔日《ついたち》。

幸次郎《こうじろう》にとって、忘れえぬ日のはずだった。

けれど、『百瀬屋《ももせや》』で任される仕事が増え、父母が亡くなり、兄と共に生まれ育った店を離れ、茂市《もいち》と三人で『藍千堂《あいせんどう》』を始め――。季節をひとつ過ごすごと、齢《よわい》をひとつ重ねるごと、日々の狭間に「その日」は紛れ、埋もれていった。花のあしらいや店先の行燈《あんどん》の灯りに、ふと思い起こす刹那はあっても、懐かしむ気持ちは、なくなって久しい。靄《もや》が掛かったように、「かの女《ひと》」の面影さえあやふやで、心許ない。

こんな風に改めて思い起こしているのは、ある客へ届けに行く、誂え菓子のせいだ。

弥生朔日に、桃でも雛でもなく、桜を象《かたど》った菓子を。

注文を受けた幸次郎の頭に、真っ先に浮かんだ景色があった。

今頃仲之町では、腕利きの植木職人がこの日に合わせて咲かせた桜を、大騒ぎで植えている頃だろう。

外の女にも、大門《おおもん》が開かれる時。

吉原名物、弥生の桜だ。

幸次郎は、そっと息を詰め、足を速めた。

顔もはっきり思い出せないのに、甘さを孕んだ胸の疼きは、あの時と何も変わらない。いい気なものだ。

悠長な物思いを振り払うために、この上菓子の注文主へ、胸の裡《うち》で、皮肉を投げつけてみる。

俳諧の宗匠だという五十過ぎの男は、脂下《やに》がった顔で『藍千堂』を訪ねた。

――豊島町にある儂の庵に、お春という女が住んでいる。そこに桜の菓子を届けておくれ。何、その女が昔暮らした処を懐かしがってね。ほんの真似事、戯れ事だよ。

声を潜め、他に客のいない小さな店の中を見渡しながら、得意げに女の素性を匂わせる。

なるほど、見ない顔のはずだと、幸次郎は察した。

本宅はこの辺りではなく、豊島町の庵に吉原から受け出した妾を囲っているのだ。見かけない男の浮ついた様子からして、女を住まわせてまだ日が浅い。

急いで首を振って、苛立ちしか呼び起こさないにやけ顔を追い払う。

きっと、それでも。

初めて訪ねた上菓子屋で妾自慢をぶつような、慎みや気遣いとは無縁の男の世話になっているとしても。

当の女にとってみれば、『吉原』という名の豪奢な鳥籠の中で切り売りされるより、幸せなのだろう。腹を立てることも、ましてやさしで口を挟む筋合もない。

要らぬお節介は菓子屋の持ち分ではない。

いつも、晴太郎《はるたろう》兄さんを諭しているのは、私じゃないか。

自分を叱って勢いをつけ、和泉橋を南へ渡る。

桜の菓子の届け先は、『藍千堂』のある相生町の南東、神田川の向こう岸にあった。町屋と武家屋敷が混じり合い、神田川や堤の眺めも晴れやかな辺りだ。

教えられた通りに進むと、生垣に藁葺《わらぶき》屋根を頂いた風流な木戸が目に入った。

こんなところに女を住まわせるとは、随分羽振りがいい。俳諧の会では茶を点《た》てたりもするだろうから、結構な上客になるはずだ。

菓子は心配ない。

漆塗りの井籠《せいろう》の中身は、異なる仕立ての上菓子九つで一段、同じものをもう一段で十と八。様々な桜の色と形を写した練り切りはもちろん、『藍千堂』自慢の薯蕷《じょうよ》饅頭には桜の花の焼き印を散らし、葛饅頭や琥珀《こはく》羹も葛や寒天から花びらが透けて見える仕上げにしてある。

ひとつひとつ、晴太郎と茂市が工夫を凝らし、腕によりをかけて作ったものだ。

見た目の華やかさ、上品な舌触りと味、どこをとっても申し分ない。

つまり、後は自分の客あしらいの腕次第、ということになる。

道々引きずってきた苛立ちを、心中から念入りに追い出し、幸次郎は木戸の前に立った。手を掛けた渋墨《しぶずみ》の黒塀と揃いの色味の木戸だ。

「ごめんくださいまし」

返事はない。木戸を潜り、細かな格子細工の引き戸越しに、再び声を掛ける。

「相生町の『藍千堂』でございます」

『右手の庭へ回って下さいな』

掠れ気味の声が、応じた。

胸の奥で、何かが爆《は》ぜた。

「かの女」の面影に纏わりついていた靄が、だしぬけに晴れた。

『主《あるじ》から聞いています。お端《はした》を使いに出しているものだから。ご苦労だけれど』

違う。幸次郎の頭は、告げている。

「かの女」の声は、もっと瑞々しく、張りがあって――。

この声が劣っているというのではない。しっとりした語り口、掠れ声に滲む艶。女の色香だけ取り上げれば、こちらが上だろう。

『菓子を届けにいらしたのでしょう』

ああ、この言葉尻の上がり具合だ。

問いかけるように、ほんの少しだけ持ち上がる癖。

『藍千堂さん』

おっとりと呼ばれ、幸次郎は我に返った。

「失礼いたしました。ただ今」

慌てて詫び、格子戸の右脇から庭へ入る。

木々には、養生の筵《むしろ》が巻かれていた。竹製の縁側も雪見窓の桟も、真新しい。

もう一度、声を聴かせて貰えないだろうか。

あの頃。尻の青い小僧に戻ったように、心の臓が煩く脈を打っている。

兄と茂市の菓子を、懐に抱え込んだ。

庭に面した障子が、半尺ほど開いている。

ほのかに甘酸っぱさの混じる、柚子の涼やかな香りが鼻先を掠め、部屋から庭へ抜けていった。

この、匂い。

「このたびは、ご用命ありがとう存じます。『藍千堂』にございます。ご注文の菓子をお届けに上がりました」

障子の隙間に向けて、声を掛ける。

障子の向こうの女主は、答えない。

商いの物言いが、できただろうか。

自分の声はどこか遠くて、幸次郎の気持ちをざわつかせる。

白木の桟に女の指が掛かった。

華奢で滑らかな、女の指だ。

人差し指だけが、真っ直ぐに伸びている。

何かを持つ時に人差し指が軽く立つ、「かの女」の癖。

音もなく、障子が滑った。

幸次郎は、目を閉じた。

桜の花びらが、螺旋を描いて舞い散る。

浮き立った人の群れ。

笑いさんざめく女の声、男の囁き。

漂う煙草の煙、粉めいた化粧の香り。

現《うつつ》よりもなお鮮やかに、あの日の幻が蘇る。

ゆっくりと、息を吸った。

柚子の匂い――「かの女」の肌の匂いが、幸次郎の体を充たした。


「幸次郎、戻ったみたいだね」

『藍千堂』の仕事場で、晴太郎は茂市に確かめた。白餡の仕上げをしていた茂市が、顔を鍋に向けたまま答える。

「へぇ」

短い返事には、戸惑いが滲んでいた。

外出《そとで》から戻ると、まず幸次郎は奥の仕事場へ声を掛ける。

店番は自分がするから、菓子に専心してくれ。

「ただ今戻りました」の律儀な一言は、職人二人に対する、その合図だ。

なのに今日に限って、戻った気配がしたのに、何も言ってこない。

ましてや、初めての客に新しい誂え菓子を届けたのだ。出来栄えに満足してもらえたのか、晴太郎がいつもより気にしていたのを、幸次郎は承知している。

晴太郎は、菓子をひとつ仕上げたところで、竹べらを置いた。仕事場から店を覗き、らしからぬ弟の背中に戸惑う。

疲れているのか、気落ちしているのか。幼く頼りなげにも見えるし、一心に考え込んでいるようにも見える。

少し迷って、「おかえり」と、声を掛けた。いつもの調子で。のろのろと振り返った弟の顔つきには、見覚えがあった。

あれは、幾年前の春だったろうか。

まだ父母が元気で、『百瀬屋』は昔の『百瀬屋』のままで。

確か幸次郎が、「自分は、菓子職人ではなく商いを仕切る方へ行こう」と心を決め、ご贔屓に商い仲間、百戦錬磨の大人に混じって右往左往していた春のことだ。

抜け殻のようでいて、そのくせ何かに充たされているようで。

寄る辺ない童にも見え、ふいに大人びてしまったようにも見え。

そんなことを思い起こしながら、弟の顔を見つめていると、発条《ぜんまい》が巻き戻るように、幸次郎が「今」に帰ってきた。

「只今戻りました、兄さん」

まるで、本当にたった今戻ってきたような台詞だ。

二の句が継げずにいる晴太郎に、「どうしました」なぞと、問いかける。

「い、いや、なんでもない」

なぜ、自分が気拙い思いをしているのだろう。

小さな理不尽さを腹の奥へ押し込め、晴太郎は訊き返した。

「それで、どうだった」

「大層、お喜びでしたよ」

「桃の花じゃなく、桜に見てもらえたかい」

「勿論」

「何かお気に召さないところが、あったんじゃないか」

「いいえ。こんな綺麗な菓子は初めて見たと、おっしゃっていました」

「それじゃ、次のご注文がいただけなかった、とか」

「それは、お召し上がり頂いてからのことでしょうし、それを決めるのはあの女ではないのでしょうから」

「あのひと、って」

しまった、という風に、幸次郎が小さく口の端を「へ」の字に下げた。

「なんでもありません。それよりどうして、今日に限っていろいろ気になさるんです」

だって——。

その続きを、晴太郎は呑みこんだ。代わりにこんなことを言って誤魔化す。

「幸次郎が、顰《しか》めっ面をしているからじゃないか」

長い間《ま》の後、幸次郎は、ふい、と晴太郎に背を向けた。ぶっきらぼうな答えを、背中越しに放ってよこす。

「『藍千堂《うちどう》』のご贔屓になってくれそうな方を、どうすれば『百瀬屋《あちら》』に盗られずに済むか、考えていただけです」

晴太郎は喉元まで出かかった続きを、言わないでおいてよかったと、思った。

——幸次郎、お前、頬が紅いよ。


晴太郎の小さな心配を余所に、幸次郎は普段通りだった。愛想よく客を捌き、新しい注文を取りつけ、不甲斐ない兄を叱る。

あれは、きっと自分の気のせいだったのだ。でなければ、幸次郎にちょっとした気がかりがあっただけで、それも自分の中でさっさと折り合いをつけてしまったのだろう。

ほっとした気分で昼飯から戻った時だ。

背中から冷水を浴びせかけられたような心地がした。

茂市が、黙々と菓子の仕上げをしている。

黄色に染め、ぽってりした五弁に開いた白餡に緩めの葛餡を掛け、艶やかに仕上げた茶会の誂え菓子だ。

晴太郎が昼飯に出かける前、茂市と共に仕上げ、すぐに幸次郎が客先へ届けに行った菓子と、同じもの。

評判が良くて、追加の注文が入ったのか。茶会の客から新たに頼まれたか。

甘い考えは、茂市の口元に刻まれた皺と、何事にも丁寧ないつもの茂市より、ほんの少しだけ早い指の動きを見て、すぐに消えた。

手を洗い、前掛けを締めて側へ行く。

「手伝うよ」

「助かりやす」

余計なことを抜いた晴太郎の言葉に、茂市の答えもごく短い。

「あと、いくつ」

「へぇ。あと七つで」

すでに五つ出来上がっているから、十と二。先刻仕上げたものと同じだ。

出来が悪くて突き返されたのだろうか。

いや、白餡、葛餡の手触りも、出来上がったものの色と形も、変わっていない。食べて口に合わなかったのなら、もう茶会には間に合わない。今更作り直せと言っては来るまい。

それに、頼み主は『藍千堂』を開いてからずっと贔屓にしてくれている客だ。味の好みは晴太郎も茂市も心得ている。

「何か、あった」

一つ仕上げ、二つ目に取り掛かりながら、尋ねる。少し間を空けて、茂市は穏やかに答えた。

「刻限が、違っていたんだそうでごぜぇやす」

そう、と答えるのが、やっとだった。

茶会の菓子は、食べる刻限が知れている。

口に入れる刹那が分かっている以上、「その時」が一番旨くなるように、暑さ寒さに天気、茶会の場、すべてを計って、水加減や細工の塩梅《あんばい》を変えなければいけない。

この「山吹」は、客の好みに合わせて葛餡を緩くした。茂市と晴太郎が狙った「その時」が過ぎる毎に、白餡は葛餡の水気を含み、味も見た目も落ちていく。

小半刻も過ぎれば、とても客に出せる代物ではなくなる。

「間に合いそうかな」

「晴坊ちゃまが入って下すったんで、ちょうどいい塩梅になりやす」

茂市の返事を聞き、晴太郎はようやく少し落ち着くことができた。

伝え間違えか、聞き間違えか。

客が伝え間違えたのだとしても、幸次郎の仕切りに抜かりはない。失礼にならないよう、さりげない遣り取りの中で、幾度か確かめてくる。つまり、「茶席の刻限が違った」段で、幸次郎のしくじりという話になる。

こんなこと、なかった。

再び首を擡《もた》げた気掛かりを押し込め、晴太郎は言った。

「早い方に間違えたのでよかった。作り直せるからね」

「まったくで」

「お客さんはお腹立ちだったかい」

「慌てておいでではごぜぇやしたが、大して」

「そう。それで、幸次郎は」

「お届けした後、菓子帳を見せに他を回ると、おっしゃってやした。そろそろお戻りになっててもいい頃合いかと」

「すまないね、茂市《もい》っつあん。詫びから作り直しまで押し付けちまって」

「何の。坊ちゃま方がおいでの前は、手前ぇ一人でこなしてやしたから。これくれぇはなんでもありやせんよ」

きっと茂市は、幾度も客に頭を下げてくれたのだろう。客の人となりも、どれほど大がかりな茶会なのかも、晴太郎は知っている。「大して腹を立てていなかった」で、済むわけがないのだ。

なのに、茂市は苛立ちも怒りもしない。晴太郎は、もう一度心中で茂市に詫びてから、目の前の菓子に気を入れた。


茶会には、どうにか間に合った。茂市が丁寧に頭を下げてくれていたこともあり、詫び方々菓子を届けに行った晴太郎は、苦笑いで客に「『藍千堂』さんらしくないね」と、窘《たしな》められるだけで済んだ。

作り直した「山吹」の出来も、褒めてもらえた。

ほっとしたよりも、胃の腑に石を詰め込んだような気分だった。

店へ戻っても、幸次郎は帰っていなかった。

いかがでしたか、と心配そうに訊いた茂市へ、まずは菓子を喜んでもらえたこと、茂市のお蔭で、さして叱られずに済んだことを伝える。長い吐息ひとつ間に挟んで、晴太郎は切り出した。

「幸次郎ね。勝手にいたお端《はした》に菓子を預けていったそうなんだ」

茂市が、息を呑んだ。

「幸坊ちゃまが、でございやすか」

「うん」

幸次郎が届けに行った時、客先はてんやわんやだったのだそうだ。刻がまだ早く、茶会の支度の真っ最中だったのだから、当たり前だろう。

いつもの幸次郎なら、そこで間違いに気づいたはずだ。なのにそれを確かめるどころか、なかなか出てこない亭主に痺れを切らし、細かなことが分からない、勝手で働く女に預けてしまった。

お端は気づかなかったが、亭主は気づく。

いつも間合いを細かく計って菓子を届ける『藍千堂』が、らしくない、と。

「蓋を開けて青くなったという訳さ。こういう菓子が、茶会の刻限まで保《も》つ訳がない」

長いこと黙ってから、茂市が口を開いた。

「ここのところ、幸坊ちゃまの様子が、おかしかったんでござぇやす」

「どういうことだい」

「これって、しくじりがあったわけじゃねぇ。ただ、どうにも商いに身が入っておいでではないっつうか、心ここにあらずっつうか」

言いにくい茂市の気持ちが、晴太郎にはよく分かった。

親方の忘れ形見だからというだけではない。

算盤《そろばん》や客あしらい、例えば茶会の刻限をさりげなく確かめるとか、あるいは『百瀬屋』の悪巧みにいち早く気づき、手を打つとか。

細かな気遣いに算段、損得勘定、商いの才はからっきしの身としては、今までその一切を引き受け、鮮やかにこなしてきた幸次郎に頭が上がらない。偉そうなことを言えた義理ではないのだ。

それは晴太郎も同じ、いや、幸次郎に対する負い目だけをとれば、晴太郎の方がむしろ茂市よりも大きいだろう。

幸次郎は、『百瀬屋』次代主《あるじ》の座を捨ててついてきてくれたのに、晴太郎は何一つ報いていない。ほんの少し「らしくない」からといって、ただ一度、しくじりをしたからといって、すわと兄面で説教していいものか。

晴太郎はぼんやりした笑みを茂市に向けた。

「今日のことは、俺に預けちゃくれないか」

「晴坊ちゃま」

「何か訳があるんじゃないかな。それが分かるまで、様子を見ようと思うんだ」

頼もしい『藍千堂』の職人は、ちらりと戸惑う目をしたが、すぐに「へぇ」と頷いた。

その顔には、晴太郎の心裡と揃いの、ほっとしたような色合いが滲んでいた。


茶会のしくじり以来、幸次郎はしきりに外回りをするようになった。

その割に、菓子の注文は増えない。

幸次郎が妙な訳も、見えてこない。

腹の底に圧し込めた危惧が、見逃せないほど膨らんだのを見計らったように、晴太郎大の苦手の客が、『藍千堂』を訪ねた。

店の家主にして一番の後ろ盾、生まれた頃から兄弟を知っている、亡き父の友。伊勢屋総左衛門だ。

「主は、いるかい」

涼風を纏《まと》ったような立ち居振る舞い、上品な面は、一寸見《ちょっとみ》いつもと変わらない。

だが、凪《な》いだ物言いは冷やかな怒りを纏っているし、「主」と晴太郎を呼んだのも、敢えて棘のある言葉を選んだとしか思えない。

何気ない言葉尻や声の出しようにも、意図を含ませ意味を見出す、隙のない男なのだ。場の流れや相手に、なんとなく合わせてしまう晴太郎のような性分にとって、総左衛門との遣り取りは大層気の張るもので、常からあまり楽しいひと時ではない。

そこへきて、この不機嫌だ。

引けそうな腰を叱りつけ、「小父《おじ》さん」じゃなくて「伊勢屋さん」、と呪《まじな》いのように心中で言い聞かせてから、口を開いた。

「いらっしゃいまし、伊勢屋さん。ただ今お茶を――」

「遠慮しておくよ」

言いかけた晴太郎を、総左衛門はぴしりと遮った。

「かかわりのないお人に聞かせるような話じゃない。奥へ行こうか」

こちらを一瞥もせずに、江戸一と呼び声高い薬種問屋の主は、『藍千堂』の小さな仕事場へ向かった。

重い足取りで後を追うと、困り顔の茂市と目が合う。頷くことで、店番をしていてくれないか、と伝えた。軽く会釈して座を外した茂市を、総左衛門は目で追ったものの、取り立てて止めることはなかった。

「幸次郎の姿が見えないが、あの子に何か変わったことは」

顔に出ないよう、できる限りの気配りをし、晴太郎は「さあ」と、首を傾げた。誤魔化し笑いを見抜かれたと、総左衛門の鋭い目から察し、急いで口元を引き締める。

「新しい菓子帳を持って出ましたから、ご贔屓筋を回ってくれているのでは、ないでしょうか。出掛けに顔を合わせましたが、いつも通りでしたよ」

「あの堅物が、商いそっちのけで女に現《うつつ》を抜かしている。主の身で、まさか知らない訳ではないだろうね」

小父さんは、芝居の話でもしているのだろうか。悪い夢と現《うつつ》の境が分からなくなっているのかもしれない。

誰かが、楽しげに笑っている。

すぐに、自分の声だと気づいた。総左衛門の視線が痛い。茂市も、店からこちらを覗いている。

「何を言い出すかと思えば、小父さん」

それだけを、こみ上げ続ける可笑しさの合間に、ようやく口にする。

総左衛門が、ゆうるりと瞼を伏せた。

「幸次郎の様子がおかしいことには気づいていたが、女は初耳だ。そんなところだね。まったく、お前は分かり易くて助かる」

淡々とした呟きに、突き放した色が潜む。晴太郎は肝が縮む思いで笑いを収めた。

総左衛門と相対《あいたい》する時には、ありったけの生真面目さと覚悟をかき集めなければならないことを、今更ながら思い知る。父の友で、自分たちの後ろ盾に心底呆れられ、見限られるのは悲しい。

「一体、どこから出た話なんです。幸次郎が、商いを放って女に夢中になっている、なぞ」

憐れむような目で見ないでくれ。

晴太郎が音を上げそうになるほど長い間を取って、総左衛門は切り出した。

「豊島町の庵に、坂下松陸《しょうろく》という俳諧師が、妾を住まわせている。名はお春。吉原にいた時は、鶯《うぐいす》と名乗っていたそうだ」

「待ってください」

呟き込みながら、晴太郎は伊勢屋主の言を遮った。

「豊島町の俳諧師というと、あの『桜尽くし』の――。それに、妾ですって。それじゃあ」

「客の女と不義密通、ということになるね」

「小父さん。いくら伊勢屋の小父さんでも言っていいことと悪いことがあります」

「幸次郎の昔の女だ」

今、何と言った。

痺れる唇が訊き返すより先に、幸次郎の声がざらざらと割って入った。

「なぜ、それを」

幸坊ちゃま、と茂市が狼狽《うろた》えた声で呼び止めているのが聞こえた。

見上げた晴太郎の目に、店と仕事場の境に掛けた暖簾の内、硬い顔で立ち尽くしている弟の姿が飛び込んできた。

ゆっくりと、総左衛門が幸次郎を見返す。

「なぜ、私がお前の不行状《あけ》を知っているのか。大事なのは、そこではないだろうに」

幸次郎の首が、さっと朱に染まった。

頭に血が上った時、顔よりも眼よりも、弟はまずその徴《しるし》が首に出る。

「探ったんですか。私にじかに確かめず、こそこそと、断りもなく――」

「私がこそこそ探って出てきたのは、他人《ひと》様《さま》の女とこそこそ逢瀬を重ねている、お前の行いだったという訳だ。なかなか洒落ているじゃないか」

生真面目な顔、物言いで、総左衛門は皮肉った。幸次郎の喉が軋むような音を立てる。

ああ、まただ。

抜け殻のようで、大人びても見えていた、あの頃と同じ顔をしている。

総左衛門の言葉は、すべて真実《ほんとう》なのだ。

「小父さんとは、関わりのない話です。放っておいてください」

「そういうふざけた口は、私の店子でなくなってから利くことだね」

幸次郎の首筋の血の気が、頰からこめかみに上った。何か言い返そうと息を吸った機先を制し、晴太郎は口を挟んだ。

「小父さん、止めてください。まずは話を聞いてやってくれませんか。幸次郎も、少し頭を冷やせ。ほら、座って」

精一杯の仲立ちにも、二人の返事はない。

「幸次郎」

泣きたい気持ちで弟を呼ぶ。

ふいに、幸次郎は踵《きびす》を返した。

「幸坊ちゃま」

「仰せの通り、少し頭を冷やしてきます」

「待てったら、幸次郎――」

幸次郎の足は、束の間も止まることがなかった。指から風がすり抜けていくような虚しさが、晴太郎の胸を過《よぎ》る。

戻ってきてから出ていくまで、自分を一度も見てくれなかった。

「お前は、一体何者なんだい」

静かな問いに、ぎくりとして振り向く。

戸惑う晴太郎の代わりに、訊ねた総左衛門当人が答えた。

「『藍千堂』の主。幸次郎の兄。違うかい」

その通りだ。答えに迷う類の話ではない。

なのに、返事ができない。

総左衛門の冷たい怒りが、それを許してくれない。

「だったらなぜ、お前がするべきことを、私がやっているんだ」

言葉にならない晴太郎の答えが聞こえているかのように、総左衛門は続ける。

「『幸次郎は大人だ。自分で収めることができるなら、そうさせてやりたい。それまで待ってやるのが、兄の務めだ』。それとも、こうだろうか。『今まで自分は幸次郎に助けてもらってばかりだった。なのに少しばかり幸次郎の様子がおかしいからといって、言いたてる筋合いではない。一度や二度しくじったくらいで、咎めだてできるはずがない』。どうだい。違っているなら言ってみなさい。聞いてやろう」

どちらも図星だ。

晴太郎の腹の裡を全て分かっているなら、静かに見守っていてくれないだろうか。

「小父さん――」

お前は、と、総左衛門は自分で促しておいて、晴太郎の言を遮った。ここまではっきりした苛立ち、憤りを撥ね除けるだけの力を、晴太郎は持ち合わせていない。

「お前は、思い違いをしている」

まっすぐに晴太郎を射抜く目が、亡き父のそれと重なった。

寡黙だった父が、はっきりと言葉に出して晴太郎を叱る時に見せていた顔だ。

「それが、兄としての優しさであり、この店の主の覚悟だ。お前のことだ、本気でそう考えているのかもしれない。確かに、そういう覚悟の形もあるだろう。けれどね、晴太郎。お前のそれは、覚悟ではない。幸次郎への引け目に勝てずにいるだけ、自分が楽をしたいだけだ」

どくんと、胃の腑の底から喉元が大きくひとつ、のたうった。

「あちらにもこちらにもいい顔をして、波風が立たないようにする。それはあちらやこちらのためを思ってじゃない。お前自身が嫌な思いをしないように。厄介を背負い込まないように、だろう」

「俺は、そんなつもりは」

「では訊くよ。もし幸次郎が、贔屓客に詫びて済む話ではない、大きなしくじりをしたら。あるいは、不義密通でお縄になるような羽目になったら。お前はこの店の主として、幸次郎の父代わりとして、どうするつもりだい。幸次郎を信じて任せたというのなら、無論いざという時に打つ手を整え、それなりの覚悟もしているんだろうね」

返す言葉がない。

そこまで、考えていなかった。自分が幸次郎の父代わりなぞ、思ってもみなかった。

伊勢屋という大店、幾人といる奉公人の暮らしを背負っている総左衛門の言葉は、重く深く、晴太郎の胸を抉《えぐ》った。

店の大きい、小さいではない。晴太郎とて、『藍千堂』と幸次郎、茂市の暮らしを背負っているのだから、総左衛門と同じ覚悟をしていなければならなかった。

小さな息を吐いて、穏やかに、そして憐れむように、総左衛門は告げた。

「晴太郎お得意の、その場しのぎの愛想笑いさえ出ないようだから、帰るとしようか。お手並み拝見させていただくよ、主」

総左衛門を見送らなければ。

出て行った幸次郎を、探しに行かなければ。

お春という女のことも、知っておいたほうがいい。

頭は次々と命じるが、手足が言うことを聞いてくれない。

目の前にそっと湯呑みが置かれ、晴太郎はのろのろと顔を上げた。

ほんのりとした茂市の笑みには、自嘲の色が浮かんでいる。

「あっしにも、耳の痛ぇお話でごぜぇやした」

熱い番茶を一口啜り、晴太郎は首を振った。

「小父さんの言う通り、これは俺の役目だ。茂市っつぁん」

晴太郎は、小さく笑った。

「晴坊ちゃま」

「おとっつあんも、小父さんみたいな顔をしたことがあったなって、思い出してね」

茂市が、懐かしむように目を細めた。

「晴坊ちゃまを飛び切りきつくお叱りになる時、同じような顔をしておいでででした」

「うん。俺がしくじった時じゃない。しくじりを誤魔化そうとした時の、お父っつあんの顔と揃いだった」

長閑《のどか》に昔を思い出している暇はない。

笑い話にしていいことじゃない。

分かっていて、晴太郎はひとしきり、茂市と力なく笑い合った。


留守を茂市に頼み、晴太郎は豊島町の庵へ向かった。

もし本当に深い仲になっているとすれば、累が及ぶのは自分と幸次郎に留まらない。

「従兄《にい》さん」

耳に馴染んだ声が、らしくない大人しさで、晴太郎を呼んだ。

「お糸」

可愛がっている従妹の名を普段通り口にするのに、少しばかり苦労が要った。

「また、叔父さん叔母さんの目を盗んできたのかい」

『百瀬屋』の一人娘は、いたずら顔でぺろりと舌を出した。元気がないように見えるのは、気のせいだろうか。

「どこへ行くの」

「豊島町」

「としま、ちょう」

お糸の声が、硬く上擦る。

晴太郎は、急いで言い添えた。

「新しいお客さんのところへ、ご挨拶に伺おうと思ってね。来るかい」

しまった、と臍《ほぞ》を噛む。

いつもよりも明るく、と力を入れた分、勢いが付きすぎて余計なことを口走った。

けれどお糸は、寂しそうに首を横へ振った。

――敵いっこないもの。

可愛らしい唇が、そう動いたような気がした。すぐに軽やかな声で、お糸が言い直す。

「やめておく。覗き見するなって、幸次郎従兄さんに叱られそうだから」

「お糸、お前」

知っているのか。

晴太郎は、確かめられなかった。

すれ違った女の抱える桃の枝から花びらが零れ、お糸の鼻先を掠めていった。

いつもより大人びたお糸の横顔が、柔らかく綻ぶ。

「岡様が、ね。おとっつあんと話してるのを、聞いちゃったの」

岡丈五郎。『伊勢屋』にも『百瀬屋』にも出入りしている南町の定廻同心だ。『藍千堂』へも顔を出しては、甘いものをつまんでいく。

お糸は、慌てた風で続けた。

「安心して。いくらおとっつあんでも、そのことで従兄さんたちを困らせようとは、考えてないから」

表沙汰になったら、身内の『百瀬屋《うち》』だって、困ったことになるもの。

ついでのように続いた呟きに、荒《すさ》んだ音が混じる。

「おとっつあんのことを、そんな風に言っちゃあいけないよ」

晴太郎はお糸に笑いかけた。

「また、知らせに来てくれたんだね。お糸には世話になってばかりだ」

細かく頭《かぶり》を振った仕草に、お糸らしいあどけなさが垣間見え、ほっとする。

「岡様、『伊勢屋』さんにも話したって言ってたけど。晴太郎従兄さんへは、どう」

「いいや」

晴太郎は答えた。

『伊勢屋』とも『百瀬屋』とも、深く関わっている岡を、幸次郎は「信用ならない」と評するが、多分そうではない。

ただ、公正なのだ。

実の甥で、お糸の婿にと考えている幸次郎が不義密通を犯したとなれば、『百瀬屋』にも累は及ぶ。いがみ合いがどうの、昔の因縁がどうのと、言っている段ではない。

——俺ぁ、お天道さんの言う通りにしてるだけさ。お天道さんが「やれ」と言やあ、気が乗らなくたって「しゃあねぇ、やるか」ってなる。「やめとけ」って言われりゃ、「もったいねぇなあ」って思ったって、やらねぇ。

ずいぶん前、岡が冗談めかして口にした台詞を思い出す。

「あちらこちらにいい顔をしている」だけの自分とは、大違いだ。

そして、そのことを岡に見抜かれてもいる。だから、肝心の『藍千堂』に、幸次郎と豊島町の女のことを伝えに来なかった。

狼狽《うろた》え、悩んだ挙句、何もできない兄に告げても無駄だと、踏んだのだろう。

当たってますけどね、岡の旦那。

苦笑いで、厳《いか》つい面の定廻同心に心中話しかける。

「従兄さん、大丈夫」

お糸が、心配そうに晴太郎の顔を覗き込んだ。一度頰を引き締めてから目元を和ませ、軽く頷いてやる。

「お糸は、何も心配しなくていい。俺がなんとかするから」

お糸の頰に、紅が散った。

「あ、あたしは、別に、幸次郎従兄さんの心配なんか、しちゃいないわ。ただ、うちと『伊勢屋』さんが知ってて、晴太郎従兄さんだけ除け者じゃあ、可哀想だって思ったから」

しどろもどろの言い訳が、愛おしい。

はいはい、とからかうように往《い》なしてから、顰め面を作ってみせる。

「叔父さん叔母さんには、俺が『心配するな』って言ってたこと、内緒だぞ」

今は幸次郎だけで手一杯、叔父夫婦の相手までは、できそうにない。

敏いけれど歳よりも幼さの目立つ従妹は、まだ気がかりの残る笑みで頷いてから、ぷっと頬を膨らませた。

「そんなこと、するわけないでしょう。あたしが従兄さんに告げ口したって、お父っつあんに知れちゃうじゃないの」

「そりゃあ、そうだ」

大威張りで頷いた晴太郎に、ようやくお糸ならではの、邪気のない笑いがはじけた。


お糸に請け合ったものの、どう始末をつければいいのか、晴太郎には見当もつかない。

そもそも、どこまで深い仲なのか。

我に返って、自分の思案に自分で照れ、狼狽える。

いや、その。お武家様なら、疑われるような真似だけで、斬り殺されたって仕方ない話だけど、こっちはただの町人だし。不義と言ったって、庵の女主も、その、お内儀という訳ではないのだし。少しは大目に見てもらえるってこともあるかもしれないじゃないか。

はた、と立ち止って、肩を落とす。

「誰に言い訳してるんだ、俺は」

気が付けば、この辺りはもう豊島町だ。

俺は、どこだろう。ええと、幸次郎と俳諧宗匠は、どんなやりとりをしていたっけ。

使い慣れない頭を、懸命に捻って思い出す。また、苦い笑いが込み上げた。

こんなことまで、幸次郎に任せっきりだったなんて。

初めての客だ。自分が届けに行って、注文、好みと違っていないか、気に入ってもらえたかどうか、確かめなければいけなかったのに。

いや、住まいや人に菓子を寄り添わせるには、菓子を作る前に話を聞くのが筋だ。

『藍千堂《みせ》』がうまく回り始め、贔屓の客も少しずつ増えている。いい仕事もこなせている。

そんな驕りと慣れが、いつの間にか心に巣食っていた。

小父さんの言う通り、自分は「兄」にも「主」にも、なれていなかった。

くよくよと思い巡らせながら、歩を進めていた晴太郎だったが、目の端に入る色合いが変わったことに気づき、辺りを見回した。

ただの板塀が、歩いてきた少し手前から、艶やかな黒塀に変わっている。上質の渋墨を幾度重ねれば、こんな黒になるのだろうか。塀の屋根越しに覗く松の品のいい枝振り、藁を葺いた屋根を頂く木戸。どこもかしこも、手を加えたばかりの真新しさが匂う。

「庵に吉原から受けだしてきた女を住まわせ、桃の節句に『桜尽くし』という、粋ぶって艶めいた菓子を注文する俳諧宗匠」の人となりが透けて見える住まいだ。

——菓子の出来はいかがだったか、伺いに参りました。

それを口実にしようと、晴太郎は決めていた。木戸の手前で「ごめんくださいまし」と声を掛けるが、応えはない。

軽く押すと、小さな軋りと共に腰までの高さの木戸が内へ開く。

細かな格子の引き戸は白木仕立てで、黒塀との対比が美しい。

引き戸の前で名乗りかけた口を、晴太郎は噤んだ。

息と唾を一緒くたに飲み下す。風邪を引いた時のように、喉が痛んだ。

足がひとりでに、右の庭へ向かう。

竹製の縁側や丸い雪見窓、鋏を入れたばかりなのか、なんとなく堅苦しい様子の庭の木。

障子が、半尺ほど開いている。

体中の血が、泡立った。

『籠の鳥は、厭だ。あの頃、貴女はそう言っていた』

その声を聞く前から、どこかで分かっていた。

幸次郎が、来ている。

掠れの混じる女の声が、するりと身を躱《かわ》すように応じる。

『そんなことも、あったかしら』

『忘れた、と仰る』

引かれるように、縁側へ近づいた。

障子の隙間から見えたのは、幸次郎の姿でも、女の顔でもなかった。

白くほっそりした指と、浅黒い、少し節の目立つ指。

男の手は、女の手を強く捕えている。女の手は、抗う風でも、かといって寄り添う様子もなく、ただそこにあるのが当たり前のような、静かな佇まいだ。

ぴんと立った白い人差し指の先で、滑らかな爪が春の陽光を淡くはじいた。

良くできた有平糖《あるへいとう》のようだ。

白い左手がふんわりと二人の拳を包む。拳に顔を寄せるような仕草で、女が屈んだ。

障子の隙間から、上品な面が覗く。

濡れた瞳と視線が合ったような気がした。

女の目が、驚き、狼狽え、悲しげに揺れる。

なぜ、そんな目をするのだろう。

勝手に入り込み、逢引を覗き見していることも忘れ、晴太郎は女の瞳を見返した。

厚みのない女の唇が、色めいた形の笑みを作る。

だしぬけに変わった気配にたじろいだ晴太郎に気づかない風で、女は左の拳に軽く力を掛けた。するりと、幸次郎の手から自分の右手を引き抜く。

『吉原《あそこ》も、庵《ここ》も、場と大きさが変わっただけで、籠には違いがない』

初めて耳にする、もどかしさをむき出しにした幸次郎の物言い。けれど、女は心を動かされた風ではない。

『そう、かもしれないわね』

同じような意味を持つ先刻の呟きとは違う昏《くら》さを、女の声は纏っていた。

『あの時、私は貴女に助けられた。今度は、私の番だ。貴女を助けたい』

『助ける、なんて。吉原の女に向かって無粋な言い様だこと。夢を見た、酔った、溺れた。洒落た台詞の一つも出てこないのかしら』

『自分は、もう鶯という名の遊女ではない。そう言ったのは、貴女だッ』

言い返した幸次郎の声は、悲鳴のようだ。

『幸さんは、私にどうしろ、と』

幸次郎は答えない。

女が息だけで笑った。

『吉原へ戻れ。私を買い受けたい。そういう話なら、旦那様に掛け合ってくださいな。私は囲われの身ですから、旦那様のお言いつけには、何をおいても従いますよ』

『買うとか、囲われとか、貴女は自分を卑下するような女《ひと》ではなかったのに』

『でしたら、私を連れて逃げてくださるの』

『貴女が望むなら』

迷いのない幸次郎に、晴太郎は唇を噛んだ。『藍千堂』より、『百瀬屋』を見返すことより、幸次郎はお春が大切なのだ。

静かに息をするのが、酷く難儀だ。

長い間を置いて、女は、そうね、と呟いた。

楽しそうに、あどけない声音で。

『今より楽で贅沢な暮らしをさせてくれるとおっしゃるなら、いいかもしれない』

もう、やめてくれ。

晴太郎は、口の先まで出かかった叫びを、爪を噛んで堪えた。

痛々しくて、これ以上聞いていられない。

幸次郎の答えを確かめる前に、そっと庵を離れた。


重い身体を引きずって店へ帰ると、幸次郎が先に戻っていた。

いわゆる、逢引きじゃなかったんだな。

真っ先に頭を過《よぎ》った考えに、嫌気がさす。

幸次郎は、ここ数日のしくじりや商いの滞りを取り返そうとしているように、店の隅々までよく目を配り、丁寧に客の相手をし、ぬかりなく兄を叱った。

気が漫《そぞ》ろなのはむしろ晴太郎で、砂糖の分量を間違え、餡を煮詰めていた鍋を焦がした。

いつもの通り、七つ過ぎに店を閉めて三人で『亀乃湯』へ行き、帰りに居酒屋で夕飯を済ませる。幸次郎と茂市が、一合の酒を二人で呑み分けた。いつも通りのあれこれを、弟は噛みしめているようにも見えた。

夜更け、隣の幸次郎が床を抜け出した気配に、晴太郎は目を覚ました。

少し待って、弟に続く。

父の『百瀬屋』と同じ匂いが染みついた仕事場に、幸次郎は佇んでいた。

「眠れないのかい」

見慣れた背中へ、静かに声を掛ける。

気づいていたのか、驚いた風もなく幸次郎が振り返った。

やっぱり、か。

すっかり元通りの幸次郎を見た時から、晴太郎は察していた。それが、弟のまっすぐな目を見て確かになっただけだ。

だから、寂しくなんかない。心細さとも悲しさとも、無縁だ。

「茶でも、入れましょう」

幸次郎が、穏やかに囁く。

長火鉢に鉄瓶を掛け、二人して湯が沸くのを待つ。

どちらも、何も言わない。

鉄瓶が、ちりちりと小さな音を立て、白い湯気が上がった。

丁寧に入れた番茶の湯呑みを晴太郎が取り上げた時、ぽつりと幸次郎が呟いた。

「十七の、春でした」

うん、と促した自分の声が凪いでいたことに、晴太郎は安堵した。

狼狽えてはいけない。総左衛門の言う「兄」や「主」になれないなら、せめて、自分が決めたことを、腹を据えて貫き通さなければ。

幸次郎は、晴太郎の心裡を探るような間を空けてから、続けた。

「『百瀬屋《みせ》』のご贔屓を、番頭さんについて回り始めた頃で、今思えば背伸びをすることばかりに必死になっていましたっけ」

*

やけに暖かかったり、かと思えば急に厳しい寒さが戻ったりと、妙な春だった。

そんな中でも、植木屋たちは弥生の花見に合わせ、「吉原の桜」を見事に咲かせたらしい。

自分とは遠いところの話だ。「吉原」という響きが妙に敷居が高く、また照れを呼んだのもあったのだろう、つい、気の抜けた相槌をひとりで訪ねた客に打ってしまった。

「気抜け具合」が癇に障ったか、その客は幸次郎を無理に昼の吉原へ連れ出した。

付き合わないと、他の菓子屋に鞍替えするぞと脅され――今思えば、からかわれただけだったのだが、駆け出しの自分には分からなかった——、断れなかった。

初めて見る遊里は、すべてが濃密だった。

人の群れ、さんざめく笑い声、色、白粉《おしろい》、煙草の匂い。

綾な装束と、それらすべてを覆い尽くして咲く、薄紅の桜の列。

これが夜見世だったら、雪洞《ぼんぼり》に火が灯り、もっと華やかなんだけれどね。

幸次郎を連れてきた客が、得意げに言っているのが遠くで聞こえたけれど、今見聞きしているこれよりも華やかなものなぞ、思い浮かびもしない。

鶯との出逢いは、ちょっとした騒動が元だった。

「廓《くるわ》の浮気」をしでかしていた連れの男と幸次郎が間違えられ、遊女たちに取り囲まれ、責め立てられたのだ。

遊女とねんごろになった客が、他の遊女と床を共にすることは、吉原《ここ》では許されない。それが見世に知れてしまったと気づき、男は幸次郎をおいて、さっさと逃げ出していた。

一方で、連れの男が逃げてしまったことも、吉原にそんな決まりがあることも知らなかった幸次郎は、遊女たちに何をどう言い返せばいいか分からない。訳が分からないま
ま、「浮気男に対する取り決めだ」と、髷《まげ》を切り落とされそうになった。

こんなところで、そんな目に遭わされたら、『百瀬屋』の看板に泥を塗ることになる。番頭にも父にも顔向けができない。声を殺して泣く母、必死で幸次郎を庇う晴太郎、二人の姿が浮かび、幸次郎は青くなった。

そこへ止めに入ってくれたのが、半籬《はんまがき》の見世で「座敷持」を張る遊女、鶯だった。風邪を引いて休んでいたという鶯は、熱のせいか、肌にほんのりと紅をさしたようで、仲之町の桜を思い起こさせた。潤んだ瞳、つらそうな息で、仲間の遊女を穏やかに諭す。自分よりも、よほど強い女《ひと》だ。

凛とした立ち姿が眩しくて、幸次郎は晴れた空を見上げるように、その女を見遣った。

鶯に誘われるまま、座敷に通された。

――いきなりのことで、驚いたでありんしょう。すこうし落ち着くまで、ゆるりとしておいきなんし。

耳慣れない言葉遣いも、辛そうに掠れる。

荒く浅い息、潤んだ瞳、ほんのりと漂う、柚子の清しい香り。

するりと、幸次郎の腕を、滑らかな指がなぞった。

女の肌とは、こんなに熱いのか。

頭の中でしっかりと言葉になったのは、そこまでだった。

熱い疼き、甘い囁き、渦を巻く熱、柚子の香り、熱、熱、香り――。

そこから、夕暮れ前にどうやって『百瀬屋』へ戻ったのか、覚えていない。気が付くと、商いの話を番頭としている自分が、帳場格子の裡にいた。

それから数度、鶯に呼び出され、昼見世での逢瀬を重ねた。

鶯は、「廓の浮気」の咎を幸次郎に押し付けた男を使って、幸次郎を招いた。幸次郎は、『百瀬屋』の贔屓客に呼び出された」を言い訳にして、番頭にも父母にも知られず、鶯に逢うことができた。

揚げ代は、鶯が持ってくれた。幸次郎には、好きにできる金子などなかったのだ。

寝物語にした話は、そう多くなかった。

鶯は、いつも自分のことばかりを語った。

眩しそうに鶯を見上げる幸次郎の目に、惹かれたこと。

しっとりした肌を保つために、風呂や体を拭く折、柚子を使っていること。

そうして、幸次郎が帰る刻限になると、決まってぽつりと呟いた。

籠の鳥でいるのは、いやだ、と。

けれど、ようやく家業のあれこれを覚え始めたばかりの幸次郎には、どうすることもできない。耳に心地いいだけの嘘を吐けるような性分でもない。年上の女をどう慰めればいいのか思いつくほど、世慣れもしていない。

聞こえなかった振りで、顔を背けるしか、できなかった。

それでも、鶯は幸次郎を呼び出してくれた。その逢瀬が、桜が散り、菖蒲が咲く頃にぱたりと途絶えた。

鶯からの招きがなければ、幸次郎には術がない。

飽きられたのだと、思った。

本当の経緯を知ったのは、母の四十九日の折、総左衛門の打ち明け話からだった。

父が鶯とのことを知った。母にも告げず、「息子とはこれきりにしてくれ」と、これまでの揚げ代を支払った上で頼みに行き、鶯がそれを受け入れたのだそうだ。

不器用なやり様を、許してやってはくれないか。

総左衛門は亡父をとりなしたが、許すも許さないもないと、幸次郎は思った。

既に『百瀬屋』の商いの多くを背負っている幸次郎なら、あの折の父の心も分かる。

――『百瀬屋』のひよっ子次男が、遊女の金で吉原遊びをしているらしい。

そんな噂が立つ前に、どうにかしなければいけない。自分が親で『百瀬屋』の主なら、そう考える。

ただ、鶯が大人しく父の頼みを聞いたことが、ほんの少し恨めしく、父の非礼を詫びに行く性根もない自分が、情けなかった。

だから、鈍い心の痛みと共に、恨めしさと情けなさを胸の奥に封じ込め暮らしてきた。

先日、鶯だった女、お春と見《まみ》えるまでは。

＊

「兄さんにこんな話をする羽目になるとは。なんだか照れ臭い」

ぼやいた弟の声に、照れの響きはない。

長い静けさが、訪れた。

それは重苦しさとは無縁で、穏やかに、ただゆったりと流れていく類の、童の頃から兄弟の間にあった絆と同じ色合いのものだ。

心地良い静寂《しじま》を乱すのを惜しみながら、晴太郎は囁いた。

「好きに、おし」

はじかれたように、幸次郎が顔を上げる。

「兄さん」

「『藍千堂《みせ》』のことは心配いらない。茂市っつあんに助けてもらいながら、頼りないなりに、なんとかやっていくから」

弟は、口を開かない。ただ、兄の顔を穴が開くような勢いで見つめるのみだ。晴太郎は、顰め面で続けた。

「別に、今までお前に苦労を掛けてきたからとか、そういう話じゃないからな。頑固で一刻なお前に無理強いしたって、ろくなことにならない。そう考えたまでだよ」

幸次郎には店を続けると言ったけれど、弟の密通と駆け落ちを見逃しておいて、虫のいいことはできない。茂市に店を返し、茂市だけはここで菓子屋を続けさせて貰えるよう、総左衛門に頼む。

店、茂市、総左衛門との関わりを断ってから、松陸に詫びを入れに行く。どんな乱暴も、辱めも、受け止める。

晴太郎は、庵でお春の目と痛々しい芝居から、幸次郎を今でも好いている本心に気づいてしまった。止め立てはできない。

　止められないなら、後始末を引き受けようと決めた。

　返事をしない弟に笑いかけ、晴太郎は床に戻った。


　次の日、晴太郎が目を覚ますと、幸次郎の姿はなかった。

　分かっていたことだ。

　慌てることも、嘆くことも、ない。

　懸命に言い聞かせたおかげか、幸次郎のいない一日を、静かに始めることができた。

　茂市に、泣きそうな、けれど責める色のない目で見つめられたことだけが、辛かった。

　誰からどんな知らせが来ようと、動じない。

　覚悟していた晴太郎だったが、当のお春が血相を変えて駆け込んできたのには、さすがに仰天した。

　切れ長の目に憤りと涙を溜めて、お春は晴太郎を責めた。

「どうして、幸さんを窘《たしな》めて下さらなかったんです。何のために、あんな馬鹿げた芝居をお聞かせしたと、お思いですの」

　幸次郎がお春と逢っていることに、坂下松陸の弟子たちが感づいた。お春への執着も無駄な誇りも、並々ならない気難し屋の師匠が気づけば、怒りの矛先はお春ではなく、「役立たず」の弟子に向かう。坂下松陸とは、そういう男なのだ。

その前に、間男を脅してお春から手を引かせるしかない。

そう考えた弟子たちに、幸次郎がお春の名を騙《かた》った付文で呼び出されたという。

腕の一本、足の一本で済めばいいが、とお春に呟かれ、晴太郎は狼狽えた。

「岡の旦那にお頼みしちゃあ、いかがでしょう」

茂市に促され、南町奉行所、組屋敷、岡の寄りそうな番屋を駆けずり回り、ようやく須田町の団子屋の店先で、捕まえた。

鈍間《のろま》な舌の回りをもどかしく思いながら、経緯を伝える。さすがは定廻同心で、「分かった。任しとけ」と請け合った声、落ち着いた眼差しは、短くはない付き合いの中で一番の頼もしさだった。

一緒に探すと言った晴太郎を、岡は父親のような笑みで宥《なだ》めた。晴太郎は、店でいつも通りにしていた方が、騒ぎが大きくならないし、幸次郎も帰りやすいだろう、と。

岡に促されるまま店へ戻ると、お春が晴太郎を待っていた。

「お世話になっている八丁堀の旦那が、手を回してくださってます。静かに待ちましょう」

告げた晴太郎をお春はしばらく見つめていたが、やがてゆっくりと息を吐き出した。

「取り乱してしまい、お恥ずかしい限りです」

たおやかな見た目の奥に、凛とした芯が透けて見える。

半籬の格式がある見世で、座敷を持っていた遊女ならではの、誇りだろうか。

ふっと、桜色の唇が綻んだ。

場違いな笑いを隠すように、口元へ手が上がった。ぴんと伸びた人差し指が目を引く。

「私よりも、晴太郎さんの方が幸さんを心配しておいででしょうから」

「私の名を」

「随分昔に、幸さんから伺いました」

ほっこりとした声で呟いたお春は、視線を宙に彷徨《さまよ》わせた。

幸次郎は、お春に晴太郎を自慢していたのだという。

ちょっと頼りないけれど、菓子作りの腕は飛び切りで、頼りなさは兄の優しさから出ている。その優しさがあるからこそ、優しい見た目、優しい味の菓子ができるのだろう。

「なんだか、照れますね」

昨夕《ゆうべ》、幸次郎も同じことを言っていたっけ。

思い出しながら、お春に応じる。それを皮切りに、二人は幸次郎の思い出話に興じた。

幸次郎にもしものことがあったら――。

縁起でもない考えを、遠ざけるよう。

間違っても、悪い事を引き寄せないよう。

口には出さなくても、晴太郎もお春も同じ思いで、半ばむきになって他愛ない遣り取りを続けた。

「さぞ気を揉んでるだろうと思ってすっとんできてみりゃあ、二人で幸次郎自慢かい」

呆れ混じりのぼやきが聞こえた。岡だ。

薄皮一枚被っただけの晴太郎の落ち着きは、吹き飛んだ。

「旦那、幸次郎は――」

勝手口に姿を現した黒の巻羽織に、駆け寄る。

岡は晴太郎とお春、二人に同じだけ、ふざけた笑みを振り分けた。

「心配いらねぇよ。まあ、無傷ってぇ訳じゃあなかったけどな。打ち身は酷ぇが、それだけだ。骨接ぎの腕は飛び切りだと評判の両国の町医者に、担ぎ込んでおいたぜ。無様な姿を見せられないって泣き言ぬかしやがるから、そのまま、二、三日預かってくれってぇ頼んできた。松陸の弟子どもとはきっちり話をつけておいたから、そっちも心配するな」

体から、力が抜けた。

そっと、晴太郎の傍らにお春が寄り添う。

ははは、と笑った声が、情けなく震えた。

「腰が抜けました」

「よかった、幸坊ちゃま」

作業場の茂市が、湿った声で呟いた。

「旦那、恩に着ます」

岡に心を込めて頭を下げてから、お春に向かう。

「二、三日したら、弟を迎えにいっていただけませんか」

口を挟んだのは、岡だった。

「そいつは、どうかな」

晴太郎は戸惑った。

お春には思うところがあるようだ。するりと立ち上がり、岡に向かって頷く。爽やかで哀しい、柚子の香りが立ち上る。

「旦那、承知しております」

「お春さん。まさか、幸次郎から身を引くおつもりでは」

引き留めた晴太郎に、お春は幸せそうな笑みを向けた。

「身を引こうなんて、大層なことは思っておりません。そう、ただ。幸さんの目が、愛おしかった。湧水のように澄んだ目で、値踏みするでもなく、見とれるでもなく、ただまっすぐに、眩しそうに私をご覧になった。自分が清い天女にでもなった心地がいたしました。この数日のことは、懐かしさから出たほんの小さな気の迷い。今まで通り、あの眼差しだけを日々の道連れにいたします」

深々と頭を下げ、お春は『藍千堂』を出て行った。

声を掛けるのもなぜか憚られ、晴太郎は、凜と美しい後ろ姿を、ぼんやりと見送った。

「今まで通り、思い出だけを道連れに、か。幸次郎と暮らす夢は最初《はな》から見ちゃいなかった。そういうこったな」

お春と入れ替わる様に腰を下ろし、しみじみと呟いた岡を、晴太郎は見遣った。

ぽりぽりと小鼻の脇を掻きながら、同心が言い添える。

「お春にとっちゃ、昔の恋の続きなんぞ、どうでもよかったんだよ。それより幸次郎の今が大事だ。あの女《おんな》は、身を引いたんじゃねぇ。幸次郎をお前さんに、寝物語に聞かされた菓子屋の楽しい暮らしに戻してくれたってことさ。行き着く処《とこ》は同じでも、心のありようは天と地も違うぜ。『身を引く』じゃあ、お春自身に芯があるが、『戻す』なら、芯があるのは幸次郎だ」

晴太郎は、合点がいかなかった。

全てを捨てるつもりだった幸次郎の覚悟を、「ほんの小さな気の迷い」で、済ませて欲しくない。

「それじゃあ、幸次郎の気持ちは、どうなるんだ」

腹の裡の恨み言が、ひとりでに零れ出た。

岡が、静かに口を開く。

「幸次郎も、とっくに気持ちの落としどころを見定めてたようだぜ」

「え」

「籠の鳥なら、それでもいい。せめて、籠の中にいることを鳥が忘れていられるように、周りで心を砕いてほしい。どうか、この通りだ。殴られ、蹴られながら、お前ぇの弟は莫迦みてぇに繰り返してたぜ。罠だと最初《はな》から承知の上で、出かけて行ったらしい」

だから、どうして、そうなるんだ。二人は、好き合っているのに。自分は、「好きにしろ」と送り出したのに。

じっと、岡が晴太郎の顔を見つめた後、がっくりと肩を落とした。

「晩生《おくて》で朴念仁、菓子莫迦の主にゃあ、分からねえのも無理ねぇか。いいかい。幸次郎も、お春と同じってことだよ。何もかもうっちゃって、惚れた女と生きたい。そうするのは難しくねぇ。けど、逃げ回り、吉原から受けだしてくれた男を裏切った申し訳なさを抱えながら生きる日々は、お春にとっての幸せたあ、ほど遠い。今も掛け値なしの幸せって訳じゃあねぇだろうが、穏やかな暮らしの分、幾倍もましだ。だったら、ましな日々に幸せをほんの少し上乗せしてやりてぇ。その為だけに、お前さんの弟は『殴られ蹴られ』に出掛けていった」

あの夜、晴太郎と語った後で、幸次郎が出した答えが、これだったのだろうか。自分の背中の押し方が、足りなかったのだろうか。

いや、そうではない。これが幸次郎の心からの望みだったのだ。

けど、それじゃああんまり、悲しいじゃないか。

合点がいってしまった自分へ駄々をこねるように、晴太郎は唇を噛んだ。岡が、呆れ半分、安堵半分の笑いを浮かべた。

「なんだか、目の前の芝居に講釈つけてる野暮天にでもなった気がしてきたぜ。ただでさえ、お涙頂戴の話は苦手だってのに」

居心地悪そうにぼやいて、岡は立ち上がった。

目を真っ赤にし、慌てて出てきた茂市へ、ちらりと笑い掛ける。茂市の手にあった盆の上の薯蕷饅頭――お春の庵に届けたのと同じ、小ぶりの物だ――を二つまとめて口へ放り込み、むぐむぐと食べながら言い置く。

「戻ってくる気でしでかしたやんちゃだ。莫迦な弟だからって、追い出すんじゃあねぇぞ」

軽く手を上げ、出て行った岡の肩が、どうしてだか照れているように見えた。


騒動から三日、町医者から戻ってきた幸次郎の足取りは、思いのほかしっかりしていた。

厄介と心配をかけたこと、商いでしくじりが続いてしまったこと。居住まいを正し、殊勝な面持ちで晴太郎と茂市に詫びてから、弟は『伊勢屋』へ行くと告げた。

「兄さんも岡の旦那も、私とあの女《ひと》を心配してくれていた。私だけを心配していたのは、小父《おじ》さんでしょうから」

多分、お糸も、だよ。

晴太郎は、出かかった言葉の代わりに、少し男らしくなった弟に小さな包みを手渡した。戻ってきたら渡してやろうと、作っておいた菓子だ。

「これは」

幸次郎の声が掠れている。

「有平糖《あるへいとう》」

讃岐ものの三盆白《さんぼんじろ》を水で煮溶かす。丁寧に煮詰め冷やした種を、白く艶が出るまで幾度も引き伸ばし小さく切って、硬く甘い飴、有平糖の出来上がりだ。

晴太郎は、そこにほんの少し紅を加え、ほんのりとした桜色に仕上げた。

かの女《ひと》の指先と、同じ色合いだ。

頬張れば、父と『藍千堂』自慢の、こくのある匂い、甘さが口と鼻に広がる。

「道々、お食べ」

幸次郎は、こっくりと頷き、桜色の飴を受け取った。晴太郎の後ろを泣きべそを掻きながらついて回った、幼い頃の仕草そのままだ。

いってきます。

呟いた弟の声に、湿っぽいものが混じる。

逝ってしまった、春の季節を、惜しんでいるのだろうか。

それとも、思い浮かべているのは、父母の面影だろうか。

「小父さんに、泣きべそを見せるんじゃないぞ」

思わずかけた言葉に、「分かってます」と、怒ったような答えが返ってきた。

「早速、いつもの幸坊ちゃまだ」

鼻を啜ったのを誤魔化すように、茂市が楽しげに呟いた。

父の名と祝い菓子

「幸次郎《こうじろう》」

幾度呼んでも、弟は返事ひとつ寄越さない。水無月半ば、外では油蟬がじぃじぃを折り重ねるようにして鳴いている。

晴太郎《はるたろう》は、幸次郎から言葉を引き出すことを諦めた。

「口を利きたくないんなら、それでもいいけどね。せめて、その頭から吹き出ている湯気を収めてくれないか。それも無理そうなら、作業場で油を売ってないで、店番でもおし」

不服げに、幸次郎がこちらを見たのが分かった。けれど、今は弟の説教を聞く気になれない。

「外はかんかん照り、蟬も賑やかだし、俺と茂市《もいち》っつあんは、葛《くず》を練ってる最中《さなか》なんだよ。頼むから、湯気やら説教やらで、これ以上暑くしないでおくれ」

梅雨が明けてからこちら、暑い日が続いているせいか、葛切に葛饅頭、冷やして食べる菓子が飛ぶように売れている。確かに食べる分にはこの季節にもってこいだ。だが、たぎる湯を使って葛粉を練ったり、蒸し上げたりするのだから、作る方はひと苦労、蒸し暑いのが大の苦手の晴太郎には、幾年たっても苦行荒行に感じられる。弟を窘《たしな》める言葉に小さな苛立ちを乗せる元気もないし、苦笑いの茂市《もいち》も汗だくだ。

ようやく幸次郎も、二人の邪魔をしてはいけないと思い当たってくれたようだ。

「すみません」と小声で詫び、立ち上がった。けれど、どうにも腹の虫が収まらないらしい。作業場から店へ続く出入り口で立ち止まり、振り返る。

「兄さんは、悔しくないんですか」

「幸坊ちゃま」

茂市が幸次郎を窘めた。弟へ向かって小さく首を横へ振っているのが目の端に入る。

水無月に入ってすぐ、父の代から贔屓にしてくれている古馴染みの客が、幾人か離れていった。『百瀬屋《ももせや》』のあからさまな引き抜きや『藍千堂《あいせんどう》』への嫌がらせにも動じることなく、「先代の味を継いでいる晴太郎の菓子でなければ」と、言ってくれていた客ばかりだ。

加えて、皆が茶の湯の宗匠や茶道楽、専ら茶会の誂え菓子を注文する指折りの上客だったこと、揃って『百瀬屋』へ菓子を頼むようになったことが、幸次郎の憤りを増していた。

弟も、腹を立てているだけではない。もし『百瀬屋』の叔父が何か仕掛けているのなら、放っておいたら商いにもっと障りが出ると、危ぶんでいるのだ。それは晴太郎も分かっている。その幸次郎に暑さの八つ当たりなぞ、大人げなかったかもしれない。

「店番でもしながら、『百瀬屋《あちら》』の悪巧みを防ぐ策はないか、思案してみます」

言い置き、店へ出ようとした幸次郎へ、晴太郎は声を掛けた。

「いいじゃないか。『百瀬屋《あちら》』の味がお客さんの口に合ったっていうなら」

振り返った幸次郎の目は、「何を甘いことを」と言っていた。本当に口に出される前に、言葉を重ねる。

「だって幸次郎。皆さん、お父っつあんの味を好んで下すった方ばかりだよ。だからこそ、今まで小さな『藍千堂《うち》』をご贔屓頂けてたんじゃないか。今更叔父さんが少し仕掛けてきたくらいで、変わりゃしない」

晴太郎は、苦い笑いを挟んで続けた。

「つまり、俺の腕がまだまだだってことだよ」

さあ、と気合と共に、蒸し暑さを振り払う。

「もっと精進しなきゃ。ねえ、茂市っつぁん」

「そういう訳ではないんですよ」

低く、幸次郎が切り出した。作業場へ取って返して、晴太郎の向かいに座り直す。

晴太郎は葛饅頭の生地を、火から下ろしたところだ。この間合いで皮の出来が決まると言っていい。早くても遅くても、口当たりが悪くなるし、固すぎたり柔らかすぎたりで、綺麗に餡が包めなくなる。人心地はついたが、次は生地が塊になるまで練らなければいけない。葛切を作っている茂市に至っては、滾《たぎ》る湯の鍋に、生地を入れた水繊《すいせん》鍋の底を当てている。

その話、後にできないかい。

言おうとしたところを、幸次郎に先を越された。

「手を休めないで結構です。茂市っつあんも、そのまま聞いて下さい」

晴太郎は、しぶしぶ頷いた。正直、幸次郎の話も気になってはいたのだ。

「私も、同じことを考えました。移られたお客さんの顔ぶれが、顔ぶれでしたので」

そこで、幸次郎は『百瀬屋』の誂え菓子を密かに手に入れたのだという。もしや、味が良くなってはいないか。三盆白《さんぼんじろ》を『藍千堂』と同じに戻しはしないだろうが、砂糖の質は上げたのかもしれない、と。

「で、どうだったんだい」

訊いてはみたものの、答えは幸次郎の顰《しか》めっ面を見た段で分かっていた。

「まるで変わっちゃいません。砂糖のえぐ味は舌に残るし、お父っつあんから教わったはずの技だって、上っ面をなぞっただけ。どこにどう下駄を履かせても、立派な紛い物です。むしろ私たちが『百瀬屋《あちら》』を出た頃より、質が落ちているような気がします」

晴太郎は、茂市と顔を見合わせた。幸次郎が浮かない面持ちで続ける。

「移った方々に、職人の修業の足しにしたいからと、なぜ『百瀬屋』なのかを伺ってみたんですが、皆さん言葉を濁すばかりで」

　晴太郎は、生地の塩梅《あんばい》を確かめながら、ううん、と唸った。幸次郎が続ける。

「もし、『百瀬屋《あちら》』が何か企んでいるのだとしたら、早く手を打たなければ。誂え菓子のご贔屓を根こそぎ攫《さら》われるようなことになったら、『藍千堂《うち》』は立ち行かなくなります」

　葛生地はそろそろよさそうだ。次はひとつずつに丸めた生地を水に落として冷やし、餡を包む。それから色が透き通り、艶が出るまで蒸す。冷やして食べれば、餡も生地も唐ものの三盆白だけを使っているから、あっさりした甘味が、つるんとした喉越しに良く映えて格別に旨い。客の嬉しそうな顔を思い浮かべながら、篦《へら》を手に取ったところで、幸次郎が呟いた。

「お糸が、顔を出さなくなったのも気になります」

『百瀬屋』の一人娘で兄弟の従妹、お糸は、晴太郎と幸次郎が『百瀬屋』を出た後も、二人を慕ってくれている。

　幸次郎の話から葛饅頭に半ば気を逸らしていた晴太郎は、気まずさを取り繕いがてら、生真面目な弟をからかった。

「お前もお糸に会わないと、寂しいんだね」

「私に鬱陶しがられても、兄さんに窘められても、へこまなかった娘《こ》ですよ。いよいよ何かある、と考えただけです。それにお糸からなら、あちらの企みを聞き出せるかもしれない」

「幸次郎。お前ね、もう少しお糸に優しくできないのかい」

この春、昔の恋の名残に揺れていた幸次郎をお糸は気遣っていた。その時の寂しげな顔を、晴太郎は思い出した。

「話を聞きたい時だけ頼りにして、普段は邪険にするなんて、ちょっと勝手が過ぎるよ」

弟の険のある眼の奥に、申し訳ないという色が過《よぎ》った。

「私だって、できることなら昔のように接したいと思ってます。けれど、お糸は『百瀬屋』の跡取り娘だ」

放る様に言って、幸次郎は立ち上がった。

「幸次郎」

「確かに、兄さんの言う通りですね。姑息な手を使うくらいなら、岡の旦那に様子を伺って参ります」

南町定廻同心、岡丈五郎。『藍千堂』にも『百瀬屋』にも、足繁く通っては菓子をつまんでいくので、幸次郎は「どちらの味方か知れたものではない」と、気を許さない。その岡の方が、まだお糸に訊くよりいいと、言いたいらしい。

頑《かたく》なな幸次郎の背中を見送っていた晴太郎へ、茂市が穏やかに声を掛けた。

「晴坊ちゃまとあっしが、お嬢さんに甘いもんだから、その分厳しくしておいでなんでしょう」

振り返ると、茂市は固まった葛切の生地を、冷水に浸しているところだった。

ふう、と生き返ったような溜息を、物静かな職人が零《こぼ》す。

「分かってる」

晴太郎は、小声で茂市に応じた。お糸を甘やかし、可愛がるのは容易《たやす》い。けれどそれでは、ゆくゆくは『百瀬屋』を背負うお糸の為にも、『藍千堂』の為にもならない。幸次郎は敢えて憎まれ役を買ってくれているのだ。

いつも弟に割を食わせてしまう。晴太郎は、自分が情けなかった。


岡が早速『藍千堂』に顔を見せたのは、いつもと同じ、狙ったような八つ時だった。汗の浮いた額を拭き拭き、冷えた葛饅頭に目を輝かせる。焼きたての金鍔《きんつば》で八つの休みをとる『藍千堂』だが、一年で一番暑いこの時分だけは、葛切か葛饅頭に変わるのだ。

「こいつは、いいや」

見ているこちらが嬉しくなる飛び切りの顔をして、夏の菓子をつるんと呑み込む様に平らげてから、岡は面を引き締めた。

「もうちっと、詳しいことが分かってから知らせようと思ってたんだけどよ。幸次郎に頼まれりゃ、呑気に構えてる訳にもいかねぇ」

茶化した物言いとは裏腹に、目が厳しい光を帯びている。店先で話をしない方がよさそうだ。晴太郎が思った時、幸次郎がいち早く岡を勝手へ促した。

座を変え、二つ目の葛饅頭を胃の腑に収めてから、ちゃらちゃらしている振りで、その実頼りになる同心が口を開いた。

「『百瀬屋』の仕掛け、今までとは力の入れようが、ちょいとばっかり違うぜ」

はい、と幸次郎が相槌を打った。短い吐息を挟み、岡が告げる。

「嬢ちゃんに、縁談が持ち上がってるらしい」

いきなりの話に、晴太郎は咽《むせ》た。

「旦那、それは一体。相手は、どこのどいつなんです。ああ、いや、そうじゃなく、お糸の縁談とうちのお得意さんと、どんな関わりが――」

捲し立てた晴太郎を、岡が軽く手を上げて制する。

「そう、慌てなさんな」

お糸の縁談の相手は、問屋株を持つ茶問屋の四男だそうだ。株持ちの大店《おおだな》でも四男となれば、持て余すらしい。手ごろな養子先はないものかと探していたところへ、『百瀬屋』、晴太郎の叔父が名乗りを上げた。

その茶問屋が、「『百瀬屋』の菓子を茶会で使う客」に限って、飛び切り質のいい下り物の抹茶を格安で譲ると、『藍千堂』の贔屓筋を狙って持ちかけているのだという。

普段なかなか手が出ない茶を使えるとなれば、茶道楽ほど目の色を変える。そういう古馴染みが幾人か、まんまと策に嵌って『百瀬屋』へ鞍替えしたという訳だ。

淡々と、幸次郎が評した。

「『百瀬屋』だって、元々は父の弟子だったお人です。上っ面だけの紛い物だろうが、妙な砂糖《あちら》を使おうが、元になってるのは父の菓子だ。不味くて食べられないものを商ってる訳じゃない」

岡が頷き、言い添えた。

「むしろ、並の菓子屋よりいいものを出してるくれぇだ。上物の茶を使えるとなりゃあ、十分目を瞑れるってことなんだろうさ」

なぜ、岡も幸次郎も落ち着いているのだろう。お糸の行く末が掛かっているというのに。

『百瀬屋』――清右衛門叔父が、娘を使っても『藍千堂』を潰そうとする訳は何なのか。どうして、お糸は助けを求めに来ない。

様々な腑に落ちない思いが、晴太郎の頭の中で渦を巻いている。

「どうして」

口をついて出た呟きは、ごちゃごちゃした胸の裡をそのまま写したように、狼狽《うろた》えて響いた。岡がほろ苦く笑んで、晴太郎を宥《なだ》めた。

「何も『百瀬屋』夫婦が、娘を餌にして悪巧みを始めたって、決まった訳じゃねぇ。お嬢にとっちゃいい縁談で、渡りに船、ちょいとしたついでに、こっちへちょっかい出したのかもしれねぇぜ」

「さあ。叔父の性分、あからさまな遣りようからして、それはどうでしょうか」

幸次郎が水を差した。

「もっとも、父や店のために使われるのも、お糸の運命《さだめ》だ。総領娘となった上は、当人も覚悟はしているでしょうし」

弟の言う通りなのだ。

お糸は『百瀬屋』の一人娘で、いずれ婿を取ることが決まっている身だ。自分たちと清右衛門叔父が歩み寄らない限り、幸次郎が婿に入ることはありえない。お糸に縁談が持ち上がったのなら、叔父も「いずれ幸次郎を婿に」という目論見を諦めたのだろう。

正直、お糸と幸次郎が所帯を持ってくれればいいと、未だに晴太郎は思っている。けれどこの春、弟が、かつて好きあった女へ見せた覚悟を目の当たりにして以来、冗談でも口にすることはなくなった。自分が向けるどんな慰めも気散じも、幸次郎の一途な想いの前では、いかにも軽くうすっぺらに見えた。

だから、晴太郎は決めたのだ。

誰に思いを寄せ、どんな女子《おなご》を嫁にとるのか。幸次郎自身が決めたことを、自分は後押しする。一生独り身を通すと言い出したとしても、異は唱えない。

それが、つい楽な方へ流れてしまう、頼りない兄のできる、ただ一つのことだと思うから。

でも、幸次郎が無理でも、お糸にはいい婿を取らせてやりたい。お糸が晴太郎や幸次郎に助けを求めてこないのは、悪い縁談ではないからなのだろうか。それとも。

「どうした、さっきから黙りこくっちまって」

からかうように岡に訊かれ、晴太郎は慌てて首を横へ振った。

「なんでもありません。ただ」

「ただ、なんだい」

「あの娘が、縁談なぞという一大事を知らせに来ないのが、少しばかり気になります」

岡が、妙な顔をした。

「旦那」

問いかけた晴太郎へ、決まりの悪そうなそぶりをする。鼻の汗を人差し指で拭い、

「そりゃあ、お前ぇよ」と応じた。

「弥生の騒動を、嬢ちゃんも承知だ。込み入った娘心としちゃあ、ほいほい幸次郎の顔を見に来るわけにも、いかねぇってもんだ」

ああ、そうか。

岡に言われ、遅まきながら思い至る。

いとけなく見えて、お糸はそういう娘なのだ。幸次郎の想い人と自分を比べて尻込みするくせに、いざ恋しい従兄の心に隙間ができると、今度は気位が邪魔をして、手を拱《こまね》く。

晴太郎は、さりげなく幸次郎を見遣った。軽く伏せている横顔が、従妹を気遣ってい

る風に見えるのは、身贔屓だろうか。

　やっぱり、こんな揉め事にお糸を使っちゃいけない。

背筋を伸ばした晴太郎に、岡が「おっ」と小さく仰《の》け反《ぞ》った。力いっぱいの決心を込めて、晴太郎は岡に向き合った。

「旦那。ご厄介をおかけしますが、お糸の縁談の相手、詳しい人となりをそれとなく確かめてはいただけませんでしょうか」

　にやりと、食わせ者の定廻同心が笑んだ。

「珍しくやる気だな、『藍千堂』の主」

「渡りに船のついでだろうが、あの娘を餌にするのを、見過ごすわけにはいきません。茶問屋の四男がお糸と似合いなら、企みだけをどうにかすればいい。もしお糸を不幸せにするような奴だったら、その時は」

「おお、その時はどうする」

「縁談ごと、潰します」

　企みを「どうにかする」だの、縁談を「潰す」だの、どうやればいいのか、皆目見当がつかない。でも、やるしかないのだ。幸次郎が傷つけてしまったお糸の為に。自分が傷つけたからこそ、お糸を助けて変に希《のぞ》みを持たせる真似はしづらいだろう、弟の為に。

　幸次郎は、驚いたように兄を見つめている。

　低く、岡が笑った。

「面白ぇじゃねぇか」

するりと立ち上がった巻羽織の袂に、幸次郎は心得た仕草で小さな紙の包みを落とし込もうとした。岡が、つい、と掌を向けてそれを断る。

「旨ぇ葛饅頭二つで、充分だ」

何か分かったらすぐに知らせる、と言い置き、颯爽と出て行った岡を見送って、幸次郎が呟いた。

「驚いたことに、岡の旦那が頼もしく見えました」

次の日、晴太郎は松沢荘三郎《そうざぶろう》から呼び出しを受けた。幸次郎と共に、秋の誂え菓子の見本帳を屋敷へ持ってくるように、という言いつけだ。

幸次郎と晴太郎は、顔を見合わせた。

旗本松沢家とは、昨年の秋、野点《のだて》の茶菓子を誂えたのが商いの始まりで、以来、茶会には必ず『藍千堂』の菓子を使ってくれる。

跡取りの荘三郎と、旗本の末姫との心が温もるような恋の遣り取りに居合わせたこともあって、つい思い入れが強くなってしまう贔屓筋のひとつだ。

話を貰えるのは嬉しい限りだが、梅雨明けに茶会を開いたばかりのはず、見本帳も、ぼつぼつ書き溜めているところである。

「また、厄介な茶会の話でも持ち上がったのかな」

そもそも、初めて『藍千堂』で菓子を手掛けた松沢家の茶会は、荘三郎の父、利兵衛《りへえ》が新番頭《しんばんがしら》に就けるか否かを決める席になっていた。出世の邪魔をしようと目論む客の混じる、難しい会だったのだ。

新番頭就任の話は、利兵衛が辞したことで流れたが、茶会自体は大層評判が良く、幕閣を担うお歴々と茶を通しての行き来が始まったと、聞いている。

あの時の大わらわを、晴太郎は思い出した。

「『百瀬屋』が、松沢様にまでちょっかいを出したのかもしれませんよ。私だけでなく、兄さんもお呼び出しになったところを見ると」とは、幸次郎の見立てだ。

「だとすると、要らぬご厄介をおかけしたかも知れないね。そのお詫びもしなければ」

ともかく、今年の見本帳だけでは未だ心許ないので、去年評判がよかったものを幾冊か抜き出し、幸次郎と二人、増上寺の北西にある松沢屋敷へ向かった。

北東の借景に愛宕山、増上寺の気配と町場の賑わいを二つながら近くで感じる、居心地の良い屋敷だ。いつものように、丹精込めた庭を望める数寄屋に通され、荘三郎を待つ。

松沢屋敷自慢の松は、濃い緑の葉を誇らしげに茂らせていた。梅雨明けから少しの間に、随分と色合いが変わるものだ。

余り色を濃くし過ぎると旨そうに見えないけれど、夏の松を模して、面白い菓子が作れるかもしれない。

晴太郎が菓子屋心をくすぐられているところへ、荘三郎がやってきた。

「待たせたな」

気さくさ、闊達な笑み、二十五という歳よりも若く見える面立ち、松沢家の跡取りも普段と変わらない。だが、幸次郎は顔を曇らせた。

「若様、失礼ながら何ぞお気懸りでも、おありでございますか」

晴太郎は驚き、荘三郎の凛々しい面を改めて見遣った。言われてみれば、顔付きがどことなし冴えないようにも見えるし、ほんの少し、そわそわしている風でもある。

「うん、まあ、大したことではないのだが」

口籠るところも、竹を割ったような荘三郎には珍しい。

それに頬が、赤いような。

晴太郎からも幸次郎からも顔を逸らした荘三郎が、もごもごと切り出した。

「その、雪の具合が、あまり良くなくてな。食が進まぬ」

雪、とは荘三郎の奥方だ。小太刀、長刀《なぎなた》の腕前は男顔負け、頭も切れて勝気な性分。そのせいで、家柄も容姿も申し分なかったにもかかわらず、嫁ぎ先がなかなか決まらなかった、いわくつきの姫である。

そんな雪と荘三郎が恋をした。ちょっとした騒動もありはしたが、周りの思惑なぞどこ吹く風で、荘三郎は雪を娶《めと》った。とにかく睦まじい夫婦《めおと》で、二人が互いを大切にし合う様子は、傍で見ていても頬が緩んでしまう。

その雪の具合が、悪いのだという。剣術の鍛錬もし、厳しく自らを律する姫だ、余程のことに違いない。茶会なぞしている時ではない。

「若奥様の御加減が」

身を乗り出しかけたところを、幸次郎に苦々しく、「兄さん」と止められた。

弟は落ち着き払い、ほんのりと笑みまで浮かべ、荘三郎に訊ねた。

「若様。もしや、若奥様は」

荘三郎の頬に、鮮やかな紅が散った。

「うん。医者の話では、ただの悪阻《つわり》ゆえ、心配は要らぬらしい」

にっこりと、幸次郎が笑った。

「それは、謹んでお祝い申し上げます」

「うん。ああ、その、かたじけない」

荘三郎は、ひたすら照れている。幸次郎に肘で脇腹をどんと小突かれ、晴太郎はようやく我に返った。

じんわりと、胸に温かいものが広がっていく。

「兄さん」

弟に急《せ》かされ、咳き込みながら口を開いた。

「葛切を、お持ちいたしましょう」

荘三郎が目を丸くし、幸次郎は盛大な顰め面を伏せた。それでも晴太郎は言い募った。

「細めに仕立てたものをよく冷やせば、喉ごしが良いですから、少しは召し上がれるかもしれません。そうだ、『藍千堂』自慢の『青柚子の葛切』なら、なお良いかと。砂糖蜜に青柚子の汁を足したもので、きりりとした酸味と爽やかな香りが利いています。早速──」

腰を浮かせ掛けたところを、幸次郎に袖を引かれる。

「兄さん。まずはお祝いを申し上げるのが先でしょう。次に本日の御用向きを伺い、葛切はそれからでいいのではありませんか。いい考えだとは、私も思いますけれど」

どうしようもない。そんな口調できりきりと兄を諭した幸次郎だが、仕上げの一言には、ほんのりと笑みが滲んでいた。

「こ、これは、とんだ失礼を。つい、その、浮かれてしまいまして」

深々と下げた晴太郎の頭に、荘三郎の明るい笑い声が、降ってきた。そろりと顔を上げると、松沢家の嫡男は楽しそうに笑っている。

「『藍千堂』は、つくづく面白い」

「主が、失礼をいたしました」

涼しい顔で兄の不躾《ぶしつけ》を詫びた幸次郎へ、荘三郎は悪戯顔をして告げた。

「幸次郎、そなたもだぞ」

幸次郎が、息を詰まらせる。

「良い兄弟だ、と申したのだ」

楽しげに笑んでいた荘三郎が、ふ、と真摯な顔になった。

「だが、その『青柚子の葛切』は是非届けてくれ。少しでも雪の喉を通れば、有難い。医者も女中頭も、当の雪も『心配のし過ぎだ』と笑うが、あれだけ食が細り、辛そうなままでは体が持たぬし、腹の赤子《やや》にも良くない」

晴太郎はこっそり笑いをかみ殺した。初めて子が出来ると、皆こんな風に案じ、狼狽《うろた》えるものなのだろうか。あの寡黙で頼もしかった父も、同じように母を案じ、まだ見ぬ子を案じて、右往左往したのだろうか。

思いを巡らせながら、晴太郎は頭を下げた。

「一度戻りましてから、すぐに。若奥様がお口にできるようでしたら、毎日でもお届けいたしましょう」

「頼む」

「承知いたしました」

応じた晴太郎に続いて、幸次郎が見本帳を差し出した。

「お言いつけの、秋の菓子見本にございます」

ああ、そうだったな、と荘三郎が手に取る。この夏、書き始めた新しいものだ。

「何分、まだ数が揃っておりませんので、去秋のものもお持ちいたしました」

微笑ましかった荘三郎の「真面目顔」が、違う色合いを帯びた。照れと嬉しさで泳ぐことの多かった眼が、ひたと晴太郎に当てられる。

「『藍千堂』に、変わりはないか」

小さくひとつ息をして、直截に訊き返す。

「『百瀬屋』が、松沢様にも何か言って参りましたか」

荘三郎の笑みの冷やかさに、晴太郎は息を呑んだ。

「京の上物の茶を使わぬか。そう持ちかけてきた。『藍千堂』から乗り換えてくれるなら、今使っている茶と同じ値で極上の下りものを都合する、とな」

荘三郎が幸次郎に視線を移し、確かめる。

「やはり、他の客にも持ちかけておったか」

「はい」

「どれほど、持っていかれた」

「今のところ、五軒にございます」

苦い溜息が、荘三郎から零れた。

「商いとはいえ、えげつない真似をする。菓子職人ならば、菓子の出来栄えで張り合えばよいものを」

呟いてから、ふと思い出したように、若き跡継ぎは幸次郎と晴太郎に笑いかけた。

「案ずるな。俺も父上も、茶会に足を運んでくださる皆様も、『藍千堂』の菓子が気に入っている」

たとえ、誂え菓子の客が皆『百瀬屋』へ移っても、それは自分の菓子が「下りものの茶」に勝てなかっただけのことだ。

晴太郎は、腹を据えていた。

それでも、荘三郎の力強い後押しは、涙が出る程有り難かった。

幸次郎が、静かに切り出す。

「失礼を承知で、お聞かせいただきとうございます」

「ああ」

「京の上物の茶を袖にしても、手前どもの菓子をお選びいただけるのでしょうか」

荘三郎が、笑みを深くした。清々しい、この侍らしい笑みだ。

「何にでも、身の丈というものがある。我等が我等の屋敷でできるもてなしに、値の張り過ぎる京の上物は似合わぬ」

それから楽しげに眼を輝かせ、荘三郎が囁いた。

「何より、雪が憤っているのだ」

——松沢家一大事の茶会では、あっさりと誂えを断っておいて、今になって何もなかったかのように、『藍千堂』から自分たちへ乗り換えろとは。まして一人娘の縁談を、さもしい商いに使うなぞ。『百瀬屋』なる菓子屋の主は、どれほど恥知らずなのでしょう。

雪は、荘三郎が「赤子に障る」と心配になるほど、厳しい物言いで断じたのだそうだ。

昨秋の茶会の折、初めは『百瀬屋』に誂え菓子の話が行った。それを、清右衛門叔父は断ったのだ。もっともらしい名分はあったのだが、しくじりが目に見えている茶会に菓子を出して、『百瀬屋』の評判を落としたくないという思惑があったのは、明らかだった。

それが商いというものだと、雪も心得ている。その経緯に忘れたふりを決め込み、よりによって窮地を救ってくれた『藍千堂』から乗り換えよと、臆面もなく言ってくるのが、腹立たしい。あの勝気な奥方は、そう言ってくれているそうだ。

雪は、お糸に目を掛けてくれてもいるから、怒りは更に増したのだろう。

「若奥様らしい、有り難いお言葉です」

荘三郎が、誇らしそうに幸次郎へ頷いた。すぐに気遣わしげな眼で、話を戻す。

「我等に関しては、案ずることはない。だが、更に上客を持って行かれては商いが厳しくなろう。何ぞ、策はあるのか」

晴太郎が、苦笑交じりに答えた。

「手を打たなければならない、とは考えておりますが、まだこれといって」

「で、あろうな。晴太郎らしい」

荘三郎の呆れ交じりの呟きは、柔らかい音色を纏っていて、なんだか褒められたような心地になる。

「晴太郎」

きりりと呼ばれ、晴太郎は背筋を伸ばした。

る。

「そなた、名を変える気はないか」

刹那、何を言われたのか分からなかった。幸次郎も戸惑った顔で荘三郎を見返している。

「手前の名、でございますか」

「ああ。『藍千堂』初代主にふさわしい、押しの効く名を名乗ってみてはどうだ。そなたさえその気なら、父上に考えていただいてもいい。少しは後押しにもなろう」

呆気にとられている間に、荘三郎の話はするすると進んでいく。

「あの、少々お待ちを」

松沢家当主、利兵衛まで巻き込みそうになってきたところで、幸次郎が口を挟んだ。

「兄が名を変えることと、『藍千堂』の商いが、どう関わって参るのでしょう」

荘三郎は、別の問いで答えた。

「気が、進まぬか」

幸次郎が、こちらを見ている。荘三郎が気を悪くした様子は、ない。晴太郎は少し考えて、「いえ」と応じた。

「ただ、手前も弟も戸惑っております。手前が名を変えれば、『百瀬屋』が矛を収めると、若様はお考えでいらっしゃいますか」

荘三郎が、腕を組んだ。

「すっかり手を引かせられるか否かは、正直分からぬ。だが、今の感心せぬやり様への歯止めほどにはなるだろう」

　どういうことだ。

　晴太郎より一足先に、幸次郎が戸惑いから抜け出したようだ。落ち着いた物言いで、荘三郎を促した。

「詳しい経緯をお伺いしても、よろしゅうございますか」

　荘三郎は軽く面を伏せて、呟いた。

「おそらく、そなたらの耳に入らぬよう、気遣っているのだとは思っていた」

　すぐにすっと顔を上げて、続ける。

「『藍千堂』の後ろ盾は、薬種問屋『伊勢屋』であったな」

「はい」

　幸次郎と晴太郎の答えが、綺麗に重なった。幸次郎が更に言い添える。

「手前どもが生まれる前から、亡き父と親しい付き合いだったと、聞いております」

「なるほど、それでか」

　荘三郎が頷いた。

「その『伊勢屋』が、憚ることなく申しているのだ。『百瀬屋』の主の名、『清右衛門』を、いずれ『藍千堂』の主に継がせる。あの名を名乗れるのは、先代の技を引き継いでいる、晴太郎の他におらぬ、とな」

「どう、思う。幸次郎」

帰りの道すがら、晴太郎は弟へ訊いた。少し長い間をおいて、幸次郎が応じる。

「小父《おじ》さんらしくない。まず、そう思います」

だよなあ。

晴太郎は、苦い溜息を吐いた。

――伊勢屋へ憚りもあるだろう。無理にとは言わぬ。その気になったらいつでも訪ねてくるがいい。

荘三郎は、屈託なく言ってくれた。松沢家跡取りと同じ分別を、あの伊勢屋が持ち合わせていないはずはない。むしろ、自分から知恵を貸してくれたり、手助けを申し出たりすることもしないだろう。伊勢屋総左衛門は、確かに頼もしい後ろ盾ではあるけれど、甘い相手でもない。

晴太郎たちでできることはすべてやってみて、それでもどうにもならない。気づかぬうちに、間違った方角へ歩いてしまっていた。そんな時だけ――晴太郎の苦手な、精緻で一分の隙もない、どこをとっても道理に適う叱責付ではあるが――、手を差し伸べてくれる。

父とは違った厳しさを持つ総左衛門が、晴太郎や幸次郎から泣き付かれる前に、それも二人の耳に入らないように気遣ってまで、晴太郎の行く末に口出しをしているなぞ、俄かには信じられない話だ。

荘三郎は、言った。

多分『百瀬屋』は「清右衛門」の名を晴太郎に奪われることを、怖れているのだ、と。

名なぞ、奪ったり奪われたりするものではない。よしんば自分が「清右衛門」を名乗ったとしても、叔父が名乗れなくなるわけではない。ましてや、『百瀬屋』は晴太郎の父が始めた菓子司《つかさ》だ。何代にも渡って引き継いできた名ではないのに。

訳が分からずにいた晴太郎へ、荘三郎が答えをくれた。

――なればこそ、だ。幾代も続いた店なら、屋号や主の名、それ自体に力が宿る。店と主の名を継いだ段で、当人にもその力が宿る。だが「百瀬屋清右衛門」という名の力は、そなたの父が遺した技のみに依っている。その力は、より近しい者、よりふさわしい者へと容易《たやす》く流れよう。

やはり、実の息子には敵わない。

その実、『藍千堂』が本家「清右衛門」なのではないか。

そう言われるのを、『百瀬屋』は怖れている。

だから、その力が他――晴太郎へ流れる怖れをなくしてやれば、当代清右衛門も、形《なり》振《ふ》り構わぬ真似はしなくなる。

荘三郎は、そう考えているようだ。

「まったく、馬鹿馬鹿しい話です」

幸次郎が、無造作に切って捨てた。

「力は、名なんかに宿りはしない。菓子やお客さんに対する向き合い方、技、心意気。お父っつあんが惚れ込んだ二つの三盆白《さんぼんじろ》を捨てた時から、お父っつあんの仕事の上っ面だけなぞった菓子を平気で売りだした時から、『百瀬屋』にはお父っつあんのものなんぞ、一欠片《ひとかけら》も残っちゃいない。清右衛門を名乗ろうが、左甚五郎を名乗ろうが、おんなじことです」

晴太郎は少し笑ってから、面を引き締めた。

「なお、妙だと思わないかい。松沢の若様だって、分かって下すってることだ」

幸次郎が口にしたのは、そのまま晴太郎の思いだ。父の菓子にこそ、父の力は在る。名は関わりがない。父が遺した菓子が作れれば。それを元に、自分なりの菓子が作れれば。

荘三郎もそう心得てくれているからこそ、「違う名を名乗らないか」と持ちかけたのだ。

なのにどうして、父に一番近かったはずの総左衛門が、名を継ぐ継がないと騒ぎ立てて、清右衛門叔父を煽るのか。

「屋号を『藍千堂』にしたいと言った時には、好きにしろと言ってくれたのに」

「ええ」

幸次郎も腑に落ちない顔で頷いた。

『藍千堂』の名は、二人で決めた。初めは茂市の店の名を貰おうと思ったのだが、それは当の茂市に止められた。二人の店なのだから、二人で新しい屋号を付けろ、と。

「藍」の字を選んだのは、晴太郎だ。母が好きだった色で、父に似合うと藍縞の小袖ばかり仕立てていた。だから、父と母の思い出は、晴太郎の中でいつも藍色をしていた。

幸次郎は、「『百瀬屋』が『百』ならこちらは『千』だ」と言った。何とも弟らしい選びようだ。


屋号を決めた時のすったもんだを思い出して口許を綻ばせた晴太郎に、幸次郎が告げた。


「伊勢屋さんにご存念を聞かなければいけませんね、兄さん」

晴太郎の足が止まった。その間に三歩程先んじた幸次郎へ、急いで追いつく。横に並んだところで、冷たく言われた。

「兄さんに、訊いてくれとは言っちゃいません。無理なことはお願いしませんから」


晴太郎は、頼むよ、とだけようやく答えた。


店に戻ると、岡が晴太郎の帰りを待っていた。松沢屋敷へ届ける『青柚子の葛切』の支度——悪阻最中《さなか》の雪の口にも合うよう、柚子を多めに、葛切の幅を細めに——を茂市に頼み、岡と向き合う。

「松沢様へは、私が参ります。兄さんは旦那から話を伺ってください」

幸次郎が岡へ皮肉ひとつ言わずに申し出てくれたのには、訳があった。

いつも飄々としている岡が、酷く怒っている。元結《もつとい》の辺りから、陽炎《かげろう》が立ち上ってい
るようだ。
「何か、分かりましたか」
そろりと訊いた晴太郎を、岡がぎろりと睨み据えた。ぎょっとしたが、晴太郎に腹を
立てているのではなさそうだ。
「この一件、伊勢屋と俺に任せちゃぁ貰えねぇか」
また、総左衛門が絡んできた。
「なぜ、そこに伊勢屋さんが出てくるんです。第一、岡の旦那の御手をそこまで煩わせ
るわけには。『百瀬屋《あちら》』へ顔を出しづらくなってしまいますよ」
訊き返した晴太郎に、岡は顔を顰めて見せた。
「そんなこたぁ、言ってられねぇ」
吐き捨てて、続ける。
件《くだん》の茶問屋は江戸橋の南、坂本町に店を構える相良屋《さがらや》だ。四男坊の名は余助、歳は二
十三。これがとんでもない男で、金にも女にもだらしがない、家の商いを手伝う気もな
ければ、家を出て身を立てようというつもりもない。鼻が利くのか勘がいいのか、博奕
の才はあるようで、遊ぶ金子《きんす》は自分で稼いでしまう。
養子に行ってやるのは構わないが、自分のやること、とりわけ女遊びと博奕に口を挟
まない先にしてくれ、と平気で注文を付ける始末だ。勿論菓子づくりや、菓子司の商い

を覚える気なぞ、毛頭ない。晴太郎は、俄かに信じられなかった。

「なぜ、そんな奴をお糸の相手に。いや、『百瀬屋』の婿に」

「『百瀬屋』からも、注文を出したそうだ。主は名乗らせるが、『百瀬屋』の商いには口を出させない。遊ぶのは構わないが、金子は決めた分しか渡さない。外に女を幾人囲ってもいいが、必ず跡取りは作れ」

聞いているうちに、胸が悪くなってきた。

清右衛門叔父の考えは、分かるような気がする。

晴太郎が『百瀬屋』にいた頃、あれこれ口を出したことを、叔父は未だに面白く思っていないのだ。遊び好きだろうが女好きだろうが、身代を食いつぶしさえしなければ、菓子にも商いにも目を向けない婿は、面倒がなくていい、とそんなところだ。

婿なぞ役に立たなくても、お糸が産んだ跡取りを、幼いうちから仕込めばいい、と。

立ち上がりが遅い晴太郎の怒りにも、火が点いた。

『百瀬屋』は、それでいい。清右衛門が目を光らせていれば、若旦那の一人や二人が困った性分でも、今の職人たちで店は回る。

けれど、お糸はどうなる。幸次郎とは似ても似つかない男を、亭主にしなければいけないお糸の気持ちは。

「嬢ちゃんの縁談、俺にも責があるらしいぜ」

岡の言葉に、晴太郎は我に返った。

「旦那、それは、どういう」

「俺が嬢ちゃんとお前さんたちの行き来を手伝ったせいで、縁談を急がなきゃならなくなった。一人娘に妙な傷をつけられる前に、ちゃんとした婿を取らなければいけない。そう言ってやがるのさ。まあ、春の騒ぎで、幸次郎はお糸の婿にゃあできねぇと、諦めたってのもあるんだろうけどよ」

腹の立つ言い分だ。どうして、只の女好き遊び好きが良くて、昔の恋に生真面目に向き合った弟が、駄目なんだ。

「そんな馬鹿な理屈があるもんですか」

岡が、愉しそうに笑った。

「ほう。晴太郎でも、怒ることがあるんだな」

褒められているのか、からかわれているのか、分からない。つい恨みがましい物言いになってしまう。

「手前は、出来た性分ではありませんので」

「下らねぇ手口に引っかかって『百瀬屋』をおん出された時も怒らなかったって、伊勢屋から聞いてるぜ」

それは、悲しさと父母への申し訳なさが勝《まさ》っていただけで――。

言い返そうとした晴太郎を、岡が軽く手を挙げて止めた。

「おっとり者の『藍千堂』主が、本腰を入れてくれそうなとこを悪《わり》ぃが、どうでも俺と伊勢屋に預けて貰いてぇんだ」

真摯な声で頼まれ、晴太郎は遅まきながら気づいた。岡まで、身内の諍いに巻き込んでしまった。

「申し訳ございません。お糸のことで、旦那にご厄介を」

岡が、おどけた仕草で肩を竦めた。

「晴太郎が悪ぃんじゃねぇ。『百瀬屋』だって、本気で俺のせいだとは思っちゃいねぇ。都合よく引合いに出されたってだけさ」

なお、悪いじゃないか。

唇を嚙んだ晴太郎に、岡が強い調子で言葉を重ねる。

「だからよ、虚仮《こけ》にされた落とし前を、俺につけさせてくれって頼んでるんだ。俺も晴太郎ほどじゃねぇが、いい加減腹ぁ立ててるしな。嬢ちゃんの婿に、あんな下らねぇ奴を選ぶなんざ、とんでもねえ親父だ」

そう言われては、岡に任せるよりない。けれど、晴太郎は総左衛門が気になっていた。

「浮かねぇ顔じゃねぇか。どうでも手前ぇで落とし前をつけたいかい」

「いいえ、そうではなく」

首を横に振ってから、晴太郎は思い切って打ち明けた。荘三郎の耳にも入っているくらいだ、岡はとうに承知かもしれない。

「伊勢屋さんが、手前に『清右衛門』の名を継がせる気だと、聞きました」

知れちまったか。そんな顔で、岡は頷いた。

「晴太郎が『藍千堂』を始めた頃から、いずれそうさせるって言ってたな」

「小父《おじ》さ、いえ、伊勢屋さんらしくない遣り様なのが、気になります。今度の騒動も、どうして乗り出してきたのか」

「実をいうと、俺が引っ張り込んだんだ」

岡の目が、悪戯小僧めいている。

「元を正しゃ、伊勢屋が清右衛門の名がどうのこうのと、妙な煽り方をしたのもいけねぇ。たまにゃあ頼まれる前に、ひと肌脱いでやったらどうだ、ってな。伊勢屋の奴は、大層乗り気だったぜ」

飛び切りの笑顔で言われては、お任せします、としか応えようがなかった。

おう、任せとけ、と胸を張り、岡が付け加えた。

「名のことは、そう生真面目に案じるまでもねぇさ」

「訳を、岡の旦那はご存じなので」

「嬢ちゃんの縁談を無事ぶっ壊したら、手前ぇで訊くんだな。こういう話は、人伝《ひとづて》に知るなあちょいとばっかし野暮ってもんよ」

「こういう話」がどんな話なのかは分からないが、岡の言い分が正しい。

岡を送り出しながら、それでも晴太郎は「幸次郎が聞きだしてきてくれるといいのに」と、考えていた。

やはり、あの凛とした薬種問屋主は、どうにも苦手なのである。

岡が請け合ってから五日、何を仕掛けたのか、ようやく『藍千堂』にも伝わってきた。

まず、『百瀬屋』に小豆や白いんげんを売っている穀物問屋へ、『伊勢屋』が持ちかけた。

――『百瀬屋』に売る分をそっくり譲ってくれれば、倍の値で買い取りましょう。

『百瀬屋』馴染みの穀物問屋がその話に乗ると、すぐに目ぼしい穀物問屋へも手を回した。

――『百瀬屋』が「売ってくれ」と言ってきた小豆と白いんげんを、そのままそっくり譲ってくれれば、倍の値で買い取りましょう。

つまり、『百瀬屋』が『藍千堂』の馴染み客へ持ちかけたのと逆さの手を使ったのだ。

元々、当代『百瀬屋』は、強引で高飛車な商いを問屋相手にしてきた。

薬種問屋一と謳われる店には、逆らえない。

それを格好の言い訳に、穀物問屋たちはこぞって『百瀬屋』に背を向けた。

「肝心の小豆や白いんげんが手に入らなくて、大変そうだよ」

茶の湯とは関わりのない、甘いもの好きの『藍千堂』馴染み客が、それは楽しげに幸次郎へ教えてくれたそうだ。

『伊勢屋』に商いの邪魔をされたと『百瀬屋』から訴えられた岡は、「我関せず」を貫いているらしい。

「嬢ちゃんの一件じゃ、良かれと思ってしたことが余計なお世話だったんだ。お前さんのとこに関しちゃ、俺ぁ大人しくしてることに決めたんだよ。これ以上厄介をかけちゃあ、面目ねぇからな」

『伊勢屋』は、別の手も打っていた。

賂《まいない》や商売敵への嫌がらせ、砂糖や小豆の質を偽って客に伝えたり。今までの『百瀬屋』の、褒められたものではないやり口を、『伊勢屋』が片端から岡の朋輩の耳に入れた。

ここでも岡は——自分で、『百瀬屋』の手口を『伊勢屋』に耳打ちしておいて——知らぬ振りを、決め込んでいる。

「俺の耳に入ることなら、聞かねぇ振りもできるけどなあ」だそうだ。

俄かに町方の目が厳しくなり、穀物問屋へゴリ押しが出来なくなっている、という訳だ。

小豆も白いんげんも手に入らなければ、餡がつくれない。『百瀬屋』はどうなるのだろう。

案じた晴太郎が幸次郎に「甘い」と叱られているところへ、当の百瀬屋清右衛門、叔父が乗り込んできた。散々邪魔はされてきたものの、直に清右衛門叔父と見《まみ》えるのは、晴太郎が『百瀬屋』を去って以来だ。

低くもなく高くもない上背に、少し猫背の立ち姿。いかり肩と厚みのある胸板は、幸次郎に、そして父に似ている。眉間と口元の縦皺が、深くなった。若い頃からこめかみ辺りに固まっていた白髪も、少し増えただろうか。

垂れ気味の細い目を忙《せわ》しなくあちらこちらへ配る癖は、変わらない。

晴太郎が口を開くより早く、幸次郎が棘をこってりと塗《まぶ》した物言いで、清右衛門叔父を迎えた。

「いらっしゃいまし。何をお探しでございましょう。『百瀬屋』さんより質も味も上の菓子しか、扱っておりませんが」

じろりと、清右衛門が幸次郎を一瞥した。応じるのも馬鹿馬鹿しい、という風に目を逸らし、晴太郎に向き合う。

「お久し振りでございます」

静かに、穏やかに告げたつもりだ。吾ながら、上出来だと思う。

「伊勢屋をすぐに、何とかしろ」

きりきりと、清右衛門は言いつけた。

取り敢えず、惚《とぼ》けてみようか。

愚図愚図思案をしている間に、またもや晴太郎は弟に先を越された。さっと目の色を変えたと見るや、幸次郎が笑い声をあげた。鋭い視線を向けられても、高らかに笑い続ける。先に清右衛門が根負けした。

「何が可笑しい」

声を荒げられ、ようやく幸次郎は笑いを収めた。初めから笑みの一滴も滲んでいなかった目が、ひたと清右衛門の怒りでどす黒く染まった顔に当てられる。

「人間、こうも高慢ちきになれるものかと考えたら、なんだか笑いが止まらなくなりまして。いや、大したものだ。高慢ちきも過ぎると滑稽に見えるものですね」

高く鋭い音を立てて、清右衛門の喉が鳴った。細かく震える声で、幸次郎に言い返す。

「幸次郎、お前、叔父に向かって」

「叔父、おじですって。どの面提げてそうおっしゃる。手前ども兄弟がおじと呼ぶのは、伊勢屋の小父さんだけです」

「だから、その伊勢屋を止めろと――」

「不躾《ぶしつけ》な物言いは、止《よ》していただきましょう」

撓《しな》らせた若竹を手から放すような語気で、幸次郎が清右衛門を遮った。

「姑息な手を使って、兄さんを『百瀬屋』から追い出した時に、身内の縁は切れています。分かりませんか。お前さんから縁を切ったんですよ。なのに都合のいい時だけ、叔父面で指図するなんて、誰に訊いてもそれは道理が通らないと、言うでしょうね」

「身内でないというなら、なぜお糸を手懐《てなず》けようとする。知っているんだぞ」

やっと言い返した叔父の声も握り締めた拳も、わなわなと震えている。

それほど幸次郎の物言いは、嘲りと憤りに満ちていた。ふん、と弟が鼻を鳴らした。

「兄さんがお糸に甘いのをいいことに、そちらから差し向けているのではありませんか。『藍千堂』の様子を探ってこい、と」

「何だと」

「お気づきになっていないようなので、教えて差し上げますが、晴太郎はこの『藍千堂』の主です。大きかろうが小さかろうが、同じ菓子司の主同士、礼を尽くし、言葉遣いも改めるのが筋、世間の理《ことわり》。うちの主に物を頼みたいのなら、頭を下げ、もう一度始めから言い直して頂きたい。それとも、もしや理もお分かりにならないほど、耄碌《もうろく》なされましたか。菓子の味も随分うすぼんやりになったものだと、先日食べた時に思いましたが、頭までぼんやりとはね。質の悪い砂糖の匂いばかり嗅いでいるから、そんなことになるんです」

「幸次郎、その辺りで止《や》めておきなさい」

幸次郎は、腹を立てれば立てる程、口が滑らかになる。怒り心頭の弟が、息を吐いた短い間を狙って、ようよう止めに入《はい》れた。清右衛門は、幸次郎が矢継ぎ早に繰り出す痛罵に、気圧された顔をしている。

小さく肩を竦め、晴太郎は久方ぶりに顔を見る叔父に笑いかけた。晴太郎も、気まずさの欠片も見せずに怒鳴り込んできた清右衛門に詫びる気にはなれない。

「伊勢屋さんを、止めてくれ。そういうお頼みでしたね」

叔父は、青い顔で微かに頷いた。晴太郎が、さりげなく言い替えたことにも気づかないようだ。幸次郎の怒りに、余程当てられてしまったと見える。

気の毒に。

少しだけ人の悪い色を混ぜ、晴太郎は目を白黒させている叔父を憐れんだ。

「伊勢屋の小父さんは、私の言うことを滅多に聞いてくれないんです。普段でさえそうなのに、今はかなり機嫌がお悪い。お役に立てそうにありません」

晴太郎の穏やかな物言いに、清右衛門が息を吹き返したようだ。唇を二度三度、舐め、あちこちをせわしなく見回し、擦れた声で憎まれ口を返す。

「お前ごときに言われ、はいそうですかと、私が引き下がるとでも思っているのか」

幸次郎が、立ち上がった。

「茂市っつあん。お客さんがお帰りです。塩を持ってきて下さい」

「幸次郎」

晴太郎は、今度はすかさず弟を窘《たしな》めた。そんなことを言いつけて、困るのは茂市だ。

改めて、清右衛門に向き直る。

「ご承知かもしれませんが、伊勢屋の小父さんを宥《なだ》められるのは、この弟だけなんですよ。ところがご覧の調子です。このままでは小父さんを止めてくれそうにない」

そして、と力を込めて告げる。

「臍を曲げた幸次郎を動かせるのは、私だけ、ということになります」

重い静けさに、外の暑さと、うねるような蟬時雨が沁み込み、重みを更に増していくようだ。

のろのろと、清右衛門が口を開いた。

「頭を下げて頼めと、いうつもりか」

晴太郎が、軽く笑って首を横へ振る。

「お糸の縁談を断って下さい」

「何だと」

「そうなれば、相良屋さんが京の上物の抹茶を格安で扱うことも無くなるでしょう。後は茶菓子をどうなさるか、お客さんがお決めになることです」

「お前の菓子が、『百瀬屋』に勝るとでも」

「『藍千堂』には、父、清右衛門の三盆白がありますので」

敢えて「清右衛門」の名を口にした晴太郎を、叔父が睨み据えた。だが、口を開く様子はない。

答えは出ているはずなのに。

小豆も白いんげんもなくては、上菓子司は成り立たないのだ。

「お糸の不幸せを、『百瀬屋』さんだって望んでいないでしょう」

清右衛門が、腹の底の方から息を押し出した。

「お糸の婿取りをやめれば、伊勢屋を止めるんだな」

「ええ」

分かった。

蚊の鳴くような呟きが、確かに晴太郎の耳に届いた。

「そういう訳だから、頼んだよ。幸次郎」

斜め後ろに控えた弟へ振り返り、告げる。幸次郎は「どうでも、はっきり頼ませたい」という顔で清右衛門をねめつけていたが、やがて諦めたように「分かりました」と応じた。

帰りかけた清右衛門を、晴太郎は止めた。茂市を呼び、耳元で頼み事を伝える。茂市は少し驚いた顔をしたが、すぐに頷いて作業場へ戻った。

「手打ちの証に、お出ししたいものがあります」

怪訝な顔は、不仲だろうが何だろうが似ているものだなと、晴太郎は幸次郎と清右衛門を見比べて、面白く思った。

ほどなくして茂市が持ってきた菓子を認め、幸次郎が目を吊り上げた。ここは任せてくれ、と目顔で訴える。弟が浮かせた腰をしぶしぶ下ろすのを待って、晴太郎は清右衛門へ視線を移した。

何の心の色も見えない眼で、叔父は漆の器を見降ろしている。

「『青柚子の葛切』、父自慢の夏菓子です」

「見れば、わかる」

つっけんどんに返された呟きには、力がない。のろのろと腰を下ろしたものの、手を伸ばす様子は見せない。

「兄さんの菓子を口にするのが、怖いですか。『百瀬屋』ごとき、が敵うような出来ではないですからね」

幸次郎が、晴太郎を「ごとき」呼ばわりされた仕返しをしながら煽る。清右衛門は挑むように、漆の器を手に取った。

箸で葛切を持ち上げた拍子に、青柚子の爽やかな香りが、ふわりと香ってきた。

一口含んだ叔父の動きが、止まった。気難しい形の目が細められ、ほんの僅か、口許が綻ぶ。

そのままもう一口、更にもう一口。

晴太郎は、じんわりと湧き上がってきた嬉しさを堪え、告げた。

「唐ものの三盆白を七、讃岐ものを三、青柚子の皮は使わず、絞りたての汁だけ使うのが肝です」

「いいのか。商売敵に作り方を明かして」

皮肉に、乗り込んできた時のような勢いはない。晴太郎はきっぱりと返した。

「父の選んだ三盆白でなければ、その味は出ませんので」

椀に残った砂糖蜜まで、慈しむように平らげた清右衛門に切り出す。

「あの三盆白を、『百瀬屋』でもまた使っていただけませんか」

清右衛門の眼が、晴太郎の瞳を覗き込んだ。

「父が興した『百瀬屋』の菓子に、父の三盆白の味がしないのは、悲しいですから」

長い、長い間が空いた。

途切れることなく、油蟬が鳴き続けている。

ゆうるりと、叔父の肩が揺れた。

「私がなぜ砂糖を変えたのか、知っているか」

ひどく疲れた声だ。たじろぎつつ、晴太郎は「いいえ」と答えた。

「お前を『百瀬屋』から、追い出すためだ」


昨日の叔父の台詞が、まだ胃の腑の入口に閊《つか》えて、胸やけがするようだ。

幸次郎は、清右衛門の言葉に酷く腹を立てた。自分で勝手から塩壺を取りだし、店先に派手にまき散らしながら、清右衛門叔父を追い出した。その怒りは一日経っても目減りする気配がない。

——お前を『百瀬屋』から追い出すためだけに、砂糖を変えたんだ。だがしぶといお前は、『藍千堂《こ こ》』を始めた。そうだな、お前が菓子づくりを止めて『百瀬屋』を脅かすことが無くなったら、その時は『伊勢屋』から三盆白を買ってやろう。

晴太郎は、悲しく、寂しかった。

叔父は、腕のいい菓子職人だ。その菓子の味を落としているのは、自分だと知らされたのが、切なかった。

菓子の味とお糸の幸せ、大切なものを損なってでも晴太郎を潰す。そこまで疎まれている理由《わけ》は、何なのだろう。

「側でそんな萎れた顔をされては、せっかくの葛切が台無しだよ、晴太郎」

不機嫌に叱られ、晴太郎ははっとした。

声に負けず劣らず、不機嫌な面の伊勢屋総左衛門が、勝手で静かに『青柚子の葛切』を口に運んでいる。

今日は気持ちの良い風が吹いていて、開けた障子の向こうで庭の木が涼やかな葉擦れの音を立てていた。

「あ、その、すみません。小父さん」

小さな勝手に続いている作業場では、幸次郎が茂市の仕上げた『青柚子の葛切』を松沢屋敷へ届ける支度をしている。

不服げに、総左衛門が訊いた。

「この飛び切り旨い葛切を、『百瀬屋』なぞに食べさせたそうじゃないか」

葛切が口に合わないのだろうかと気が気ではなかった晴太郎は、不機嫌の種はそっちか、と胸を撫で下ろした。

『青柚子の葛切』は総左衛門の好物で、それだけに取り分け味に厳しい。その総左衛門が、「飛び切り旨い」と言ってくれた。晴太郎の胸のむかつきが、すうっと楽になった。

呑気に喜んでいる晴太郎に代わり、幸次郎が作業場から捲し立てる。

「そうなんですよ、小父さん。それだけじゃなく、兄さんときたら、『百瀬屋』の悔し紛れの悪口《あっこう》にすっかりしょげ返っているんです。まったく、人がいいにも程がある」

語るうちに憤りがぶり返したのか、幸次郎は続けて晴太郎へ小言を始めた。

「兄さんを『百瀬屋』から退けるために、砂糖を変えた、つまり自分から、『汚い手を
使った』と白状したんですよ。とうとう尻尾を出したな、悪人め、と見得の一つも切っ
て見せるならともかく、しょげてどうするんですか」

「幸次郎だって、怒ってるじゃないか」

「怒るのは、いいんです。理不尽なことをされたんですから」

理屈に叶っているのか、今一つ分からない言い分だ。

茂市が肩を震わせ、笑いを堪えている。

葛切を味わっていた総左衛門が、静かに話を変えた。

「お雪様のお口にも、合ったようだな」

戸惑いながら、晴太郎は応じた。

「あ、ええ。小父さんが召し上がっているものより、葛切を細く、青柚子を多めにした
ら、これなら喉を通ると。毎日作り立てをお届けしています」

「それはよかった」

江戸一の薬種問屋を束ねる男は、しみじみ呟いた。

「おしのさんも、悪阻が酷かった。食べ易くて力の付くものはないかと、清右衛門が工

夫した夏菓子だからな」

初耳の父と母の話に、幸次郎と顔を見合わせる。茂市を窺うと、恵比須顔が小さく頷いた。

「晴太郎がお雪様のためにお作りしたのと、同じようだったはずだ。店でも売るために、後から柚子と葛切の幅を加減したと言っていたからな」

嬉しそうに、ほんのりと寂しそうに、総左衛門は言った。総左衛門が父母を名で呼んだのを、随分久しぶりに聞いた気がする。

『藍千堂』の後ろ盾が不機嫌な顔に戻った。

「それを、味の分からぬ似非《えせ》職人に食わせたのは気に入らないが、今回は大目に見るとするか。幸次郎に言わせれば、晴太郎も随分頑張ったそうだし。それに、私しか知らない清右衛門自慢の菓子は、まだあるからね」

「それは、なんですか」

身を乗り出した晴太郎へ、総左衛門は飛び切り柔らかな笑みを向けた。

「晴太郎と幸次郎、それぞれが生まれた祝いにと、貰った吉野饅頭だ」

吉野饅頭も葛を使うが、こちらは温かい饅頭だ。葛粉に糯米《もちごめ》の粉を混ぜて蒸し上げるので、ふんわりと仕上がる。蒸し立てに、おろして漉《こ》した黒胡麻と砂糖を混ぜたものを掛けて食べる。

晴太郎も冬場に作るが、総左衛門しか知らない、ということは、父ならではの工夫がしてあったのだろう。

総左衛門が、嘯《うそぶ》いた。

「お前が作る吉野饅頭よりもかなり柔らかく、軽かった。中の餡は白餡をほんのり紅に染めたもの、仕上げに掛ける胡麻粉も白胡麻だったよ。吉野饅頭では、お前は清右衛門に比べ、まだまだだ」

勝ち誇ったような面に、慈《いつく》しむ色が広がる。

「余程、お前たちが生まれたのが嬉しかったのだろうな。晴太郎の時の饅頭には『晴太郎』、幸次郎の時は『幸次郎』と、名がついていた。天下一の吉野饅頭だ」

晴太郎は、息が詰まる心地がした。

父の思いが、嬉しかった。父の「吉野饅頭」は、どんなだったのだろう。少しでも近づけて総左衛門に食べて貰いたい。

その思いのまま、晴太郎は頼もしい後ろ盾へ告げた。

「ならば私は、その天下一の名、晴太郎をもう少し使い続けましょう」

総左衛門が、なぜ「清右衛門」の名に拘るのかは分からないが、自分が父から受け継がなければいけないのは、名ではない。想いだ。

だったら、「晴太郎」の名がふさわしい。

深い色の目で、総左衛門は晴太郎を見つめていたが、やがてそっと瞼を伏せ、「好きにしなさい」と答えた。

幸次郎がそろりと、口を挟む。

「小父さんは、なぜこの件に限って助けてくだすったんですか」

伊勢屋は、長い、長い間を空けて、飛び切りぶっきらぼうに答えた。

「お前たちの為じゃない。私が、気に入らなかったんだ」

「お糸の縁談の相手が、ですか」

総左衛門の目許が赤いように見えるのは、気のせいだろうか。

「似非菓子職人と放蕩息子が『清右衛門』と呼ばれることが、気に入らないんだよ」

今度ははっきり分かった。なぜ、照れているのだろう。

幸次郎も呆気にとられて、初めて見る総左衛門の顔つきを眺めている。総左衛門は、恨めしげに幸次郎と晴太郎を一瞥ずつしてから続けた。

「おしのさんは、清右衛門へ嫁入りする前、奴のことを『清右衛門さん』と呼んでいた。当たり前の話だがな」

更に長い、間が空いた。

幸次郎が、あからさまに笑いの滲む声で、「それでは、私は松沢様の御屋敷へ行ってまいります」と告げた。

ああ、行っておいでと応じた晴太郎の声も震えてしまった。笑い上戸の茂市は、作業場の奥へ逃げていった。

「晴太郎、葛切をもう一杯」

やけになったように、総左衛門が言った。

＊

懐かしい『青柚子の葛切』を二杯食べ、総左衛門は『藍千堂』を後にした。

表へ出ると、強い日差しが頬を焼いたが、鼻と喉に残る青柚子の爽やかさのお蔭で、さして気にはならなかった。

懐かしい日々が、まるで昨日のことのように思い出される。

——総左衛門、総左衛門、ほら、祝いだ。『幸次郎』だぞ。さあ、冷めないうちに早く食え。いや、ちゃんと味わって食えよ。どうだ。旨いか。旨いだろう。何と言っても、この吉野饅頭は『幸次郎』だからな。

——確かに旨いが、晴太郎の祝いで貰った『晴太郎』と、まるっきり同じじゃないか。

——ちゃんと味わってるか。『晴太郎』は『幸次郎』よりもう少し、ふんわりして皮が厚かった。『幸次郎』の餡だって、『晴太郎』よりしっかり作ったんだぞ。ああ、似てるのは当たり前だ。晴太郎も幸次郎も、同じように柔らかく、清らかで、愛おしいんだからな。

浮かれ、舞い上がった友、清右衛門の声に、愛おしい女の声が重なる。

——清右衛門さん。総左衛門様がお見えですよ。

——あら、清右衛門さんったら、また昼飯《おひる》を召し上がらなかったんですの。駄目ですよ、ちゃんと召し上がって、ちゃんとお休みにならなければ。

菓子作りに夢中になると、飯も食わず、誰の呼びかけにも答えなかった清右衛門が、おしのの声には返事をし、素直に一息入れた。

清右衛門さん。清右衛門さん。

窘めるような、ほんのりと甘えるような呼び方が、悔しいけれど、総左衛門はとても好きだった。あの声が自分に向けられていなかったからこそ、おしのを諦め、二人の幸せを心から願うことができた。

けれど悔しいには違いないから、清右衛門ではなくおしのへ向けて、声に出さず語りかけた。

おしのさん。お前さんたちの息子は、立派に育ちましたよ。祝いに清右衛門から貰った吉野饅頭の通り、晴太郎は優しく柔らかな、幸次郎は芯のしっかりした男になった。さすがは実の父親だ、生まれたばかりの赤子の人となりが見えていたらしい。

幸せな気分に浸っているうち、ふと、楽しい考えが閃いた。

つい、口許が綻んだ。

松沢の若様の御子がお生まれになったら、晴太郎に清右衛門の吉野饅頭を作らせて、祝いにしよう。当人にはまだまだと言ったが、去年食べた吉野饅頭は、なかなかどうして、清右衛門に迫る勢いの出来だったから。

迷子騒動

お糸が家を出たらしい。

伊勢屋の小父《おじ》さんが知らせてきたのは、霜月に入り暫くしてからだ。以来、晴太郎《はるたろう》兄さんは落ち着かない。昨日も餡で火傷をしていた。世話の焼ける人だ。

そんな兄さんは、私を「幸次郎《こうじろう》は、お糸に冷たく当たり過ぎだ」と、血も涙もない従兄のように評する。

私だって、お糸が気にならない訳じゃない。

けれど、あの娘は『百瀬屋《ももせや》』の一人娘なのだ。

兄さんも、「それは分かっている」と言う。だから、清右衛門叔父とお前、頑固者同志の板挟みになるお糸が、不憫なんじゃないか、と。

そのたびに、私は喉元まで出かかった言葉を、苦労して呑み込む羽目になる。

兄さんは、ちっとも分かってない。

私が言いたいのは、そういう話じゃない。

お糸は『百瀬屋』の、あいつらの血を引く子だ。

そう私が言い返せば、兄さんはきっと眉を顰《ひそ》めて諭すだろう。

――お糸は、お糸だよ。お前の眼に映ったあの子だけを、信じておやり。

頭の中で勝手につくり上げた、けれど恐らく間違ってはいないだろう、晴太郎の台詞に向かって、声には出さず異を唱える。

――ですが、兄さん。あいつらだって、私達の目に映っていた姿は、おっ母さんが死んで暫く後、あの時まで「頼りがいのある叔父さん、明るく優しい叔母さん」だったじゃありませんか。お糸も、同じようにならないと、どうして言い切れるんです。

そんな言い合いを、なぜ兄さんに吹っかけないのか。理由《わけ》はとうに気づいてる。

私は、怖いんだ。

いきなりあいつらのように変わってしまったお糸を、目の当たりにするのが。

＊

晴太郎が待ちかねていたものが、信濃の下伊那《しもいな》からようやく届いた。

「今年の信濃辺りといやあ、夏は夏で天気が悪く、冬もなかなか寒くならなかったって話《え》でしたが」

言いながら、茂市《もいち》が眼を細めている。

「いつにも増して、立派ですね」

茂市と晴太郎の肩口から覗き込んだ幸次郎も、溜息交じりに呟いた。

では、早速。

そんな風に、筵《むしろ》を敷いた箱に丁寧に詰められた吊るし柿を、茂市がいそいそとつまみ上げる。はい、どうぞ、とひとつ手渡され、晴太郎はいつもよりでっぷりと大きな柿を、受け取った。

幸次郎は飛び切りの吊るし柿を、早速頬張っている。

小ぢんまりした仕事部屋に、壁や天井、床に染みついた砂糖の匂いに勝って、とろりと甘い香りが漂い始めた。

「晴坊ちゃま。どうなさいました」

茂市に心配そうに尋ねられ、晴太郎は半ば漫《そぞ》ろだった気を、楽しみにしていた吊るし柿に向けた。

赤みの強い茶色が、去年より鮮やかだ。

表一面を覆う白い粉《こ》は、甘さの目安になる。今年の吹き具合は、斑《むら》もなくびっしりと綺麗で、抜群。

軽く指の腹で潰してみた。丁度いい塩梅《あんばい》の柔らかさだ。

そっと縦に裂く。

顔を覗かせた明るい橙の果肉は、ねっとりと力強い。一拍遅れ、漂っていたものよりも更に濃い香りが直に晴太郎へ届いた。

一口齧る。生の柿の味を残しながら、吊るし柿ならではの「ぎっしりと詰まった」甘みが、口から鼻へ抜けた。嫌味のない甘さだ。

「いい出来だね」

晴太郎は、呟いた。下伊那の吊るし柿は飛び切りだけれど、今年は本当に、良い仕上がりだ。

だが、茂市と幸次郎は戸惑い顔を見交わしている。

「何」

今度は、晴太郎が二人に訊いた。

茂市は歯切れ悪く「いやあ」と口ごもった。目で助けを求められた幸次郎が、いつもの通りつけつけと答える。

「いい出来だ、という割に、気のない口ぶりじゃありませんか。あんなに吊るし柿が届くのを楽しみにしていたのに」

茂市は心配そうに晴太郎を見ている。それでも、幸次郎の澄まし顔が、どうしても癪に障った。

口を出すまい。『藍千堂《あいせんどう》』とは関わりのないことだ。そう決めていたのに。

「だって、幸次郎。お前はお糸が心配じゃあないのかい」

「また、その話ですか」

何も、そんな呆れ交じりに呟くことはないじゃないか。

「家を出たんだよ」

勢いに任せて言い返したものの、冷やかな眼差しで見つめられ、つい目が泳いだ。晴太郎が浮き足立つのを待っていたように、幸次郎が苦い溜息を吐く。

「家を出た、ですか」

晴太郎が口を挟む前に、弟は平坦な物言いで続けた。

「確かに、あのどうしようもない二親の許からは、離れているようですけれど」

息を吸った晴太郎を、再び「ですが」と抑え込む。

「転がり込んだのは、母親の妹の嫁ぎ先。『百瀬屋』の眼と鼻の先とはいいませんが、普段からあちこち遊び回っているお転婆を思えば、大した近場だ。しかも当の母親の口利きだというじゃありませんか」

「そりゃ、そうだけど――」

お糸の叔母はおろくといった。お糸の母、お勝とは歳が十と一離れていて、大工へ嫁いで十年になる。亭主の惣助《そうすけ》は無口で不器用、物覚えも良くない。「真面目」の頭に余計なものがつく真面目さだけが取り柄だと、いつもおろくは笑って言う。

だが、その真面目さこそが、「惣助の仕事なら間違いない」と信用され、一度惣助に仕事を頼んだ客は、必ず次も、その次も、となり、口伝《くちづて》に客を呼びこんでくれる芯となっている。

そしておろくの辛口な言い様も、いつも誇らしげだ。

確かに、あそこなら何も心配することはない。

口ごもった晴太郎に、幸次郎は追い打ちをかけた。

「『百瀬屋』の暮らしよりは慎ましいかもしれません。女中もいないし、飯も贅沢なものではないでしょう。けれど雨風は十分凌いでいるはずですし、凍えることもない。おまけにお糸の大好きな『叔母さん』の家だ。今頃、『窮屈で退屈な暮らし』から離れ、のびのび過ごしているに決まってます。そんなお糸の何をどう心配すればいいのか、むしろ兄さんに訊きたいところですよ」

ひょっとして、弟は台詞を初めから考えていたのではないだろうか。

そんな勘ぐりをしてしまうほど、幸次郎の物言いは滑らかだった。

「雨風凌げてひもじくなければ、心配はないって話でもないだろう」

では、何が心配なのか。はっきりしないまま言い返した晴太郎だったが、いざ口にしてみると「心配の種」がくっきりと顔を見せた。

「このまま、親子で仲違いが続いたらどうなるか。あの娘《こ》が見かけに因らず強情なのは、お前も承知だろう。それに、お糸が家を飛び出したくなる気持ちも、分からない訳じゃない」

お糸の父、清右衛門は性懲りもなく、「当人はろくでなしだが、『百瀬屋』の商いにとっては旨みのある家の息子」を婿にしようとしているのだ。いくら親の決めた男と添うのが、総領娘として生まれた者の務めとはいえ、決めよう、選びようというものがある。清右衛門叔父にしてみれば、「半可に出来る男より、駄目な奴の方が扱いやすい」ということなのだろう。

けれど、それはあくまで『百瀬屋』にとっては、だ。ろくでなしの亭主を押し付けられる、自分の娘が哀れとは思わないのだろうか。

幸次郎は、本当に気が揉めだした晴太郎を、いつもの通り鼻であしらった。

「『百瀬屋』と二親のことを考えれば、お糸は辛抱するしかない。辛抱しきれないのなら、家を捨てるよりない。どちらにしろ、お糸が自分で決めることです」

「幸次郎、お前、それは冷たすぎやしないかい」

弟の眦《まなじり》が、厳しくなった。何か言い掛けて、苛立ったように唇を嚙む。晴太郎に容赦のない幸次郎にしては、珍しいことだ。

喉元まで出かかった言葉を、晴太郎も呑み込む。

――叔父さんの無茶に、お前だって関わりない訳じゃないだろう。

晴太郎は、幸次郎が昔の恋に、どんな思いでけりをつけたのか、知っている。

いくら頭に血が上っても、弟に投げつけてはいけない言葉。それを口に仕掛けた自分に、ひやりとする。

「もう、いいよ」

遣り取りを終わらせた晴太郎の呟きは、冷えた肝と同じだけの冷たさを孕んでいた。

晴坊ちゃま、と、茂市に宥《なだ》めるように呼ばれた。急いで、言葉を足す。

「吊るし柿を届けがてら、お糸の様子を見てくる」

「兄さん、余計なことを――」

大丈夫、と笑って幸次郎を遮る。今度はきちんと、柔らかな物言いになった。

「分かってるって。余計な口出しをして、叔父さんの気持ちを逆撫でするなって言うんだろう。毎年、吊るし柿が届くと、おろくさんにも持って行ってるじゃないか。おろくさんの好物だからね。そのついでに、それとなく確かめるだけだ。巧くやるよ」

ふっと、幸次郎が短く苦い息を吐いた。

ちっとも分かってないじゃないか、というように。

「何だい」

今度は、幸次郎が飛び切り冷やかな返事を寄越した。

「なんでもありません」

さっきの仕返しだな。

「それなら、晴坊ちゃま」

かちんときた晴太郎を、早口で茂市が遮った。

「いっそのこと、『ういろう餅』にしていくつかお持ちになったら、いかがです」

「『ういろう餅』って、柿入りの奴かい」

「ええ。お糸お嬢さん、お好きでごぜぇやしたね。お嬢さんに味を見てもらうっていう口実にも、なりやすし」

「そうして下さい、兄さん」

晴太郎が頷くより早く、幸次郎が乗ってきた。すぐに顰め面で釘を刺す。

「お糸の為じゃありませんよ。油を売りに行く前に仕事を済ませてくださいと、言ってるんです。『藍千堂』の『柿入りういろう餅』を楽しみにしてくださるご贔屓さんは、沢山おいでなんですから」

咄嗟に零《こぼ》れかけた笑みを、素知らぬ顔でかみ殺す。

贔屓客の仕事が大事なら、それだけ言えばいい。お糸に『ういろう餅』を持っていったらどうかという茂市の思いつきに、間髪入れずに「そうして下さい」と、乗ることはないのだ。

なんだかんだ言って、お前もお糸が気になるんじゃないか。

胸が温もる思いと共に、晴太郎は幸次郎を茶化しかけたくなる気持ちを、苦労して抑えた。

お糸が『柿入りういろう餅』を好む訳は、むしろ味より見た目が大きい。

降り積もりたての雪のような白と、鮮やかな橙色の層が、「可愛らしい」のだそうだ。

綺麗、おいしそうというなら分かるが、果たしてこれが可愛らしいだろうか。

晴太郎は出来上がった『柿入りういろう餅』を改めて眺めた。

上等な上新粉に水を加えて捏ね固め、一刻半ほど寝かせておく。その塊をほぐして三盆白と混ぜ、目の細かい篩《ふるい》に押し付ける。出来た粉を羊羹船に入れて蒸し上げれば、雪のような『ういろう餅』の出来上がりだ。

柿入りにするには、羊羹船に半分ほど入れたところで、吊るし柿の中の柔らかなところを敷き詰め、その上に残りの『ういろう餅』の種を足し、同じように蒸す。

いい吊るし柿さえ手に入れれば、ほんのひと手間加えるだけで、華やかで季節ならではの菓子になる。

これを、晴太郎は菱形に切ったり、丸い型で抜いたりする。

その方が娘らしい見た目になり、お糸の好みになるからだ。

お糸を含めた人数分の『ういろう餅』と、たっぷりの吊るし柿を手に、晴太郎はいそいそと『藍千堂』を後にした。

お糸だけでなく、晴太郎もおろくとその身内が好きだった。幸次郎が、伊勢屋総左衛門を父や身内のように慕っているのと同じで、晴太郎はおろく夫婦を姉と義兄のように、子供たちを甥や姪のように見ている。総左衛門と違い、『百瀬屋』への憚りから気楽に行き来できないのが、寂しい。

惣助おろくの住まいは、『藍千堂』から和泉橋、日本橋と渡った南東、八丁堀にある。例繰方《れいくりかた》、裁きのあれこれを書き止める物書き同心、小森の屋敷にある長屋だ。所帯を持った頃は、神田川を渡って少し入った横大工町の裏長屋で暮らしていた。けれど子宝に恵まれ、夫婦に息子二人、娘三人の大所帯となり、横大工町辺りの裏長屋では手狭になった。惣助の稼ぎが上がったこともあって、五人目が生まれた一昨年の春、倍ほど広さがある組屋敷の長屋へ家移りした、という訳だ。

五人の子供は、九歳の長女、おせんだけが少し離れているが、六歳の次女おりんから五歳の長男高吉、四歳の三女おえん、三歳の末っ子大吉まで、下四人は綺麗に年子で並んでいる。遊び盛り、騒ぎ盛りの子供が侍、それも役人の眼と鼻の先で暮らして窮屈ではないだろうかと、晴太郎は案じたものだ。けれど家移りの時と、その年の吊るし柿の頃、去年の同じ頃、三度様子を眺めた限りでは、不自由はしていないようだった。

おろくや子供達は、元気だろうか。お糸はどうしているだろう。

つらつらと考えながら、八丁堀に差し掛かる。

晴太郎も幸次郎ほどではないが、菓子を届けに来たり、注文の委細を訊きに訪ねたりで、大身の旗本や大名屋敷に出入りしている。だが、八丁堀界隈は、正直どうにも苦手だった。

延々と続く柿渋塗の黒塀に、息がつまりそうになるのだ。

――疾《やま》しいことがあるんじゃねぇか。そう勘ぐる奴もいるからな、『八丁堀界隈が苦手だ』なんてのは、ほいほい口にしねぇほうがいいぜ。ま、分からねぇでもねぇがよ。

いつだったか、定廻同心の岡にぼやいた折、苦笑い交じりで窘《たしな》められて以来、胸の中に仕舞いこんだ「苦手」ではあるが。

その奇妙な重苦しさが、おろくの住まいへ近づくと、ふうっと軽くなった。賑やかな子供達の声が聞こえてきたせいだ。直に長屋へ行ける裏の木戸をそろりと開ける。

「こら、何なの、その顔はっ」

お糸の声が響いてきて、まずぎょっとし、それからこっそり笑った。

元気そうだな。思いつめている、という訳でもなさそうだ。

「だって、お糸従姉《ねえ》さんったら、おっかさんより口うるさいんだもん」

こまっちゃくれた口ぶりは、次女のおりんだ。

ねぇ、おせん姉さん、と三つ上の姉を味方に引き込もうとしている。

「お糸従姉さんは、心配して言ってくれてるの。そんなこと言っちゃだめよ」

大人びたおせんの物言いに、噛み殺しきれなかった笑いが滲んでいた。それを聞いて、お糸が、「おせんまで、ふざけないでちょうだい」と怒っている。

なんだかやけに楽しそうで、晴太郎はそっと長屋へ向かった。

長屋と柿渋の板塀の間、少し広めの通り道で、お糸がこちらを向いていた。左の手は姉弟三番目、長男の高吉と繋ぎ、晴太郎に背を向けたおりんを怖い顔で見下ろしている。

晴太郎には気づいていないようだ。

睨み合うお糸とおりんの間に挟まったおせんの横顔が、ふいに笑いの形に歪んだ。

「やだ、おりんったら、変な顔」

「お糸れえさんろ、まれよ」

近づいた晴太郎に、高吉が気づいた。怖い娘たちを見比べていた神妙な顔が、嬉しそうに輝く。

「あ、『つるしがきのにぃちゃん』だあ」

さっと、お糸が顔を上げた。

ついで、おせんとおりんが、同じ間合いでこちらを振り向く。

晴太郎は、堪らず、ぷうっと噴き出した。

このおりんの顔が、「お糸従姉さんの真似」だというなら、いくらなんでもお糸が気の毒だ。

お糸をからかった顔のまま振り向いたおりんは、顎に梅干しのような皺が出来る程、「へ」の字の形に口の両端を下げ、両の人差し指で、目尻を下へ引っ張っていた。白眼が派手に覗き、額には深い横皺が三本。

しまった、という色が「八」の字の眼に過《よぎ》ったのは、ほんの刹那。素早く澄ました笑顔を取り繕い、「あら、お菓子屋の晴太郎さん」と応じる。

おせんが、こちらは正真正銘の柔らかな笑顔で「いらっしゃい」と告げた。

「おりん、怒りんぼうの顔なら、目は下げるんじゃなく、上げるんじゃないのかい」

ふざけてみた晴太郎に、おりんが悪びれもせず言い返す。

「お糸従姉さんの真似は、鼻から下だけ。眼は、『あかんべえ』なの」

ばつが悪そうに晴太郎を見ていたお糸が、我に返った。拳を振り上げる真似で、おりんに詰め寄る。

「こら、おりんっ」

「きゃあ、おせん姉さん、助けて」

おせんを軸に、お糸とおりんの「鬼ごっこ」が始まった。きゃあきゃあと、娘三人の、賑やかで華やかな声が響き渡る。

その間に、高吉が長屋の中へ駆け込んで行った。

「おっかあ、きたきたっ。ようやっと、『つるしがき』が、きたよお」

自分の呼び名から「にぃちゃん」が早々に抜け落ちたことに、晴太郎はまた笑った。

年に一度、吊るし柿を携えておろくの家を訪ねるのを、晴太郎は楽しみにしている。おろくや亭主の惣助も、晴太郎を温かく迎え、「吊るし柿の礼にもならないけれど、夕飯を一緒に」と、言ってくれる。子供達も、晴太郎に懐いている。

だから、日頃は晴太郎に厳しい幸次郎も、八丁堀の長屋を訪ねる時だけは、晴太郎がゆっくり、のんびり長居をするのを大目に見てくれていた。

おろくは今年も、晴太郎を歓待してくれた。まだ手が離せない末っ子の大吉をあやし、弟と張り合うように纏わりつく、すぐ上のおえんをあしらう。その合間に、どうにか晴太郎から吊るし柿を奪おうとしている高吉も叱って見せる。

「これ、がっつくんじゃないよ。頂き物は、お父っつあんが帰ってきてから、みんな揃って。いつも言ってるだろう」

おりんとお糸は、長姉のおせんが入れた番茶を晴太郎に運んで来たり、あちこちに転がっている玩具を片づけたりと、甲斐甲斐しい。

日頃から弟妹の世話やおろくの手伝いで慣れているおりんはともかく、お糸が嬉しそうに働いているのが、晴太郎には思いがけなく、切ない眺めだった。

とはいえ、『百瀬屋』では女中がやってくれることばかり、どうにも手際が悪い。きびきびと動くおりんの文句がすかさず飛び、お糸がそれに言い返す。おりんはおしゃまで口達者、お糸は十以上下の子にむきになる。なんとも賑やかな手伝いだが、とにもかくにも、おりんとお糸の仲の良さは、変わらない。

丁度午睡《ひるね》の頃合いなのだろう、下の二人を寝かしつけながら、苦笑い交じりに、おろくが囁く。

「すまないね、晴ちゃん。毎度こんな風に喧しくってさ」

おろくは大工の女房だ。ふんわりした顔立ちに比べ、物言いはちゃきちゃきと切れがいい。そこがまた、『百瀬屋』の叔父夫婦と違って取り澄ました様子がなく、晴太郎には好ましい。

叔父さん、叔母さんだって、前はあんな風じゃなかったのに。

遠い昔を思い出し、鈍く胸が痛んだ。いつから、どうして変わってしまったのだろう、と。

自分がいけないのだ。晴太郎はよく分かっているつもりだ。

青二才の自分が父の跡を継ぐのが許せなかった。主とはいえ、晴太郎が一人前になるまでの「つなぎ」でしかないことに、我慢がならなかった。

とんだ八つ当たり、了見違いの逆恨みだ。

幸次郎や伊勢屋総左衛門は、冷やかに断じる。

多分、そうなのだろうと、晴太郎も考えている。

けれど、晴太郎はその先の『なぜ』が、知りたかった。

なぜ、晴太郎が跡を継ぐことを許せないのか。辛抱できないのか。

父が生きていた頃の叔父も叔母も、そんな人ではなかったから。

いや、違う。

父や母が亡くなってから、暫くは――。

「どうしたんだい、晴ちゃん」

慌てて、なんでもないとおろくに笑って見せる。始め、晴太郎は叔父との不仲を、ただ哀しいとだけ捉えていた。だが近頃はよく考える。

なぜだろう、と。

叔父は昏《くら》い目をし、憎しみも憤りも感じられない、平坦な物言いで砂糖を変えた訳を、告げた。

——お前を『百瀬屋』から、追い出すためだ。味が落ちるのを承知で。伊勢屋と仲違いし、古馴染みの客を失うと分かっていて。それでも晴太郎を追い出したかった、と。

なぜ自分は、そこまで叔父に嫌われるのだろうか。

ふとお糸を見遣ると、何やら問いたげな眼をこちらへ向けていた。

笑み交じりで、伝える。

「幸次郎は、元気だよ」

照れた顔を見せるかと思いきや、お糸は頬を強張らせた。続いておろくの厳しい目に行き合って、戸惑う。

女心の分からない男だ。そんな顔でおろくは晴太郎を睨んでいた。

「そんなことを訊きたいんじゃないの」

つん、と鼻を上へ向け、お糸が言い返した。すぐに気遣わしげな眼になり、こちらの顔を覗き込む。大人の顔色を読むことに長けた年長のおせんが、お糸に構おうとしたおりんを止め、庭へ連れて出た。高吉も姉二人について行く。

静かになった部屋で、お糸がおろくの傍らに腰を落ち着けた。

「晴太郎従兄《にい》さん、お父っつあんが『藍千堂』を訪ねた時、どんな話をしたの」

「何って」

一度言い淀んだ後で、済まなそうに問いを重ねる。

きっと、お糸が訊きたいことは別にある。

そうは思ったが、晴太郎は気づかない振りをした。お糸が自分で言い出すのを待ってやれと、おろくの眼が窘めていたからだ。おりんと賑やかにしている姿だけで、「お糸に変わりはない」と安堵した自分が、情けなかった。少し覗き込めば、従妹が思いつめた目をしていると、気づいたはずなのに。

ゆっくりと瞬きを二つ、晴太郎はけろりとお糸に笑いかけた。

「久しぶりに、じっくり話をしたよ。懐かしかった」

戸惑い混じりのぎこちない笑みで、お糸が「そう」と返す。

「そういうお糸は、ちゃんとお父っつあん、おっ母さんと話し合ったのかい」

確かめた晴太郎に、お糸が勝気な目を向ける。勝気の中に「頑な」が混じっているのが気になるところだが、萎れているよりは随分ましだ。

「話したから、おろく叔母さんのとこにいるんじゃないの」

おろくが、やれやれ、という風な溜息を吐いた。今度は晴太郎を止める気配はない。

「早耳の伊勢屋さんから粗方聞いてるけど。で、叔父さんは何て」

家出の原因《もと》は、お糸の縁談にあった。今年の暑い最中《さなか》、晴太郎はろくでもない婿を迎えようとしている清右衛門叔父を、止めた。あまり褒められた手口ではなかったが、その分晴太郎の本気を叔父は悟ったのかもしれない。拍子抜けなほどあっさりと従ってくれた。その叔父が性懲りもなく、夏の「茶問屋、相良屋《さがらや》の四男坊」と似たり寄ったりのろくでなしと一人娘との縁組を企てた。

縁談を強く拒むお糸と無理強いする清右衛門が、派手に言い合いをしたらしいとは、事情通の贔屓客から幸次郎が聞きこんだ話だ。

「好きにしなさい、って」

無造作に放られた答えに、晴太郎は耳を疑った。

「ちょっと待った。好きにしなさいって、何を。どういうことだい、お糸」

ふい、と顔を逸らしてお糸が呟いた。

「従兄さんには、関わりないことよ」

問い詰めようとした晴太郎に先んじて、畳み掛ける。

「いいじゃないの、なんだって。好きにしろって言われたんだもの」

呼び止める晴太郎を受け流し、お糸は庭で遊んでいる従妹弟の許へ向かった。

目でおろくに訊ねてみても、気立てのいい大工の女房は、苦い顔で首を横に振るのみだった。


息をするのも忘れたように、子供たちは『ういろう餅』を見つめている。

七つ過ぎ、父の惣助が帰ってきて、ようやく吊るし柿と『ういろう餅』を目にするお許しが出たのだ。子供達は初め、菓子をあまり気にしなかった。

それよりも、ずっと楽しみにしていた吊るし柿に夢中になっていたのだ。ところが、ういろうの白と吊るし柿の中だけを使った明るい橙色を目の当たりにして、吊るし柿をあっさり忘れ去った。

この白いところも、柿みたいに甘いのか。

硬いのか、柔らかいのか。

雪みたいだけど、溶けたりしないのかしら。

矢継ぎ早の問いに、晴太郎はひとつずつ、丁寧に答えてやった。いつまでも眺めてばかりの子供たちを、苦笑交じりで促す。

「みんな仲良く、ひとつずつ。ちゃあんと持ってきてるから、早くお上がり」

子供達のうずうずした目が、一斉におろくへ向いた。晴太郎はもうひと押し、してやった。

「ねぇ、おろくさん。夕飯まではまだ少しあるし、今日はお八つもまだだ。惣助さんが戻るまできちんと待ってたんだから、いいでしょう」

そろりと、指を伸ばした高吉の手を、おりんがぺしりと叩く。

苦笑いで、おろくが「いいよ、お食べ」と許しを出した。

わあ、っと歓声が上がり、小さな手が一斉に井籠《せいろう》の中へ伸びた。

高吉が豪快に頰張る。長姉のおせんは、晴太郎の顔をちらりと見てから、そろりと上品に。小さなおえんは恐る恐る。大人と同じものを食べ始めたばかりの大吉は、おろくが半分に割って、手渡した。

口にした途端、子供たちの顔が幸せそうに輝いた。そんな顔を見る方が、金持ちの粋人に褒めてもらうより、やっぱり嬉しい。晴太郎は、ひとりひとりの顔を眺めていき、おりんに気づいた。

一番おませで活発なはずのおりんが、『ういろう餅』を手にしたきり、口を付けていない。

「どうしたんだい。おいしいよ」

晴太郎の言葉に、小さく頷いたものの、瞬きもせずに眺めるのみだ。

「綺麗でしょう」

お糸が、囁いた。

「うん、とっても綺麗」

「晴太郎従兄さんの作る、『柿入りういろう餅』は、どこの菓子司《つかさ》よりもおいしいだけじゃなく、飛び切り綺麗なのよ」

お糸の物言いにほんの少し、誇らしげな音が混じったのに、晴太郎は気づいた。

つい、とおりんが顔を上げた。少し眩しそうで、遠いものを見るような目を、大工の娘はしていた。

「お糸従姉さんは、いつもこんな上等で綺麗な菓子に、当たり前に囲まれて暮らしているのよね」

お糸が、たじろぐ。

やっぱり、大店《おおだな》のお嬢さんなんだなあ。

お糸の様子に気づかないおりんの軽い呟きには、確かに引け目が覗いていた。

「おりん、小森の御新造様に吊るし柿を持っていってちょうだい。おえんと大吉を連れてね」

静かに、おろくが割って入る。

はぁい、と屈託のない返事をして、おりんは幼い二人の手を引いて立ち上がった。おいらも、とは高吉だ。一番上のおせんは言われるまでもなく、おろくの手伝いをするつもりのようだ。

「小森の御新造様は、うちの子達を可愛がってくださってってね。顔を見せるとそりゃあお喜びになるんだよ。しばらくは戻ってこないから、さて、今のうちに夕飯の仕度、仕度」

おろくは、ちょっと笑って、晴太郎に耳打ちした。

「勿論、晴ちゃんも食べてくよね」と続け様、ちゃきちゃきと立ち上がる。

目に見えない重苦しさが、お糸と晴太郎の周りを残して、ふう、と散った。

それまで黙って子供達の遣り取りを見ていた惣助が、口を開いた。

「おりんを悪く思わねぇでくれや、お糸ちゃん」

「悪くなんか、思ってない。でも、あんな顔されたら正直寂しいわよ」

「暮らしぶりが、うちとは違うんだ。そりゃあ、仕方のねぇことさね」

「こういう暮らしは、私には無理だってこと、叔父さん」

惣助は口下手で、話し方も低くくぐもっている。澄んだ声、立て板に水で言い返すお糸に押されながら、もそもそと異を唱えた。

「無理とは、言わねぇよ。ただ、な――」

お糸が、惣助を遮って嚙みついた。

「ただ、何。私は、叔父さん叔母さんみたいな夫婦になって、ここのみんなみたいな子に囲まれて、こんな風に暮らしたいって、思ってるのに」

勝気できつい語調だった。なのに晴太郎には、悲鳴のように聞こえた。言葉を探しているのか、言おうか言うまいか迷っているのか、無口な大工は暫く考え込んでから、再び姪に向かった。

「お糸ちゃんにはお糸ちゃんの、役目ってもんが、あるんじゃねぇのか」

「お前さん」

土間から、おろくが亭主を呼んだ。その辺にしておけ、という合図だ。それが却ってお糸を意固地にしてしまった。

硬い顔をして、挑むように胸を張る。

「役目は果たすつもりです。お父っつあんにだって許しも貰ってあるもの」

「許しって、お糸」

晴太郎は、堪らず口を挟んだ。

「だって。好きにしろって、そういうことでしょ」

「まずは俺に分かるよう、順を追って話してくれないか。何をどう、好きにするつもりなんだい」

長い間を空け、お糸はようやく、誰とも目を合わせずにこう答えた。

「私が自分で婿を、『百瀬屋跡取りの父』を探すの」

清右衛門が連れてきた『婿』は、二人ともどうしようもない男だった。つまり『跡取り』さえできれば、誰でもいいということだ。だったら、お糸が見つけた男でもいいはずだ。

それに、とお糸は口を挟みかけた晴太郎を遮って続けた。

「跡取りさえ出来れば、娘の私も用無しってことよね。だったら、そこから先は好きにさせて貰う。近場じゃなく、ちゃんと一人立ちして、家を出るの」

無茶苦茶だ。

無茶苦茶過ぎて、お糸を宥める言葉が思い浮かばない。

「そんなもんじゃ、ねぇんだよ」

惣助が哀しそうに、窘めた。

「お前さん。晴ちゃん」

先刻より強い調子で、おろくが遮った。

今は、そっとしておいてやって。

目顔で諌められ、晴太郎は惣助と視線を交わした。姉弟で一人残っていたおせんが、
戸惑いの顔で大人たちを見比べている。

そこへ、ぱたぱたと可愛らしい足音が戻ってきた。

「おっ母さん、小森の御新造様から大根をもらったの」

「すげぇ、おっきいんだよ」

おりんと高吉の競い合うような声に、お糸との話は立ち消えになった。


喉の奥に引っかかった小骨をそのままにしたような心地で、晴太郎は夜も更けた四つ前に『藍千堂』へ戻った。

晴太郎相手にはしゃぎ過ぎ、なかなか寝付かなかった子供たちがようやく大人しくなったのを見計らい、長屋を出てきたのだ。お糸と穏やかでない話の続きをする機会もなく、惣助がお糸に言い掛けたことが何だったのか、確かめることもできないままだ。

心得顔のおろくに、お糸のことは自分に任せてくれと宥められ、晴太郎は引きさがるしかなかった。

「楽しんできた割には、冴えない顔ですね」

からかい混じりの幸次郎に訊かれたが、疲れただけだと誤魔化した。

お糸の「好きにする」が、何を指しているのか。はっきり確かめるまで、幸次郎の耳

には入れない方が良い気がした。

次の日の午過《ひる》ぎ、茂市と二人で昼飯も摂らずせっせと『柿入りういろう餅』を仕込んでいたところへ、取り乱した女の声が聞こえてきた。

晴太郎と茂市は顔を見合わせ、すぐに二人で店先を覗いた。そこにいたのは、おろくだった。物言いを耳にしただけでは分からなかったほど、取り乱していた。

いつも落ち着いている幸次郎が、鼻白んだ様子でおろくを宥めている。

「来たか、来なかったか、聞いてるんですよ。それだけ教えてくれりゃ――」

順を追って話してくれと頼む幸次郎に食って掛かっていたおろくが、晴太郎を認めて目の色を変えた。

「ああ、晴ちゃん。お前さんを訪ねて、高吉がこなかったかい」

「え、高吉坊ですか」

思わず、晴太郎は訊き返した。

あの子はおませの姉二人に揉まれているとはいえ、まだ五歳だ。『藍千堂』に来たこともない。八丁堀から神田相生町まで一人で来られるはずがない。

「何があったんです」

幸次郎と同じ問いをされ、おろくの顔に苛立ちが浮かぶ。晴太郎は急いで言葉を続けた。

「俺も弟も、高吉坊がいなくなったことくらいは察しがついてます。ただ、手分けをして探そうにも、経緯を教えて貰わないことには、手の打ちようがないでしょう」

おろくの肩が、ふっと下がった。

「ああ、そうだ。確かに、そうだよね」

がらがらと掠れた小さな早口で、ひとり呟いている。そこへ、茂市が冷たい水を持ってきてくれた。

湯呑み一杯の水を飲み干し、おろくは事の次第を語った。

*

切っ掛けは、昨日晴太郎が持って行った『柿入りういろう餅』だ。

皆、余程気に入ってくれたらしく、「綺麗で、もったいなくて食べられない」と、手を付けなかったおりんと、まだ幼くておろくから半分だけ貰った末っ子の大吉を除き、他の三人は晴太郎の目の前で、ぺろりと平らげた。

その残っていたひとつと半の「半」の方を、今朝方、高吉が盗み食いしてしまった。

そもそも、姉や兄と同じく、大吉もひとつ丸々食べたいと強請《ねだ》ったのを、おろくが半分で辛抱させたのだ。だから残りの半分を、楽しみにしていた。

なのに、兄に自分の分を食べられ、大吉は大泣きした。

姉たちから冷たい目で見られた高吉は、かえってむきになり、強がった。

「おいらに食われるのが嫌なら、昨日のうちに食べちまえばよかったんだ」

すると、いつもは強い調子で弟を遣り込めるおませのおりんが、長姉や母よりも早く、静かに訊き返した。

「だったら、なんで丸々ひとつ残ってた、あたしの分を食べなかったの」

目を泳がせ、口籠る高吉に向かって畳み掛ける。

「高吉はあたしに怒られるのが怖かったんでしょ。だから、小さな大吉の菓子を横取りしたのよね。狡《ずる》で卑怯者のすることだわ」

*

話すうち、頭が冷えてきたらしいおろくが振り返る。

「高吉は、よほど悔しかったと思うんだよ。いや、小さな弟の菓子を盗み食いしたのは、悪いに決まってる。おりんが遣り込めなかったら、あたしがみっちり叱ってたところさ。でもねぇ、いつも張り合ってるおりんの振る舞いは、ちょっとばっかり姉さん過ぎで、出来過ぎだった」

おりんは、もったいなくて食べずに取っておいた自分のういろう餅を、大吉に半分やると言い出したのだそうだ。

高吉は目に涙を溜めて二人を睨んでいたが、やがて「なんでぇ、馬鹿野郎」と叫んで再び、おろくの顔が蒼褪めた。

「小森の御新造様のところでふてくされているんだろうって、思ってたんだけど。御新造様の話じゃ、小半刻ほどして、思いつめた顔で長屋に帰ったって」

「高吉坊は、戻ってこなかったんですね」

　おろくの首が、縦に振れた。

「飛び出してから小半刻っていやあ、丁度機嫌が直った大吉が、おりんとふたり仲良く『ういろう餅』を食べてた頃なんだよ」

　高吉は、その様子を目の当たりにして、帰り辛くなったのではないだろうか。

　おろくが「それでね」と、身を乗り出した。

「もしかしたら、晴ちゃんのとこへ『ういろう餅』を貰いに、きちゃいないかって思ってね」

　大切に、食べずに取っていた『ういろう餅』を、おりんは半分大吉にやってしまった。だから詫びの代わりに、新しい餅を自分が用立てられないか。晴太郎なら、頼めば分けてくれる。

　やんちゃだけれど素直で、姉弟仲良く育ってきた高吉なら、考えそうなことだ。

「さあ、それはどうでしょうか」

　幸次郎の凪いだ声が、割って入った。

訊いた晴太郎には答えず、幸次郎は立ち上がった。

「どこを訪ねようとしたにしても、五歳の子が八丁堀から神田相生町まで、ひとりで来られるはずがない。途中でくじけているか、道に迷ったか。おろくさんは、もう一度長屋の近くを探した方がいいかもしれません。案外、どこかで遊んでいるだけかもしれないですし」

「そ、そうだね。うん。そうするよ」

おろくは幾度も頷き、『藍千堂』を飛び出して行った。

続いて晴太郎も立ち上がった。前掛けを取りながら、茂市を見る。

「茂市《もい》っつあん、店を頼めるかい」

「へぇ。こっちはお任せ下せえ。相手はちっちゃな坊主だ。日が暮れる前に見つけたが、ようございやす」

二つ返事で応じてくれた茂市も、心配そうな顔だ。軽く笑って茂市に「済まないね」と言い置き、幸次郎と連れ立って店を出た。

「二人でやみくもに探し回っても仕方ない。さて、どうする」

水を向けると、弟からすぐに答えが返ってきた。

「兄さんは、ここから八丁堀の道を辿りながら探してください」

「幸次郎は、高吉坊が『藍千堂』へ来るって、考えてないんじゃなかったかい」

「もしも、ということがありますので」

「分かった。で、お前は」

小さな間が空いた。さりげなく晴太郎から目を逸らして告げる。

「少し思い当たるところがあります」

「思い当たるとこって」

「それよりも、今は高吉坊です」

幸次郎の言う通りだ。

すぐに二手に分かれ、晴太郎は八丁堀への道を、迷子がいなかったかと訊ねながら辿った。何も得られないまま、おろくの長屋へたどり着いて暫く、幸次郎がやってきた。

弟は、ばつの悪そうなむくれっ面をした高吉の手を、引いていた。

おろくが見当をつけた通り、高吉は自分で、『柿入りういろう餅』を手に入れようとしたのだそうだ。ただ違ったのは、その先が『藍千堂』ではなく『百瀬屋』だったことだ。

幸次郎曰く、

「高吉坊は、悪いのは自分だとちゃんと分かっている。だから兄のようで、大好きな『つるしがきのにいちゃん』に、そのことを知られたくなかったんですよ。弟の込み入った胸の裡って奴です」

ということらしい。

『藍千堂』が駄目なら、お糸の家、伯母の嫁ぎ先だと思いつき、周りの大人に道を尋ねながら向かったものの、案の定、途中で迷子になった。道端でしゃがみ込んでべそをかいていたところを、ひょっとしたら『百瀬屋』ではと、道を辿った幸次郎が見つけた。

おろくは戻ってきた息子を抱きしめ、人目も憚らず泣いた。

人攫《さら》いに誘拐《かどわ》かされたのじゃないか。堀や川に落ちちゃいないか。大八車にひかれたりしたら。

そう思うと、恐ろしくてたまらなかった、と。

高吉は、じっと涙を堪えているようだった。おろくに御免なさいと詫び、それからおりんと、きょとんとしている大吉に詫びた。その間、ちらちらと、幸次郎を盗み見る様子からして、何か——幸次郎の性分から察すると、男なら、自分が悪いと分かっているなら、決して泣くな、というところだろう——言い含められたらしい。

おりんも、高吉に「自分も、少し意地悪を言い過ぎた」と詫び返した。じわりと高吉の丸い目が湿ったが、それだけだった。慌てて歯を食いしばる姿が、いじらしくも可愛くて、晴太郎は笑いを堪えた。

そこへ惣助が仕事から帰ってきて、子供たちは父に事の次第を先を競って語り始め、輪を掛けた大騒ぎになった。

惣助は、そうか、そうかと、穏やかに相槌を入れながら子供たちの話に耳を傾けた。

その姿は、晴太郎と幸次郎の父、先代の清右衛門とは色合いが違ってはいたものの、同じ父親なのだと、晴太郎は頼もしく、ほろ苦く思った。

ほのぼのとした一家を眺めていた晴太郎の目の端に、そっと出ていくお糸の姿が映った。幸次郎も気づいたようだが、目顔で止め、晴太郎が後を追う。

八丁堀の組屋敷の西、楓川《もみじ》の端の一際大きな柳に、お糸が背を凭せ掛けたのを見て、「お糸」と、声を掛けた。

返事はないが、傍らに並ぶ。

少し間をおいて、お糸が口を開いた。

「あんなに慌てたおろく叔母さん、初めて見た」

「子供がいなくなった親なんて、皆そうだよ」

お糸が、こちらを見遣る。晴太郎は訊き返した。

「『百瀬屋』の叔父さん叔母さんは違うとでも、言うつもりかい」

ふ、とお糸が笑う。寂しげな、大人びた笑いだ。

「おっ母さんは、おろく叔母さんと同じ。お父っつあんに遠慮することは、あるかもしれないけど」

お糸の母、お勝は、続くお糸の縁談騒ぎで、ずっとお糸の肩を持ってくれていたそうだ。家を出たのもお勝の仕切りで、お糸はおろくの長屋に暫く身を寄せて頭を冷やすということになった。

みんな、お糸を案じての差配だ。それは承知している。お糸は淡々と語った。

「お父っつあんは、昔から店のことで頭が一杯なの。とうに諦めてる」

お糸の顔も声も凪いでいる。晴太郎は、まず、お糸に調子を合わせた。

「菓子じゃなく、店、か」

「そう。晴太郎従兄さんと違ってね」

「諦めてるなら、なぜ長屋を出て来たんだい」

お糸が、からかうように微笑んだ。

「あら、羨ましくて逃げ出してきたんじゃないのよ。確かに惣助叔父さんは、いいお父っつあんだと思うけど」

「じゃあ、どうして」

お前は、悲しそうな顔をしているのか。

言葉にしなかった問いの続きを、お糸は達者に受け取ったようだ。

うふふ、と声に出して笑い、それから「あーあ」と、投げ出すようにぼやいた。

「八方塞がりになっちゃったなあ、と思って」

また、低い笑いを挟んで、続ける。

「だってね、あんな叔母さんの姿を見せられたら、もう言えないじゃない。『跡継ぎを生んだら、その子はお父っつあんにあげる。だから私は好きにさせて頂戴』、なんて」

お糸は、清右衛門叔父にそんなことを言ったのか。大喧嘩になっただろう。お勝は泣いたかもしれない。

「昨夜、惣助叔父さんが私に何を言いたかったのか、分かったような気がする。いざ母親になったら、自分の子供を人身御供になんて、出来やしないってことよね」

「人身御供って、お糸、お前――」

「人身御供よ」

ぴしゃりと言い切られ、晴太郎は口を噤んだ。

「『百瀬屋の跡継ぎにさせる』ってことは、そうなの。だってお父っつあんは、死んだ清右衛門伯父さんに勝つことしか、頭にないんだもの。娘だって孫だって、その道具でしかないのよ」

「お糸」

「お父っつあんを、庇うつもり。一番ひどい目にあってるのは、従兄さんなのに」

晴太郎は、深く長い息を二つ、繰り返した。

「そうじゃない。お前の口からそんな言葉が出るのが、悲しいだけだ」

お糸の顎に、くしゃりと皺が寄った。涙を堪える仕草は、高吉と、それからおりんがした「お糸の顔真似」に、よく似ていた。

ふい、と面を晴太郎から水面《みなも》に逸らし、ぽつりと言い返す。

「私の方が、きっともっと、悲しいのよ」

もう一度、お糸を呼びかけて、晴太郎は思い直した。この娘は必死で涙を堪えている。

自分から話すのを待ってやった方がいい。

だってね、と幼い口調で切り出すまで、長い時が掛かった。

初めから、八方塞がりなのは分かっていたと、お糸は打ち明けた。

*

無茶な真似をしても、この恋は叶わない。

いつだったか、冗談めかして幸次郎に水を向けてみたことがあった。『百瀬屋《うち》』を出たら嫁にして貰えるか、と。一笑にふされるなり、窘められるなりすれば、少しは救いがあったのに、幸次郎は生真面目な面で、大真面目に答えた。

――御免だな。兄さんと『藍千堂』への風当たりが今より強くなる。

取りつく島がなさ過ぎて、涙も出なかった。

幸次郎が大切なのは、晴太郎と『藍千堂』、それに茂市と伊勢屋総左衛門だけだ。他は自分も含め、横並び。

お糸は、そう思っていた。

なのに、あの女《ひと》がいた。

お糸は、幸次郎が不義騒ぎを起こした相手――お春を、騒動の後でこっそり訪ねていた。どんな人なのか。顔立ちなり、声の感じなりを知るだけでよかったはずだった。

けれど、少し開いていた木戸から庵を覗いていたところを、外出《そとで》から戻った当のお春に見つかってしまった。

柚子の香りのする、爪の大層綺麗な女だった。

怪しげな娘を問い質すこともせず、話し相手をしてくれと招き入れた、優しい女。

少し掠れているけれど、しっとりした柔らかな声に、言葉尻がちらりと上がる語り口が、よく似合っていた。

半刻ほど庵に上り込み、他愛のないおしゃべりをしたが、お糸もお春も、幸次郎の名は勿論、色恋や惚れた男には一言も触れなかった。

それでもお糸は、考えた。

寂しげな笑みは、幸次郎との恋を諦めたからだろうか。瞳が澄んで見えるのは、幸次郎との思い出を追っているからだろうか。

どんな哀しいことも、辛いことも、穏やかに笑って受け止める。

あがいたり、もがいたりなぞしない。

きっと幸次郎は、こういう女《ひと》が好きなのだ。

胸の芯がどくんと跳ね、喉の奥は焼けるように痛んだ。

でも私は、そんなの厭。

ありったけの力を使って、お糸は心中で呟いた。

同心の岡や伊勢屋、晴太郎のお蔭で、あの茶問屋の四男、厭な目つきをした男を婿に迎える話は消えた。安心できたのは、ほんの短い間だった。

父が選んだ次の婿は、起きているのだか眠っているのだかはっきりしない、返事はするものの、それが応なのか否なのか、訊き返してみても分からない男だった。

茶問屋の四男も、貧乏旗本の三男坊だという今度の男も、『百瀬屋』を訪ねてきた折にこっそり垣間見ただけだ。それでも、幸次郎とは「月とすっぽん」なのは見て取れた。婿になるかもしれない相手を目の当たりにして、まず頭に浮かんだのが、お春の綺麗な横顔だった。そんな自分に戸惑った。

私は、そんなの厭だもの。

何が厭なのか自分でもはっきりしないまま、父に嚙みついた。

――誰でもいいんなら、私が自分で婿を選んだって構わないでしょう。安心して。『百瀬屋』の商いには口を出さない人にするから。ちゃんと跡継ぎを生んだら、その子はお父っつあんにあげる。だから私は好きにさせて頂戴。

面と向かって刃向かった娘と、その無茶苦茶な――自分でもそう思う――言い分に頭に血が上ったのか、生まれて初めて頰を打たれた。それでも、お糸は引かなかった。母が泣きながら割って入るほどの大喧嘩になった。

母に縋られた父は、荒《すさ》んだ目をして、お糸に答えた。

――好きにしろ。但し、幸次郎だけは駄目だ。

そうして、母の口利きでしばらくおろくの家に厄介になることになった。

『百瀬屋』を離れてみて、自分が何をむきになっているのか、少しだけ視えてきた。

お糸は、お春と同じように振る舞うのが、厭だったのだ。

お春のような女《ひと》と好き合った幸次郎が、自分の振る舞いを知ったら、どう考えるか。

どんなに呑気に、都合いい筋立てを選んでも、行き着く先はひとつだった。

悪あがきだ。自分の成すべきことに正面から向き合わない、卑怯者だ。きっとあの従兄は、断じるだろう。

父は、幸次郎だけはだめだという。

幸次郎は、お糸の遣り様を良く思わない。

初めから、八方塞がりだったのだ。

＊

息だけの笑いが、痛々しかった。

お糸は、晴太郎を見ずに、明るい声で言った。

「馬鹿みたいでしょ。相手が厭な目をしていようと、幽霊みたいに薄らぼんやりだろうと、幸次郎従兄さんじゃなきゃ、誰も彼も同じなのに。だったら自分で選ぼうが、お父っつあんの言う通りにしようが、おんなじ。なのに、波風立てて、おっ母さんを泣かせて、おろく叔母さんたちに厄介掛けて。そこまでして、意地張って」

全て、出してお仕舞い。その方が楽になる。

黙って聞いていた晴太郎を、ふいにお糸が見上げた。驚く程強い力で腕を摑まれる。

だって。

お糸は、叫んだ。

「だって、あの女《ひと》と同じ遣り様じゃ、太刀打ちできっこないもの。どうしたって幸次郎従兄さんは振り向いてくれないのは、分かってるけど、あの女《ひと》の真似だけは、厭だったんだもの――」

言葉に詰まったお糸は、下を向いて晴太郎から顔を隠した。

晴太郎の腕にしがみついている両の拳が、細かく震えた。ぽつ、ぽつ、と、乾いた土に、濃い色の染みが落ちる。時折、呑み込み損ねた嗚咽の音だけが、お糸の哀しみ、苦しみの濃さを晴太郎に伝えてきた。

大声で泣かれると、思ってたんだけどな。

正直、どうしてやったらいいのか、晴太郎にも分からない。ただ、今はお糸の心を軽くしてやらなければ。

そっと、肩を抱き、引き寄せてやる。

少し迷う気配の後、お糸が自分の額を、晴太郎の肩に預けてきた。

遠慮のない眼差しを通りすがりの振り売りが投げかけてきたが、構わなかった。

肩口の辺りが温かく濡れた。

お糸が落ち着くまで、いつまででも肩を貸してやろうと思っていたが、お糸はすぐに顔を上げた。

真っ赤に泣きはらした目と、薄紅に染まった鼻の頭で、照れたように笑って見せる。

「従兄さんの肩、びしょびしょにしちゃった」

お糸の笑みにつられ、晴太郎も笑う。

「そういやあ、柏の葉を仕入れに行った時も、馬に袖を噛まれてびしょびしょにされたっけ」

あっけにとられた顔をしたお糸が、ぷっと頬を膨らます。

「嫌だ、私、馬と一緒なの」

ついで、お糸らしい朗らかな笑いがはじけた。その中に、ちらりと覗く「無理」が、痛々しかったけれど。

ひとしきり笑い合った後、お糸がまた、あーあ、とぼやいた。

「好きになったのが、晴太郎従兄さんだったらよかったのに」

思いもかけない呟きに、束の間言葉を失う。

うふふ、と笑ったお糸の顔が、また少し、大人びて見えた。

「だって、従兄さんだったら、私が無茶をしたら窘めてくれるし、家を出たからお嫁にしてって言ったら、そうしてくれるでしょう」

どう、返事をしていいのか。考えかけて、すぐにやめた。

お糸は、「幸次郎でなければ、誰も彼も一緒」なのだ。晴太郎の返事なぞ、なんの足しにもならない。

遠い目をして、お糸は続けた。

「私、雪姫様のような恋がしたかった。おろく叔母さんと惣助叔父さんのような夫婦になりたかった。綺麗な着物を着て、贅沢なものを食べて、女中に世話を焼かれて何不自由なく暮らすより、そうしたかった。それだけのことが、なんて遠いのかしらね、従兄さん」

「遠いってことは、見えてるんじゃないか」

のろのろと、お糸が晴太郎を見た。まだ赤味の残る目が見開かれる。晴太郎は、続けた。

「同じ無茶をするなら、見えてる方へ向かってする方がいいんじゃないかい」

「従兄さん」

「幸次郎は、今も昔もお糸を嫌っちゃいない。『百瀬屋』の遣り口に、腹を立てているだけだ。叔父さんだって、つい先だってまでは『幸次郎をお糸の婿に』って考えていたんだろう。だったらそこさえ戻せば、ともかく元の通りだ。容易《たやす》いことじゃないだろうけれど、『八方塞がり』って訳でもない」

違う色合いの紅が、お糸の頬に散る。

「それなら、お糸に出来ることも、あるんじゃないのかい」

「私に、できること」

「そう。叔母さんを泣かせて、叔父さんと派手にやり合っても引かなかった頑固さがあれば、出来ること。叔父さんと我慢比べだ」

「何を、我慢すればいいの」

「つまりね」

この夏に負けず劣らず、意地の悪い遣り様だとは思うが、これくらいの駆け引きはいいだろう。お糸の辛い涙から差し引いても、釣りがくる。晴太郎は、悪戯な顔を作り、声を潜めた。

「叔父さんは、『幸次郎だけはだめだ』と言っているんだろう。だったら、逆さのことを言い張ってやればいい。『幸次郎じゃなければ、いやだ』ってね。叔父さんの子はお糸ひとりだ。どうしても『百瀬屋』の跡取りが欲しいと叔父さんが思っているなら、お糸に分がある」

暫く考え込んだ後、お糸は、晴太郎を見た。

「従兄さんは、それでいいの」

お糸の訊きたいことは、すぐに分かった。

幸次郎が『百瀬屋』に入ったら、晴太郎は茂市と二人きりになってしまう。お糸は心配してくれているのだ。

「お前と幸次郎の幸せが、一番だ」

言葉を選ぶ前に、そんな台詞がするりと滑り出た。

それでもお糸は晴太郎を見ていたが、やがて小さく、次いで大きく頷いた。

浮ついたところなぞ欠片《かけら》もない、強い笑みで「そうね」と受ける。次いで、自分に言い聞かせるように、呟いた。

「どうせ無茶をするなら、実になる無茶をしないと。だったらいっそのこと、お父っつあんとの我慢比べより――」

「お糸」

お糸は何か思いついたらしい。問いかけたものの、「内緒」と笑ってはぐらかされた。

久し振りに幸次郎のしかめ面を見られて嬉しかった。清々しく憎まれ口を利いた後、

「私、家に帰ります」

と、笑みを収めて告げたお糸は、眩しいほどに凛としていた。


弟と二人で辿る『藍千堂』への帰り道は、吹き付ける木枯らしが冷たくて、口数も少なくなった。遣り取りが長く途切れた後、だし抜けに幸次郎が水を向けた。

「お糸に妙な希《のぞ》みを持たせるのは、止《よ》して下さい」

「聞いてたのかい」

晴太郎は、訊き返した。はっきりした返事はなかったものの、盗み聞きを誤魔化すつもりはないようだ。

「『百瀬屋』の主の考えがどう変わろうが、私にそのつもりは、ありませんから」

「でもね――」

「兄さんが私を追い出したとして、『百瀬屋』だけには戻りません。大事な弟を路頭に迷わせるつもりですか」

ここで言い合いをしても、幸次郎には勝てない。第一、晴太郎は弟の連れ合いに関しては、幸次郎自身に任せると決めたのだ。一際強く冷たい風を顔を背けてやり過ごしてから、告げた。

「お前にその気がないのに、お糸との縁談を蒸し返すつもりはないよ。ただあのままじゃ、お糸があんまり可哀想だろう。こと婿取りについちゃ、叔母さんがお糸の味方らしいし、ともかく家へ帰らせなきゃあ」

疑わしげな眼を、幸次郎がこちらへ向けた。晴太郎が、「でもね」と、先刻遮られた先を続ける。

「お糸は、本気でお前を好いている。それだけは分かっておやり」

戸惑うような間が空いた。

「好いているなんて、そんなんじゃありませんよ」

「幸次郎」

「生まれた時から側にいた、仲のいい従兄。物心ついてからは二親に『お前の婿になる男だ』と刷り込まれ、その気になっているだけです。それを本当の色恋と取り違えているだけですよ、あの娘《こ》は」

なんだろう。自分に言い聞かせているような口ぶりは。

晴太郎の胸の隅が、微かな温もりを帯びた。

お前、ひょっとして。

問い質《ただ》したい気持ちをぐっと堪え、静かに言葉を選んだ。

「切っ掛けが刷り込みや憧れだったとしても、そこから育った想いが偽物とは限らない。違うかい」

幸次郎の返事はない。晴太郎は続けた。

「お糸、いい娘になったじゃないか」

やはり、弟が言い返してくることはなかった。

*

可愛い、お糸。

そう思ってるのは、兄さんだけじゃない。生まれた時から知っている従妹が、愛おしくない訳がない。

けれどそれは、小さな妹、身内に対する慈しみだ。あの女《ひと》に抱いた想いとは違う。

楓川の畔で、声を堪えて泣く姿。

兄さんを真っ直ぐに見返す、気丈な目。

いつまでも子供子供していた娘が、急に大人びたことに、確かに私は驚いた。その一方で、寂しさが胸を過りもした。

大人になるのを見るのが寂しいってことは、私は兄や父のような思いで、お糸を見ていたってことだ。色恋なんかじゃない。

ろくでもない男を婿にとらなければならないのは、大店に生まれた娘の運命《さだめ》とはいえ、不憫だ。

けれど。

忘れちゃいけない。

あの娘は、あいつらの娘だ。

歳を重ねて、あいつらのように変わってしまえば、二親の言う通りにしてよかった、幸せだったと、思うかもしれないじゃないか。

何がお糸にとっていいのかは、分からない。だったら私が思い悩むことではない。娘の先行きは、二親に任せておけばいい。

床に収まったものの、まんじりともせず寝付けない夜をやり過ごしながら、幸次郎は自分に言い聞かせ続けていた。

百代桜《ももよざくら》

兄さんは、桜が好きだった。

蕾が膨らみ始めると、そわそわと落ち着かなくなるのは、毎年のこと。眺めて楽しむだけではつまらない、食べて桜を楽しめる菓子を作れないか、なぞと言い出す始末だ。

けど、兄さん。桜の菓子といえば、長命寺門前の桜餅と相場が決まってるじゃないか。『百瀬屋《ももせや》』だって他の菓子司《つかさ》だって、季節には誂え菓子に桜をあしらうだろう。

そういった私に、生真面目で無口、絵に描いたような職人気質の兄さんには珍しく、悪戯な笑いで言い返してきた。

――他所《よそ》さんや今までと同じことをしたってつまらないだろう。四文菓子でも誂え菓子でもない、桜の香りを、食べて楽しめる菓子を工夫するんだよ。お前と私、兄弟二人で。

思えば兄は、幼い頃から「手の掛からない子だ」と言われていたのに、こうと思い定める突拍子のなさと、定めた先の頑固さは人並み外れていた。

古着屋の倅が、十二の年に「菓子職人になる」と決め、京の出店の菓子司に弟子入りしたのも驚きだったが、ものの十年で一本立ちを許されたのも仰天だった。

輪を掛けて驚いたのが、お父っつあんだ。小さいとはいえ、曾爺《ひいじい》さんの代から続いている表店《おもてだな》の古着屋を継がないと言う長男を許したのも吃驚《びっくり》だった。けれど、兄さんが菓子職人として一本立ちした時、自ら「古着屋をたたむから、ここで菓子司を開けばいい」と言い出したのには、私もおっ母さんも、当の兄さんでさえ、血相を変えて止めた。

それでもお父っつあんは穏やかに、頑固に、自分の考えを通した。

――爺さんは「どうでも古着屋をやりたい」って始めた訳じゃない。生計《たつき》を立てられるなら、小間物屋だって八百屋だってよかったんだ。それが今は、「どうでも菓子屋がやりたい。菓子屋でなきゃあだめだ」って息子がいる。商い替えするのが道理ってもんだろう。

そうして、兄さんが実家で菓子屋をやろうがやるまいが古着屋は畳むと決め、大家にも町年寄にも、古着屋から菓子屋への商い替えの話をしてしまった。奔走するお父っつあんの姿は、見たことがないほど楽しそうで、嬉しそうだった。

正直、蟠《わだかま》りがなかった訳ではない。兄さんの代わりに、古着屋を継ぐつもりになっていた私はどうなるんだと、腹も立てた。

だが、長男は兄さんだ。何より菓子づくりの手ほどきを兄さんから受けるうち、ちっぽけな蟠りなぞ、どこかへ行ってしまった。

それほど、菓子――取り分け、細やかで美しい上菓子は、私の心を捕えて離さなかった。

幼い時から、兄さんは私の憧れだった。何をやらせても器用にこなし、頭の巡りも早い。なのにそれをひけらかすことなく、物静かで穏やか。そのくせ一本筋が通っていて、そこから外れることは決してやらない。こう、と決めると梃子《てこ》でも動かない。

私にとって眩しい人で、あの人の弟だということが誇らしかった。

その兄さんと菓子屋をやる方が、一人で古着屋をやるより楽しいのは当たり前だ。

そうして職人兄弟と、商いを仕切るお父っつあん、仕入れや裏方を差配するおっ母さん、一家総出の小さな菓子司『百瀬屋』は、始まった。

半人前にもならない私に、兄さんは新しい菓子の工夫を打ち明けてくれた。そのたび、あれやこれやと言い合いながら兄さんが試しに作ってみる。それをお父っつあん、おっ母さんが見て食べて考えを言い、工夫を加える。

その繰り返しが、楽しかった。

「四文菓子でも誂え菓子でもない、桜の菓子」も、兄さんの思い付きから始まった。

四文菓子よりも上等な気分を味わえ、『百瀬屋』自慢の餡と桜の香りを愉しめる。誂え菓子のように、注文して出来上がりを待って、更にしゃっちょこばった席でしか味わえない面倒なものでなく、咲いた桜を見て思い立ち、ほんのついでに買って帰る。そんな、桜の時分だけ売り出す菓子が出来ないか。

けれどそれは思ったより難儀で、「これ」というものが出来ないまま、一年、二年と桜の季節は過ぎていった。

『百瀬屋』の商いも、初めこそ兄さんの師匠筋の菓子司が回してくれる客相手の細々としたものだったが、すぐに菓子の味と目新しい工夫が評判を呼び、大忙しになった。

兄弟二人では手が足りず、職人を雇うようになり、二親が隠居したのをきっかけに奉公人を入れるようになり、気がつけば、古着屋の幾倍にも大きくなった『百瀬屋』は、京にも負けない上菓子司と呼ばれ、「『百瀬屋』の菓子を出す」ことが茶席に箔をつける、と言われるまでになっていた。

お父っつあんおっ母さんは、兄さんの嫁も孫も見ることなくあの世へ行ったけれど、始終楽し気で幸せそうにしていた。

兄さん、そして私と嫁を貰い、それぞれに子も出来、『百瀬屋』は押しも押されもしない江戸一の菓子司になった。

兄さん夫婦があっけなく逝って、『百瀬屋』と兄さんの二人の息子を守るのは、私の役目だと心に決めた。息子達が継げるようになるまで店を守り、譲る。

幸い、晴太郎《はるたろう》は兄さんに良く似た天才肌の職人で、幸次郎《こうじろう》はお父っつあん──兄弟にとっては、見たことのない祖父だ──を思い出す商いの才を持ち合わせている。もう少し、一人前の男として頼り甲斐が出てきたら、幸次郎に娘のお糸を嫁がせ──晴太郎は駄目だ。兄さんにそっくりだから、女房は義姉《ねえ》さんのように出来た女子《おなご》でなければ務まらない。我儘に育ててしまったお糸は、苦労するばかりで可哀想だ――、私は裏方へ回ろう。

本当に、あの時まではそう決めていたんだよ、晴太郎。

あの世へ行っても、兄さんは私の自慢で、自分が兄さんの血を分けた弟だということが誇らしかったから。

お前達の叔父であることが、嬉しかったから。

私は本当に、兄さんと出来のいい甥たちの橋渡しに徹するつもりだったんだ。

あの日、兄さんの姉だと名乗る女が『百瀬屋』を訪ねてくるまでは。

＊

「何を熱心に読んでいるんです。兄さん」

間近に聞こえた幸次郎の声に、晴太郎は驚いて顔を上げた。

「び、びっくりするじゃないか」

幸次郎が涼しい顔で、晴太郎の手元を覗き込む。

「幾度も、声を掛けましたよ。返事がないからこんな間近まで来たんじゃありませんか」

幸次郎が晴太郎の手から古びた菓子帳を、丁寧に取り上げた。

「お父っつあんの菓子帳ですか」

黄ばみ、古ぼけた菓子帳は、ところどころに砂糖や餡の染みも付いている。晴太郎が染みを付けたのでも、この数年で黄ばんだ訳でもない。手にした時は既に、こんな風に使い込まれていた。

「お父っつあんの遺した菓子帳のうち、たった一冊手元に残ったものだよ」

分かってます。そんな風に、幸次郎も頷く。だが弟の眼に浮かんでいるのは、晴太郎が感じていた微かな寂しさではない。怒りだ。

『百瀬屋』を追い出された時、父が遺した菓子帳は全て叔父、当代百瀬屋清右衛門に取り上げられた。当たり前と言えば当たり前だ。父の菓子帳に載っている上菓子は、全て『百瀬屋』の菓子だ。息子であろうと店を出る者が持ち出せるはずもない。

ただ、この菓子帳だけは晴太郎の手に残った。

出来上がった菓子を綺麗に書きとめたものでなく、閃きの欠片《かけら》やちょっとした工夫、しくじった菓子とその理由《わけ》が、折々の父の言葉と絵で走り書きにされたのみの、覚書だったから。母が大切に仕舞っておいたものを、今際《いまわ》の際に晴太郎へ渡してくれたものだからだ。

実は晴太郎は、この菓子帳も置いて店を出た。それは『百瀬屋』にあるべきもので、いずれ日の目を見ることがあれば、『百瀬屋』の菓子として世に出るべきだと、考えたのだ。それを幸次郎が、晴太郎を追って出てくる折に持ち出してしまった。

だが正直晴太郎は、弟の無茶を有り難いと思っている。良い菓子を思いついた刹那の浮き立つ気持ちや、巧くいかなかった時の落胆。走り書きでも達者な字、達者な絵は、父の心の動きをそのまま伝えてくれる。

父の味、技を自分が受け継ぐ。

菓子帳は、その決心の大きな拠《よ》り処《どころ》となった。

「お前のお蔭だね」

晴太郎は、幾度言ったか知れない礼を、弟に告げた。いつもなら、「しつこい」だの「聞き飽きた」だの、憎まれ口で応じる幸次郎が、今日は一枚一枚、大切そうに斑《まだら》に黄色くなった紙を繰りながら、穏やかに言った。

「兄さんの忘れ物を、引き取ってきただけです。叔父《あいつ》も、作りかけの菓子には用無しだったようですし」

菓子帳を持ち出した後ろめたさが薄らぐ思いと、父と叔父が隔たってしまった虚しさ。込み入った気持ちになって、晴太郎はぼんやりと笑った。

幸次郎は、ちらりと晴太郎を見てから、すぐに菓子帳に視線を戻し「で」、と話を戻した。

「今度は、この菓子帳を種に、何を企んでおいでです」

ぐ、と晴太郎は喉を詰まらせた。

「企むなんて、人聞きの悪い」

幸次郎の厳しい目が、菓子帳の「桜の菓子の項」を、見据えている。

「それ、面白いと思って。幸次郎はどう思う」

厳しい弟の答えは、晴太郎が思い浮かべたものと大して変わらなかった。

「どうも何も。似たようなものはもう、柏餅でやってるじゃありませんか」

「そうなんだけど。そうじゃなくて」

「どっちです」

「だからね。話を纏める前に、腰を折らないでおくれよ」

晴太郎は、しょぼしょぼと不平を言った。

黙々と餡を煮ている茂市《もいち》の背中が、小刻みに震えている。笑っているのだ。

一昨年の夏の初めのことだ。

幼い頃の思い出を切っ掛けに、晴太郎は上物とは別に、四文の柏餅を作った。茂市のさらりとした一言と幸次郎ならではの細やかな商いで、「柏餅、四文菓子と上菓子の食べ比べ」として、『藍千堂《あいせんどう》』の柏餅は大評判をとった。

「上菓子司の『藍千堂』が四文菓子を扱うのは、あの柏餅だけで充分です」

けんつくと言い放った幸次郎を、晴太郎は見上げた。

四文と上菓子、どっちも良く売れたじゃないか。店の評判だって落ちなかっただろう。

そんな風に言い返したいのは山々だが、今度はどんな小言が降ってくるか知れない。

そろりと慎ましく、異を唱えてみる。

「だから、四文菓子じゃないんだってば」

桜の季節の名菓として名高い、長命寺門前、ひとつ四文の桜餅でもない。

注文を受けた都度、客の好みや望みに応じて作る誂え菓子でもない。

誂え菓子ほど仰々しくなく、四文菓子よりも華やかな贅沢を愉しめる、桜の菓子。父がやってみたいと願いながら、もう一工夫が思いつかず、そのままになっていたもの。

江戸の町が桜色に染まる間だけ、ちょっとしたお祭りを『藍千堂』でできないものか。

絵に描いた菓子莫迦だった父の心残りを、ひとつ減らしてやることは、できないか。

口下手な晴太郎は、行きつ戻りつしながらしどろもどろで訴えた。

腕を組み、黙って話を聞いていた幸次郎が、一度閉じた目をゆっくりと開いた。

「お父っつあんが足りないと嘆いていた『もう一工夫』、思いついたんですか」

この菓子帳は、父の形見の中で一番大切なものだ。ここしばらく読み返すこともなかったが、晴太郎も幸次郎も、隅々まですっかり頭に入れている。

覚書にある菓子は、桜色に染めた白餡を小麦粉と白玉粉の薄皮で、巾着様《きんちゃくよう》に包んだものだ。巾着の襞を桜の花に見立て、餡には刻んだ桜の葉の塩漬けを混ぜ、香りを乗せる。

餡の色と香りの塩梅《あんばい》で、父は行き詰まっていたようだ。香りを引き立てようと葉を多くすると、桜色が濁る。綺麗な色を保つと香りが弱くなる。

あちらを立てれば、こちらが立たず。

かといって、桜の葉で包むだけでは、長命寺門前の猿真似だ。

味にも、もう一捻り、欲しい。塩味を際立たせるか。酸味も面白いが、白餡に合う品のいい酸味となると——。

ああでもない、こうでもないと、迷う筋道がそのまま書き残されているのが、可笑しかった。物静かだった父が、うんうん唸っている様を思い浮かべるたび、晴太郎はつい笑みをこぼしてしまうのだ。

「兄さん」

幸次郎に呼ばれ、晴太郎は慌てて薄ら笑いを呑み込んだ。

「うん。朝飯時に思いついたことがあって。それで菓子帳を引っ張り出してきたんだよ」

餡を火から下ろした茂市が、晴太郎と幸次郎のところまで飛んできた。

「晴坊ちゃま、何かいい思案でも」

晴太郎はちょっと笑って、曖昧に頷いた。

「こうすればいけるんじゃないかって、思いついた程だよ。作ってみないと、何とも——」

「やるだけ、やってみましょう、晴坊ちゃま。ともかく、試しに。ようございましょう、幸坊ちゃま」

いつになく気が急《せ》いている茂市に、晴太郎は幸次郎と顔を見合わせた。

「珍しいですね、茂市《もい》っつあんが」

「詳しく聞く前に、『やってみましょう』かい」

兄弟の掛け合めいた問いに、茂市が小さく笑んだ。

「その『桜の菓子』は、他とはちょいと違うんでごぜぇやすよ」

呟いて、何かを懐かしむように仕事場の壁を見遣る。父の『百瀬屋』と同じ匂いの染みついた壁だ。

晴太郎は幸次郎に「やってみてもいいかい」と訊いた。『藍千堂』の商いを仕切っている弟が、眉間と口許に皺を寄せ、念を押してくる。

「どれほどのものに、なりそうですか」

「お父っつあんに倣って、四文と誂えの間くらいかな」

「四文の菓子では、ありませんね」

「思いついた通りに作ったら、十文でも無理だよ。手間も沢山なら餡も沢山だし、柏餅みたいに小ぶりにするのも、ちょっと難しい。まあ、手間は菓子の値と関わりがないけどね」

「本当ですね」

しつこいなあ、とうんざりしたものの、出来るだけ殊勝に頷く。

実のところ、晴太郎もこの思い付きを試してみたくてうずうずしているのだ。久しぶりに、父と茂市と三人で菓子を作るような気分になっている。

「いいでしょう」

溜息交じりで渋々な弟の答えにも、心なしか弾んだものが交じっている。

父の菓子を。

昔、皆が同じ方角を向いていた、あの頃の『百瀬屋』の菓子を。

三人の胸の裡にあるのは、同じ願いだった。


餡は白餡、砂糖は極上の三盆白《さんぼんじろ》を使う。桜のほんのりした香りを引き立てるには、讃岐物のこくより唐物の癖のなさがいい。

父は皮を小麦粉と白玉粉で作った種を薄く焼くとしていたが、小麦粉のみにして食べた時の歯応えを軽くする。薄く白く、焦げ目をつけないように。

形は巾着ではなく、四角く整えた餡を結び目のない風呂敷包のように包む。これも、皮の歯ごたえをなるべく出さない為だ。色気が失せてしまった見かけは、紅色の羊羹を桜の花弁《はなびら》の形に抜いて添え、補う。

肝心の、父が考えあぐねていた味の一捻り、香りの一工夫だ。

下拵えに、伊勢屋で漬けている梅干しの紫蘇、長命寺門前の菓子屋『山本や』から譲って貰った桜の葉の塩漬けを、軽く塩抜きする。

白餡に刻んだ紫蘇を練り込むのが、「味の一捻り」だ。ほんのり甘い白飯に梅干しの紫蘇を乗せて口に運んだ時に閃いたのだが、白餡のあっさりした甘味と、梅干しから移った紫蘇の酸味と塩味は、見込んだ通りの相性だった。伊勢屋の紫蘇は赤紫の色も鮮やかで見栄えがする。ただ、少し紫が強いのが難点だ。とはいえ餡自体を紅で染めてしまうと、紫蘇の色目とぶつかってしまう。それよりは、少し斑に、渦を巻くように白餡に混ぜ、紫蘇の色味を生かした方が良いだろう。

そして、「香りの一工夫」だ。

「こいつは、晴坊ちゃま」

出来上がったものを口に入れた茂市の目つき、昂りを抑えた掠《かす》れ声だけで、晴太郎の顔は綻んだ。

「これから、それぞれのいい塩梅を探さなきゃいけないけど、ともかく悪くはないだろう」

「悪くねぇどころか。ちょくちょく、鼻に抜けちゃあ消えていく桜の香りが、なんともいえねぇ。この歯触りも、楽しい」

言いながら、茂市は丁寧に桜の菓子を味わっている。

香りと、「楽しい歯触り」の正体は、琥珀《こはく》だ。

寒天と砂糖を煮溶かし、粗熱を取って刻んだ桜の葉を混ぜる。冷やし固めれば、透き通った中に桜の葉の欠片が浮かぶ「桜葉の琥珀」の出来上がり。これを小さな賽の目にして、紫蘇入りの白餡に混ぜる。

これなら、葉のくすんだ緑で餡の「桜色」を濁らせずに済む。紫蘇の風味に負けがちな香りも、賽の目の琥珀に閉じ込めておけば、琥珀を噛むたびに仄かな香りが鼻に抜ける、という仕掛けだ。

琥珀の歯触りを際立たせるために、皮を軽く薄くした。その分餡を余計に使うのは仕方ない。菓子を小さくしては、琥珀の仕掛けが際立たないし、一口で食べてしまったら、餡の美しさも分からない。

だから、四文で売れないのは初めから分かっていた。元々父も「四文でも誂えでもない」桜の菓子を、と考えていたのだ。

けれど、後は味や香りの釣合いをとるだけ、と勢い込んでからが、大変だった。

餡を綺麗に染めようと紫蘇を増やせば、酸味が勝ちすぎる。香りに欲を出すと、葉の苦みが顔を出す。ならばと琥珀の賽の目を大きくしてみたものの、歯触りが邪魔になる。酸味と香り、甘味の釣合いが取れても、紫蘇と桜葉の塩味がきついこともあった。そうなると、塩抜きからやり直しだ。

ようやく思うようなものが出来た頃には、町中の桜が五分ほど咲いてしまっていた。

『山本や』を拝み倒し、さらに代金に色を付けて一年物の桜葉塩漬けを買い足し、伊勢屋の梅干し壺からありったけの紫蘇を攫《さら》い――骨を折ってくれたのは、晴太郎ではなく幸次郎なのだが――、ようやく売り始めた。

茂市の思い付きで、桜の咲き具合が進む毎、羊羹の花弁も五分で一枚、六分なら二枚と増やしていくことにした。

柏餅の時に使った小さな屋台を店先に出し、そこに桜の枝と桜の菓子をひとつ。四文菓子ではないから、「ご入り用の方は中へどうぞ」と促す仕掛けだ。屋台の屋根には、白に藍で菓子の名と桜小紋を染め抜いた暖簾を掛ける。

この暖簾は、「清右衛門のやり遺した菓子なら、紫蘇の他にも手伝わせろ」と、伊勢屋総左衛門が大急ぎで作ってくれたものだ。

菓子の名は、「百代桜《ももよざくら》」とした。

幸次郎が「『百《もも》』を使って、百瀬屋《あちら》が言いがかりをつけてこなければいいが」と気にしたものの、異を唱えることはしなかった。晴太郎も茂市も、他の名は考えていなかった。

菓子帳にあった名。父がつけた名だ。

ひとつ七十文、蒸羊羹一棹《さお》ほどの値もあってか、売れ行きは初め、良くなかった。けれど桜が咲き揃うにつれ、羊羹の花弁が増えるにつれ、「百代桜」は売れるようになった。

誂え菓子並の味を気軽に楽しめると噂になり、凝った工夫が評判を呼んで、羊羹の花弁が増えるたびに買いに来る客や、茶席の菓子を「百代桜」にと言う贔屓客もいた。

誂え菓子の注文が減ったと、幸次郎はぼやくかもしれない。晴太郎の考えは取り越し苦労に終わった。「百代桜」の大当たりを誰よりも喜んだのは、幸次郎だった。

「年中売りに出す菓子ではありませんし、『百代桜』を切っ掛けに、新しいお客さんがついてくれるなら、ほんの一時誂え菓子の注文が減ることくらい何でもありません。

動は起こった。

『食べ比べ柏餅』に松沢の若奥様が贔屓にしてくださる『青柚子の葛切』。お糸好みに可愛らしく仕立てた『柿入りういろう餅』。『藍千堂』の看板菓子に新しいものが加わったのに、何を文句を言うことがあるんです」

遣り手商人の顔で涼しげに嘯《うそぶ》かれ、晴太郎も茂市も、こっそり笑い合うよりなかった。

「百代桜」で連日大忙しし、町の桜は見ごろになり、羊羹の花弁も五枚揃った夜更け、騒動は起こった。

晴太郎は、茂市の大声で目を覚ました。

三人の寝間は二階にある。滅多に使わない菓子の木型や今までの菓子帳、纏めて仕入れた氷砂糖。蔵も持たず、勝手も仕事場もこぢんまりしている『藍千堂』では、一階《した》に置ききれない道具や材料を、床が抜けないか気にしながら、二階に置くしかない。

畢竟、寝間自体は広々としていても、大の男三人が、氷砂糖や菓子帳に遠慮しながら川の字で寝る羽目になっていた。

寝ぼけ眼で頭だけ上げると、右隣の幸次郎が、灯《あか》りをつけているところだった。左隣の寝床に、茂市の姿はない。

ここしばらく、晴太郎と茂市は「百代桜」に、幸次郎は客のあしらいに追われ、店を閉めてから風呂と夕飯をやっとの思いでこなし、へとへとで眠りに就くという日が続いている。

なのに、茂市は何をしているのだろう。

ぼんやりした頭で考えている間に、幸次郎は軽やかに立ち上がり、一階へ降りようとしている。寝間着姿のままだが、裾も襟元も乱れていないのが、弟らしい。

呑気に感心していると、階段の下り口でこちらへちらりと目を向けた幸次郎が、

「寝ぼけている暇はありませんよ」

と、晴太郎を急かした。

金物が落ち、瀬戸が割れ、そして一際大きな、何かが倒れる音が響いた。

僅かに遅れて、茂市が必死の声を張り上げた。

『待て、そいつだけは、だめだ。頼む、待ってくれ』

頭と身体に圧し掛かっていた眠気が、一気に吹き飛んだ。

転がるように真っ暗な階段を下りる。木綿の寝間着一枚の肌に、冷たい風が吹き付けた。

「茂市っつあん、幸次郎」

「こちらです、兄さん」

階段は一階の仕事場へ繋がっている。すぐに返ってきた幸次郎の硬い声は、仕事場の隣、小さな勝手の方から聞こえた。勝手に入るなり、晴太郎は硬い何かに蹴躓《けつまず》いた。つま先が痛み、何かがごろごろと転がって遠ざかる。

「気を付けて。割れた茶碗の欠片が散っています」

幸次郎の声だ。

足許へ目を遣ると、白い欠片が、点々と浮かび上がっている。茶碗や湯呑みを重ねていた壁の吊り棚が、落ちたらしい。

眼を凝らさなくても見えた訳は、勝手口にあった。建具が入っていたところに、ぽっかりと四角い穴が開いている。そこから差し込む青白い光が、勝手を薄明るく照らしていた。

ああ、今日は満月だったっけ。

またぞろ、下らないことへ考えが逸れかけ――狼狽えきっていたからだと気づいたのは、夜が明けて随分経ってからだ――、幸次郎の声で我に返った。

「茂市っつあん、しっかり」

勝手の板の間、揺れる灯りに合わせ、茂市と幸次郎の影も大きく、小さく、姿を変える。

「茂市っつあんが、どうかしたのか」

晴太郎は、二人へ駆け寄った。

右腕の上辺りを庇う格好で蹲《うずくま》った茂市を、幸次郎が気遣っている。

「め、面目次第もございやせん」

掠れた詫びが、辛そうだ。

憤りも露わに、幸次郎が告げる。

「肩を痛めたようです」

「何があったんだ」

「盗みに入られたんですよ」

「盗みって、『藍千堂《うちどう》』にかい」

上菓子は扱っているが、稼いだ分の大概は、小豆や砂糖、極上の材料に消えていく。立ち行かなくなるほどでもないし、男三人不自由なく暮らして、たまに贅沢をするくらいのゆとりはあるが、店に押し入ってまで盗むほどの蓄えなぞない。

ふいに、茂市が這い蹲《つくば》ろうとして、低く呻いた。それでも絞り出すように詫びる。

「お詫びのしようもございやせん、坊ちゃま方」

「茂市っつあん、いいから」

幸次郎が慌てて茂市を止める。それから晴太郎へ向かって早口に伝えた。

「お父っつあんの菓子帳を、盗られました」

そう、という自分の返事が穏やかで、間も空かなかったことに、ほっとする。がっかりしたとか、悲しいとか。そんな色が少しでも滲めば、茂市が気に病むだろう。

「医者を呼んでくる。茂市っつあん、動いちゃだめだよ」

言い置き様、晴太郎は立ち上がった。

神田川を和泉橋で南へ渡って更に南西、横大工町に、口は悪いが腕のいい老医師がいる。夜中に叩き起こされ、初めは盛大に文句を言っていたが、茂市が怪我をしたと知るや、人が変わったようになった。「それは一大事だ」と晴太郎を引き摺り、木戸番を脅しつけて、『藍千堂』へ急いでくれた。

この医師、久利庵《くりあん》——栗餡の当て字だ——とふざけた通り名を使っているほど、甘いものに目がない。

初めは、菓子職人が腕を傷めるなんざ不心得だと茂市を叱り、経緯を聞くや盗人を罵り、と、口は減らないものの相変わらずの手際の良さで茂市の肩を手当てしてくれた。

久利庵の話では、肩が外れていたらしい。

立てた人差し指を、茂市ではなく晴太郎の鼻先で忙《せわ》しなく左右に振りながら、老医師は唾を飛ばして捲し立てた。

「外れた肩は、この久利庵が見惚れるほど綺麗に入れてやった。だが、周りの筋が少し伸びておるし、癖になるといかん。当分右腕を動かしてはならんぞ。言いつけを破れば、飛び切り熱い灸を据えてやる。明日、午過《ひるす》ぎに膏薬を取りに来なさい。儂はこれからひと寝入りするからな。そうそう、夜中に叩き起こされた厄介料は、『茂市の煉羊羹』で手を打ってやる。勿論、腕がすっかり治ってからだ」

「茂市の煉羊羹」とは、普通のものよりもあっさりとして柔らかく、喉ごしの良い、茂市が工夫した羊羹だ。ここが茂市の店だったころから「これでなくては」という贔屓客がいて、『藍千堂』になってからも、「茂市の煉羊羹」の名で、「藍千堂の煉羊羹」とは別に売り出している。久利庵の大の好物だ。

「『藍千堂の煉羊羹』でしたら、明日午にお届けいたしますよ」

幸次郎の言葉に、久利庵は皺だらけの顔をくしゃりと歪めた。

「普通のやつじゃあ、年寄りの胃の腑には、もたれていかん。『茂市の煉羊羹』が一番だ」

遠慮もにべもないのが、いっそ清々しいな。

苦笑しながら町医者まで送ると言った晴太郎を断り、老医師は再び不心得者の盗人を怒りながら、帰って行った。

「うちの煉羊羹を、一人で一時にひと棹平らげれば、私だって胸やけがします」

呆れ混じりに幸次郎が、ひとりごちる。晴太郎は少し考えてから問い直した。聞き違いかもしれないと思ったのだ。

「煉羊羹をひと棹、かい」

「ええ。ひと棹です。そろそろ七十の声を聞く歳で、茂市っつあんの羊羹なら『ひと棹いける』というところが、そもそも恐ろしい」

「聞いただけで、渋い茶が欲しくなりそうだ」

「渋い茶があれば、ひと棹いけるんですか、兄さんは」

「そんなこと、言ってない。けど、どうだろうな。茂市っつあんのなら――」

「止して下さい」

そんな兄弟のくだらない遣り取りに、いつも添えられるはずの茂市の忍び笑いが、聞こえない。見ると、茂市は寝床に身を起こし、しょんぼりと項垂《うなだ》れていた。

「ああ、怪我人の枕元で喧しくして済まなかったね、茂市っつあん」

晴太郎は、慌てて詫びた。幸次郎を促し、一階へ行こうとした背中を、茂市の呟きが追いかけてきた。

「『済まなかった』なんて、言わねぇでくだせぇ、坊ちゃま。でねぇと、大《で》ぇ事《じ》な菓子帳をみすみす持ってかれたあっしは、詫びようがありやせん。親方の、たった一冊、手元に残った菓子帳を、あっしが、うっかり酒の肴になんかした所為《せい》で――」

言い募るにつれ、声に湿り気が混じる。

茂市は今宵、父、清右衛門と「差し向かいで一杯」やりたかったのだそうだ。「百代桜」は、父一番の心残りだったろうから。父の代わりに菓子帳の前に盃を置き、「二人で考えた工夫が、いい桜の菓子に仕上った」ことを報《しら》せていたところへ、盗人に入られた。

晴太郎は背中をすぼめている茂市の傍らに、腰を降ろした。

「大したこっちゃないよ、茂市っつあん」

茂市の頭は、上がらない。晴太郎が繰り返した。

「まったく、大したこっちゃない。あれの中身は三人ともすっかり頭に入ってる。『藍千堂』やお父っつあんのちゃんとした菓子が載ってる訳じゃない。あれを元に何かつくったとしても、それは『初代百瀬屋清右衛門』の菓子でも『藍千堂』の菓子でもない。第一、本当は『百瀬屋』にあるのが筋の菓子帳だ」

茂市の背中が、かえって丸まってしまった。幸次郎が「下手くそ」とばかりに晴太郎を睨んでいる。

わかってるってば。そう目顔で弟に合図し、「ねぇ、茂市っつぁん」と、語りかけた。

「お父っつあんの菓子、技、心意気、思い出。何から何まで、俺たち三人の胸の裡にすっぽり収まってるんじゃないかい」

じっと待っていると、少しずつ、茂市の頭が上がった。まだ兄弟の顔を見られないでいるようだ。

「だから、あの菓子帳が失せたからといって、大したこっちゃないんだよ」

「茂市っつぁんの怪我の方が、大事《おおごと》です」

幸次郎が、いつもの晴太郎への小言と同じ言い振りで続いた。

「幸次郎の言う通りだ。さあ、余計なことは考えず、今はゆっくり休んで早く肩を治しておくれ。でないと、寄る年波で気短に磨きが掛かった久利庵先生に、『茂市の煉羊羹』はまだかと、俺が叱られちまう」

長い間を置き、茂市の頭が縦に小さく動いたのを見て、晴太郎は再び立ち上がった。

「兄さんにしては、上出来です。『百代桜』と違って、何の捻りもない慰めでしたけど」

勝手に戻るなり、幸次郎が評した。散らかった勝手を二人で片づけながらの遣り取りだ。

「褒められてるような、気がしない」

むっつりと言い返したものの、幸次郎には涼しい顔で聞き流された。

「盗人は、最初《はな》から菓子帳目当てだったようです」

勝手で父と呑みながら、茂市は晴太郎が思いついた「紫蘇と白餡の組み合わせ」を自慢していたのだそうだ。

――ですがねぇ。そこから先がまた難儀でございやして。何しろ相手は梅干しと一緒にいた紫蘇《やつ》だ。塩味の抜き加減が巧くいかねぇ。幸坊ちゃまが伊勢屋さんに頭ぁ下げて、梅干しの壺に残ってた紫蘇をありったけ貰ってくださったんですが、これがまた、壺によって塩の濃さがばらばらでねぇ。晴坊ちゃまと二人、味見しながらああでもねぇ、こうでもねぇ、と。ああ、そうだ。親方もちょいと伊勢屋さんの紫蘇をお味見なさいやすか。他でもありやせん、仲のおよろしかった伊勢屋さんから頂戴した紫蘇でございやしねぇ。元の紫蘇と餡に混ぜる奴、塩の抜き加減をちょいと確かめてみておくんなせぇ。本当なら、餡に混ぜ込んだ奴を、いや、そもそも「百代桜」を召し上がっていただかなくちゃあ、いけなかった。あっしも坊ちゃま方も、とんだ不始末だ。そいつは明日必ず。今晩のところは紫蘇の味見でご勘弁下すって。

一人呟きながら仕事場へ行き、紫蘇を盛った小皿を手に勝手へ戻ったところで、茂市は見知らぬ男と出くわした。勝手口の心張棒を忘れていたと、遅まきながら思い至った。

頬被りをした隙間から覗く目が、若い。面喰って立ち尽くした茂市の眼が、男――盗人の手にしたものを捕えた。

晴太郎は、苦い溜息を吐いた。

「茂市っつあんが呑んでいた当の相手、お父っつあんの菓子帳を、盗人は手にしてた」

幸次郎が、渋い顔で頷く。

「取り返そうともみ合いになって、転んだ拍子に肩を床に打ちつけたようです」

「菓子帳の為に茂市っつあんが怪我したんじゃあ、大事な順がさかさまだよ。お父っつあんだって、そう言うさ」

「まったくです」

晴太郎は、土間へ降りながら訊いた。

「それで、どうする」

裏庭へ放り出された勝手口の障子は、桟が折れ、破れた障子は土まみれ、枠も菱形に歪んでいる。これを嵌め直すのは無理そうだ。

盗人が障子ごと逃げ出したのだろうが、それなら入ってきた時に障子を閉めたということになる。何とも律儀な盗人だ。

障子を諦めて勝手の板の間に戻ると、幸次郎が答えた。

「久利庵先生には、口止めしておきました。伊勢屋の小父《おじ》さんの耳には入れておいた方がいいでしょうね」

「番屋と岡の旦那は、無しかい」

「当たり前です。これは私達の胸の裡に収めておく話だ」

「叔父さんの仕業だと、思ってるんだね」

ここまで淡々と語っていた幸次郎が、憤りも露わに鼻を鳴らした。

「他に誰がいるっていうんです」

「でもねぇ」

「何ですかッ」

俺に当たるなよ、と内心でぼやきながら、晴太郎は「でもねぇ」の続きを口にした。

「叔父さんがあの菓子帳を盗んで、何の得があるんだい」

むう、と幸次郎が黙りこくった。

百歩譲って、『藍千堂』の新しい菓子帳ならともかく、叔父もとうに中身を承知の、父の覚書だ。『百瀬屋』の商いの足しにもならなければ、『藍千堂』の商いの引きにもならない。

せいぜいが、「父の形見を晴太郎から取り上げて溜飲を下げる」くらいだろう。それなら正々堂々と「返せ」と命じた方が、晴太郎にはこたえる。

今頃になってというのも、妙だ。取り返したいのなら、とっくにそうしているだろうに。

「また、良からぬことを企んでいるに決まってます」

すぐに幸次郎は、本気で心配になった顔で続けた。

「例えば、『百代桜』は『百瀬屋』の菓子だ。『藍千堂』が作り方を盗んだ。そう訴えるための証に使うとか。兄さん、これは有り得ますよ。明日あたり『百瀬屋』から似たような菓子が売り出されるかもしれない」

「ありえない」とは、言い切れない。晴太郎は相槌を打つ代わりに、弟へ念を押した。

「だったらなおさら、番屋か岡の旦那に訴えておいた方がいいんじゃないか」

勝手は、粗方片付いたところだ。割れた瀬戸の欠片を集めていた手を、幸次郎が止めた。じっとこちらを見て、問い返す。

「兄さんは、そうするつもりなんですか」

少し考えてから、晴太郎は首を横へ振った。

「やっぱり、やめておこう。本当に『百瀬屋《あちら》』の仕業なら、お糸が可哀想だ」

それから、にんまりと笑って付け加える。

「お前も同じ考えで、兄さんは嬉しいよ。幸次郎」

集めた瀬戸の欠片が、幸次郎の乱暴な箒《ほうき》遣いに散らされ、軽く澄んだ音を立てた。

「百代桜」の注文分もあったから、店を閉める訳にもいかない。

寝ずに仕込みをし、伊勢屋から手伝いを寄越して貰ったものの、茂市抜きでは輪をかけて目の回るような忙しさだった。

追いつかない菓子作りのせいで、店先には行列ができ、その行列を見た通りがかりがつられて客になり、列を長くする。

喜んでいいのやら、よく分からない繁盛ぶりで、「百代桜」を売り出してから一番の売れ行きだった。仕事場の片づけを伊勢屋の助っ人に任せ、勝手で伸びているところへ、平気な顔の幸次郎がやってきた。いつものように、店仕舞いを一人で済ませたようだ。

「そのまま、そこで眠るつもりですか」

皮肉なのは分かっていたが、晴太郎は半ば本気で答えた。

「迷ってるとこだよ。腹も減ったし風呂にもいきたい。けど、動くのも億劫」

やれやれ、とばかりに、幸次郎が溜息を吐いた。

「迷っているのなら、もうひと踏ん張りしてください。勝手《そこ》を空けてくれないと、夕飯を作って貰えなくなるじゃありませんか」

「夕飯、作って貰えるのかい」

言葉の勢いにのって、晴太郎は飛び起きた。答えたのは、ひょっこりと作業場から顔を出した、顔見知りの女中だ。

「ええ、ええ。作りますとも。旦那様から、『菓子が沢山売れたら、褒美に美味い飯をたんと食わせてやってくれ』と、言いつかっておりますからね。湯を使いに出てくださりゃ、その間に怪我人のお世話もしておきますよ」

現金なもので、そう言われれば途端に空腹と汗臭い自分に、辛抱が利かなくなる。

幸次郎を引っ張って『亀乃湯』へ行き、汗と疲れを洗い流して戻ると、先刻の女中が、勝手で晴太郎達を待っていた。

「お客さんが、お待ちでございますよ」

含みのある眼つき、辺りを憚った囁き声で、耳打ちをする。

「お客さんって、どなた」

青のりが香ばしそうな、鯔《ぼら》の味噌焼き、片栗の餡がきらきらと輝いている蕪と椎茸、生麩の煮物、嫁菜の胡麻和え。蛤の吸い物の鍋から、いい匂いが漂っている。並べられた美味そうな夕飯を眺めながら、晴太郎は訊いた。

「それが、その」

「坊ちゃま方。お糸お嬢さんがお見えです」

口籠った女中の言葉を引き取ったのは、茂市だ。寝間着にどてらを羽織り、少し青い顔で仕事場と勝手の通り口に立っている。

「茂市っつあん、起きちゃあ――」

駄目じゃないか、と続けようとした晴太郎を、茂市がそっと首を横へ振って止めた。

込み入ったことになりそうだ。晴太郎が察したところで、幸次郎が女中へ告げた。

「今日は本当に助かりました。後は自分達でできますから」

「お、おや、そうですか」

後ろ髪を引かれている様子の女中へ、弟はにこやかに菓子の箱を二つ、手渡した。繰り返し使う漆塗の井籠《せいろう》ではなく、客の手元に行ったきりでも構わない、竹で編んだ籠だ。

「ひとつは、伊勢屋の旦那様に。もうひとつは、手伝っていただいたお礼です」

「まあ、まあ、それはどうも、すみませんねぇ」

幸次郎は、こういう人あしらいが巧みだ。相手に嫌な思いをさせることなく、早々にお引き取りいただく。元々、「百代桜」は持って行ってもらうつもりだったのだが、総左衛門への土産を渡してしまえば、女中は帰らない訳にはいかないし、自分の分もあるとなれば、悪い気はしない。

恵比須顔になった女中が帰っていくのを待っていたように、勝手へお糸が顔を出した。『百瀬屋』を出た時よりも思いつめた顔に、晴太郎はぎょっとする。

「お糸」

「夕飯、一緒に頂いていい」

ちょっと笑ってお糸が訊いた。

「話が、あるんじゃないのかい」

「ご飯を先にして。従兄《にい》さん達、『背中とお腹がくっつく』って顔してるもの。せっかく作って貰った夕飯、冷ましちゃったら申し訳ないし。うちのより随分、おいしそう」

からりと明るい言葉に、不似合いな硬い目だ。お糸にはことのほか厳しい幸次郎でさえ、「お糸の言う通り、夕飯にしましょう」とは言い出さない。

ぺろりと、お糸が小さく舌を見せた。

「白状しちゃうとね。従兄さんと、誰より茂市さんに詫びにきたの。叱られるのは覚悟してるけど、なるべく浅い傷で済ませたいなあって。それには、お腹いっぱいにしてもらってからがいいでしょう」

「分かったよ」

苦笑交じりで応じた晴太郎を、幸次郎が目顔で咎める。

だって、お糸は譲るつもりがなさそうだよ。だったらこの娘《こ》の言う通りにするよりないだろう。晴太郎も、目だけでそう伝える。

そうして、うわべだけ楽しげな夕飯が始まった。

右手が使えない茂市に、甲斐甲斐しく匙を渡したり、菜を取ってやったりしながら、お糸は他愛のない話を続けた。

清右衛門叔父と上手くやっているのか。縁談はどうした。そんな話を振ろうとすると、結構な勢いで遮られ、話を変えられてしまう。

せめて夕飯の間は、厭なことを忘れて楽しく。そんな願いが透けて見える、明るさだ。

晴太郎も幸次郎も、茂市も分かっていた。

急に大人びたお糸は、叱られないように、厭なことは後回しに、そういうつもりで夕飯を先にと言ったのではない。

疲れ切り、目が回りそうなほど空腹な幸次郎と晴太郎を、気遣ったのだ。

そして、茂市の怪我——昨日の盗人と、お糸の詫びには関わりがある。

なぜ怪我をしたのか。『藍千堂』に何があったのか。茂市が、晴太郎や幸次郎を差し置いて、昨日の騒ぎを話すはずはない。

なのに一言も訊いてこないのは、お糸がとうに承知しているからだ。

ともかく、夕飯をさっさと済ませて、話を聞かなければいけない。伊勢屋総左衛門と支度をしてくれた女中には申し訳ないが、夕飯を味わうゆとりはなかった。

食べ終わり、洗い物をしようとしたお糸を晴太郎は止めた。お糸の白い頬が強張る。暫く、誰とも目を合わせず顔を伏せていたが、やがて意を決したように、従妹は頷いた。

「皆さんに、お詫びしなきゃならないことがございます」

迷いのない、お糸らしくない畏《かしこ》まった言葉遣いで告げ、背筋をしゃきりと伸ばして座り直す。茂市が慌てたように居住まいを正した。

すうっと息を吸うなり、お糸は深々と頭を下げた。

「こちら様には、とんだご厄介をおかけし、面目次第もございません」

お糸の他人行儀な物言い、振る舞いに、晴太郎は仰天した。

「ちょ、ちょっと待っておくれ、お糸。一体、どうしたんだい。お前らしくないよ」

晴太郎がどんなに宥《なだ》めても、お糸は顔を上げない。お前もなんとか言え、と幸次郎を見る。弟は静かに、お糸を見つめていた。茂市からも弱り切った目で訴えられ、幸次郎は軽く息を吐いた。

「顔をお上げ」

弟の柔らかな呼びかけに、従妹の華奢な肩が揺れる。

先だって、お糸の叔母、おろくの長屋で幸次郎と居合わせたお糸は、なるべくいつもと同じにしよう、普段通りに幸次郎に向かおうと頑張っていた。先刻、夕飯の折も同じだ。もとより幸次郎は、まったく常と変わらなかった。それが、ふいに労《いた》わるように呼ばれ、お糸は戸惑ったようだ。いや、居た堪れないのかもしれない。ひょっとして、胸が弾んだか、と考えるのは、自分が呑気なのだろう。

お糸の胸の裡を推し測っている晴太郎を余所に、幸次郎が促す。

「詫びに来たのも、お前の本気も分かった。おおよその訳も察しがついている。かといって、頭を下げられたままじゃ、兄さんが狼狽《うろた》えるばかりだ。茂市っつあんも居た堪れない。私も、はっきりした経緯を知りたい」

少し間を置いて、もう一度「だから、顔をお上げ」と繰り返され、ようやくお糸は身を起こした。男三人へ等しく視線を配ってから、お糸はまず茂市へ向き直った。

「茂市さんの怪我は、私のせいなの」

「そんな、お糸お嬢さんにゃあ、なんの関わりもありやせん。あっしが間抜けだっただけで――」

「茂市っつあん」

幸次郎に先んじて、晴太郎は茂市を止めた。ここはお糸にちゃんと話させた方がいい。

再びお糸が先を続け始めるまで、少し長い時が掛かった。

うん、と一つ頷き、お糸は頬を引き締めた。

「伯父さんの菓子帳を盗み出し、茂市さんに怪我をさせたのは、元村の若様なんです」

「若様ってことは、お侍かい」

「ええ」

「いや、だってあの野郎の身のこなしは、とても二本差しにゃあ」

戸惑いも露わに、茂市が呟いた。お糸は困ったように笑って、言葉を添えた。

「覚えてるかしら。お父っつあんが婿として白羽の矢を立てた、二人目のお人」

確か、貧乏旗本の三男坊だと、お糸は言っていた。

「その、元村徳之進様なの」

＊

お糸が『百瀬屋』を出てすぐ、清右衛門叔父は元村家に破談の詫びを入れに行った。勿論、金子をたっぷり積んだ上でのことだ。これまで、どんなことがあっても亭主を立ててきたお勝に、理詰めで責め立てられた挙句のことだったらしい。

——こうなったのは、お前さんのせいですよ。私があんなに、無茶な縁談を思い直してと頼んだのに、強引に話を進めたのもお前さん。売り言葉に買い言葉とはいえ、お糸へ『好きにしろ』なんて言ったのも、お前さん。破談のお願いをする前に、本当にお糸が婿を連れて来たらどうするつもりなんです。貧乏とはいえ、相手はれっきとした御旗本です。顔に泥を塗ったと責められれば、『百瀬屋』はお仕舞いですよ。

お糸が聞く由もなかったお勝の言葉を教えてくれたのは、お糸付の女中、およねだ。お糸が家に戻るなり、訊ねもしないのに、盗み聞きで知ったことを事細かに語って聞かせた。父の供をした手代に聞いたのか、父母の遣り取りを、これまた盗み聞きしたのか、およねは、元村家での経緯も承知していた。

父が渡した詫び料で、元村の当主はむしろほくほくしていたそうだ。冷や飯食いの先行きよりも目先の金子、ということらしい。婿入りの話がなくなった当人といえば、相変わらず起きているのか寝ているのか、話を分かっているのかいないのか、という様子だった。

大した波風も立たずに破談に出来たらしいと知り、お糸がほっとした矢先、およねを連れた外出《そとで》で声を掛けられた。

『お糸』

すぐに、元村徳之進だと分かった。『百瀬屋』を訪ねてきた折にこっそり顔を見ているし、景気の悪い顔と物言いは、垣間見た折に感じた通りで、およねの言い分通りだ。『百瀬屋』の娘か、とも、お糸だな、とも確かめられず、だしぬけに、当たり前のように名を呼ばれ、薄ら寒さが襲った。立ち竦んだところに腕を摑まれ、ぎょっとする。

『どうすればいい』

陰気で小声の早口なのに、腕を捕えた力の強さと必死な目つきが恐ろしかった。割って入ろうとしたおよねを、じろりと睨んで黙らせ、徳之進はお糸に向き直った。

『どうすれば、お前の婿になれる』

ここで騒いだら、面倒なことになる。せっかく恙《つつが》なく破談に出来たのに、『天下の往来で旗本の体面に傷をつけた』と難癖を付けられたら、『百瀬屋』の為に良くない。

かろうじて、そう考えられる落ち着きが、まだ総領娘のお糸には残っていた。

「誰か、助けて」と叫びたい気持ちを抑え込み、お糸は徳之進に対した。

申し訳ないが父がお詫びに伺った通りなのだと、なるべく穏やかに聞こえるよう告げる。

『他に婿を取るのか。そうなんだろう』

熱に浮かされたような眼で迫られ、お糸は泣きそうになりながら、答えた。婿をとるつもりはない、と。けれど、どう言葉を変えて言い直そうと、徳之進は、

『嘘だ。お前は総領娘だ、婿をとらずに済むはずがない』

と言い張って聞かない。そうして、その後にこう続けた。

『何でもする。どうすれば婿にしてくれるのか、教えろ』

徳之進の得体の知れない恐ろしさと、周りの眼や耳から一刻も早く逃げ出したい。

お糸は、苦し紛れに言ってしまった。

――では、若様が神田の『藍千堂』よりおいしくて見た目も美しい上菓子をお作りに

なったら、考えましょう。父は『藍千堂』に勝つことが一番の望みですから。

＊

お糸は、辛そうに息を吐いた。

「いい、もやしみたいな若様に、上菓子なんて作れるはずがありません。いざとなったら、どんな菓子だって『藍千堂』より不味いと言ってやればいいんです。およねは、そう慰めてくれたの。おっ母さんも、心配いらないって」

ところが、それから幾日も経たないうちに、徳之進は『百瀬屋』へお糸を訪ねてきた。面を輝かせ、胸を張り、菓子の代わりにお糸へ手渡したのは、晴太郎が持っているはずの伯父の形見、先代百瀬屋清右衛門の菓子帳だった。

俯いてしまったお糸の代わりに、幸次郎がちらりと晴太郎へ目をやってから切り出した。

「自分で菓子をつくるより、敵の菓子帳を盗んだ方が早い。『藍千堂』に勝つのが望みなら、これで文句はあるまいとでも、言われたか。なるほど、剣術も出来ない、新しい菓子帳と古い覚書の区別もつかない、何の取り柄もない冷や飯食いの若様らしい、お考えだな」

お糸の頭が、申し訳なさそうに縦に揺れる。幸次郎が静かに訊ねた。

「それでどうして、お糸が詫びに来た。『百瀬屋』の不味い菓子でも持って、主が茂市っつあんに頭を下げに来るのが筋だろうに」

お糸は、諦め混じりの笑みを浮かべた。

「事の起こりは、私だからって。私がお父っつあんの言う通りに、若様を婿に迎えていれば、こんな騒動は起こらなかった。従兄さん達と茂市さんに詫びたいなら、勝手にしろ。婿取りは自分の勝手にさせて貰うと言ったのだから、それが原因《もと》で起こった騒動の始末も自分でつけろ。お父っつあんは『藍千堂』に金輪際頭なぞ下げないし、菓子帳も返さない。あれは元々『百瀬屋』にあったものだ。そう言われたの。でも、お父っつあんの言う通り。何もかも、私が考えなしだったから――」

晴太郎は、立ち上がった。

「兄さん」

諫めるように、幸次郎が晴太郎を呼んだ。弟は、兄が今まで見たことがないほど腹を立てているのに、気づいていたようだ。

お糸が話している間、晴太郎が黙っていたのは、開いた口から怒りが溢れてしまいそうだったから。それも見当がついているだろう。

念を入れて気を落ち着けたはずが、「俺が」と呟いた自分の声は、憤りで震えていた。

構わず続ける。

「叔父さんに嫌われるのはいい。『藍千堂《うちち》』を眼の敵にされるのだって、幸次郎と茂市っつあんには苦労をかけるけど、二人がいてくれれば立ち行かないわけじゃない。お糸を厳しく叱るなら分かる。叔父さんなりに娘が可愛いからだって思える。けど、これは得心がいかない。たった一人の娘が、自分が婿にと選んだ男に怖い目に遭わされて、それでも勝手にしろと言うなんて。自分がまいた騒動の種を、娘に始末させるなんて」

それから、大きく息を吐いて、言い募るうちに余計昂った心を落ち着け、「行ってくる」と告げた。

お糸が晴太郎を止めた。

「待って。待って頂戴、従兄さん」

お糸を安心させるくらいの笑みを浮かべるのが、なんと難儀なことか。

「心配いらない。お父っつあんの菓子帳を返して貰いに行くだけだ」

従妹が青い顔で大きく頭《かぶり》を振った。

「違うの。そうじゃないのよ、晴太郎従兄さん。お願い、聞いて。あのね、分かったことがあるの。ようやく、おっ母さんから聞き出したのよ。このままじゃ、『百瀬屋《うち》』も『藍千堂《あっち》』も、駄目になる。そう言って、やっと話して貰ったの。お父っつあんが従兄さんに酷いことをした、本当の理由《わけ》。お父っつあんは、従兄さんを憎んでるんじゃない。死んだ伯父さんが、ううん、自分が大嫌いなだけなの」

お糸を『藍千堂』に残し、留守を茂市に頼み、晴太郎と幸次郎は『百瀬屋』を訪ねた。

晴太郎は一人でいいと言ったのだが、幸次郎が聞かなかった。

――怒り慣れていない兄さんを一人で行かせるなんて危なっかしい真似が出来ますか。

幸次郎の言い振りは、いつもの通り高飛車で、落ち着いていた。けれど、晴太郎もまた感じ取っていた。弟も、滅多にないほど怒っている。

お糸の打ち明け話を聞いて、更に晴太郎の頭には血が上った。腹立たしくて、哀しくて、気が変になりそうだった。だから、幸次郎が一緒に来てくれたのは、有り難かった。

まだ開いている店の表口から入り、訪《おとな》いを告げる。兄弟が『百瀬屋』にいた頃から番頭をしている男は、目を白黒させながら奥へ引っ込んだ。

すぐに、清右衛門叔父が姿を見せた。手代と菓子帳を見ていた客に挨拶をしてから、晴太郎と幸次郎に顰《しか》め面を向ける。

軽く背を丸めた姿、幸次郎や父によく似た――そう、確かに、似ているのだ――いかり肩としっかりした胸板、こめかみの白髪は先の夏に会った頃と、変わらない。眉間や口許の皺は、さらにくっきりしたろうか。心なしか疲れているようにも見える。

「何の用だ」

客を憚りながら、つっけんどんに問う。晴太郎は声を低くし、きっぱりと問い返した。

「ここで話しても、かまいませんか。うちの職人の怪我の件です」

清右衛門叔父の瞳が昏い憤りに燃えた。どちらに対する怒りなのだろう。晴太郎、それとも父。そんなことを考えていると、叔父はちらりと幸次郎に目をやってから、変わらぬ無愛想な物言いで「上がれ」と促した。

「おや、表口から上げて貰えるようですよ、兄さん」

幸次郎が皮肉を言った。聞こえているだろうに——現に、番頭は気まずそうに顔を伏せている——、清右衛門叔父の佇まいは一寸ほども揺れない。

叔父の後を、微塵のこだわりもない足取りで進む幸次郎に比べ、晴太郎の気持ちも足も、なかなか前へ進まなかった。

懐かしい、『百瀬屋』。

菓子が変わってしまっても、父、母の気配はそこここに残っている。

つい、立ち止って飴色の板目や、幼い頃晴太郎がつけた柱の傷に目を遣っていると、幸次郎が厳しい顔つきで振り向いた。

——思い出に浸っている暇はありませんよ。ここへ何をしに来たのか、忘れたんですか。

まっすぐに、強い目が訴えている。

そうだね。幸次郎。今、しなきゃいけないことは他にある。お糸の為に。お父っつぁんの為に。そして、叔父さんと俺達の為に。

晴太郎は、幸次郎へ小さく頷いた。

通されたのは、父が親しい客を招き入れていた六畳間だった。広い作業場と中庭を挟んだ向かいの棟で、一番奥にある勝手の、すぐ手前になる。勝手を使っていなければ一番静かな部屋で、庭の眺めもいい。

その部屋に、叔父は晴太郎と幸次郎を通した。大した扱いと考えていいのだろうか。それとも、かつて、晴太郎の父が主だったはずの部屋に、息子を客——余所者として通す嫌がらせの類だろうか。

叔父の意図を読もうとして、晴太郎は思いとどまった。また幸次郎に叱られる。

その隙に、叔父が遣り取りの先手を取った。

「職人が怪我をした話なら、お糸が行った筈だが」

自分は関わりないような言い様《ざま》に、お糸から聞かされた「叔父の憤り」の原因《もと》の話が、束の間吹き飛んだ。こういう言い合いは慣れっこの幸次郎が、晴太郎に先んじる。

「誰がまいた種だとしても、『百瀬屋』から出た騒動なら、主が詫びに来るのが筋というものでしょうに」

「吹けば飛ぶような店が、『百瀬屋』に向かって生意気な」

「生憎、そちら様に幾度吹かれても、『藍千堂』は変わらず繁盛しておりますが」

「本気で、怒らせたいのか」

「それはこちらの台詞です。『百瀬屋』さんが仕組んだ昨日の押し込みを奉行所に届け出ても、構わないんですよ」

仕組んだ押し込み、と言われ、清右衛門叔父が顔色を変えた。

「お止し」

叔父の言葉を遮るつもりで、晴太郎は幸次郎を窘《たしな》めた。すぐに叔父に向き直る。

「止しましょう。叔父さん」

「乗り込んできた奴が、何を言っている」

どうして、と晴太郎は声を荒げた。おや、と清右衛門叔父が黙る。砂糖を変えられた時も、『百瀬屋』を追い出された時も、晴太郎は、こんな風に強い口答えをしなかった。

「他でもない叔父さんが実の娘を、まるで関わりがないように、突き放した言い方をするんですか。血の繋がりに、こんなにも縛られている叔父さんがッ」

叔父の顔から、心裡を表す色の一切が失せた。晴太郎の顔を、見知らぬ者を見るような眼で、ただじっと見ている。

「お糸から、聞きました。父のこと。父は孤児《みなしご》で、叔父さんの二親に引き取られ、育てられたんだそうですね」

のろのろと、清右衛門叔父は晴太郎から幸次郎へ視線を移した。弟の顔つきから、幸次郎もそのことを承知だと悟ったようだ。目を伏せ、叔父は低く嗤った。ひとしきり嗤ってから、荒《すさ》んだ声でこう言った。

「お前達に、私の情けなさが分かるか」

＊

晴太郎と幸次郎の父は、京の菓子司の息子として生を受けた。大名の茶席や名門の公家へ菓子を供する、名の知れた菓子司だったが、父が生まれて間もなく、店は潰れた。帝に近しい公家へ収めた菓子に、髪が一筋、入っていたのだそうだ。

相手が大名でない分、まだよかった。これが二本差しならお手打ちものだ。周りは慰めたが、公家も甘くはなかった。一思いにばっさりといかない分、仕返しは陰湿で長引いた。公家の流したあらぬ噂や根回しの所為で、茶席どころか進物《しんもつ》の客まで、はたりと途絶えた。

こんな菓子屋の菓子は、嫌がらせにしか使えない。

そう囁かれるに至り、主夫婦は首を縊《くく》った。

娘と生まれたばかりの息子は、それぞれ別のところへ里子に出された。息子が貰われた先は江戸の小さな古着屋で、初代主――清右衛門叔父の曾祖父が、京で菓子屋の世話になったのだそうだ。「命の恩人」と呼ぶほどの大恩とかで、いつか必ず恩を返すようにという初代の遺言が、古着屋には引き継がれていた。

清右衛門叔父の父は、京の菓子屋の顚末を風の便りに聞き、自ら京へ出向いて息子――晴太郎の父を引き取った。その後で生まれたのが、清右衛門叔父だった。

＊

その話を清右衛門叔父が聞かされたのは、兄夫婦が亡くなってから訪ねてきた、兄の姉と名乗る女からだったそうだ。

生き別れた弟が江戸で菓子司として名を成していると知り、どうしても一目会いたくて、上方から遥々訪ねてきた、と。

分かるか。清右衛門叔父が、繰り返した。

「あのひとが言う味の違いが、私には分からない。同じように作っているはずなのに、見栄えが違う。覚えが悪い。菓子の工夫が思いつかない。あのひとが、修業先で掛けたという時の倍精進しても、あのひとの半分も上手くできない。それでも、血は繋がっている。同じ血が流れている。だからいつか、私もあのひとのような菓子職人に、なれる。その血が、たったひとつの拠り処が贋物だった。それを知った時の、俺の怒りが、お前達に分かるか」

絞り出すように、叔父は言い募った。

鳶《とんび》は鷹を生まない。古着屋の倅が、大名や大身旗本を唸らせる菓子屋になぞ、なれはしないのだ。

誰かが、そう嘲笑っているような気がした。

くだらない不始末で店を潰し、首を縊った菓子司の夫婦、嫌がらせをした公家。妙な遺言を残した古着屋の初代に、見ず知らずの相手の子を引き取り、商い替えまでした二親。

思いつく相手全てを罵り、呪った。

「それでも、一番呪わしかったのは、血を分けた兄弟でもないのに、私を励まし続けたあのひとだ。『お前なら出来る。俺の弟じゃないか』。あのひとは、いつもそう言って笑った。みんな、偽りだったのに」

晴太郎と幸次郎が口を挟む前に、「分かってる」と、叔父が叫んだ。

「あのひとも知らなかったことだ。血を分けた兄弟だと、私の父母が実の親だと、あのひとは思い込んでいた。本当のことを知っていれば、あのひとの性分なら古着屋を菓子屋になぞ、決してさせなかった。そんな律儀で真っ直ぐなあのひとだから、憎まずにいられなかった。あのひとの血を疎んじずにはいられなかった」

幸次郎を『百瀬屋』に残そうと思った訳は、父に似ていなかったからだ。弟の生真面目で細やかな性分は母のおしの似だと、二親を知る誰もが口を揃えて言った。父の菓子づくりの才は、晴太郎が独り占めしたようだ。

だったら、父に似ていない哀しさを知っている幸次郎は、許してやってもいい。

そんな風に、思っていた。

だが、幸次郎の惚れた女へ見せた覚悟は、他でもない、兄がおしのへ向けた慈しみ方と瓜二つだった。自分はどうなってもいい。結ばれるか否かも、どうでもいい。相手の、惚れた女の幸せこそが、一番大事。そんな慈しみ方。

『百瀬屋』に入れることなぞ、出来るはずがない。

そこまで一気に捲し立て、叔父は荒んだ音色で笑った。

「悔いもない。お前達へ済まなさも感じない。実の親より紛い物の従兄がいいなら、お糸も娘ではない。二度と『百瀬屋』の敷居は跨ぐなと伝えろ。奉行所へ訴え出るなら、好きにするがいい。晴太郎、お前の父が作った『百瀬屋』が潰れるだけだ」

叔父は、恐ろしかったのだ。

晴太郎は、気が付いた。

自分が立っている、その地面が失せる怖れ。縋っていた柱が、砂のように崩れていく怖れ。

その恐ろしさを振り払いたくて、父に繋がるもの全てを憎み、遠ざけた。いや、一番憎んでいるのは、お糸の言う通り、父の血を持たない叔父自身だ。

「でも、違うでしょう、叔父さん」

晴太郎は訴えた。

「叔父さんが拠り処にしてきたものは、血なんかじゃないでしょう。それならなぜ、さっさと『百瀬屋』をたたんで、古着屋に戻らないんです。二代目清右衛門を名乗っているんです。砂糖を変えたって、茶席で使われるほどの菓子を作っているんです。菓子が好きだから。人一倍、菓子作りに真面目に取り組んできたから。一家揃って大きくした『百瀬屋』が、大切だから。そうではないんですか」

「分かった風な口を、利くな」

言い返した言葉は荒々しかったものの、どこか力がなかった。晴太郎は畳み掛けた。

「血が何だっていうんです。幸次郎の商才は爺さん譲りなんでしょう。俺の箆《へら》を使う癖は叔父さんと同じだ。見てくれだって、幸次郎とお糸は気の強い目許がそっくりだし、お父っつあんと叔父さんに幸次郎、厚い胸板やがっしりした肩が三人揃って良く似ていると、言われてたじゃありませんか」

「似てなぞいない」

「似てなんか、いませんよ」

言い返した、叔父と幸次郎の口調も間合いも、ぴたりと息が合っている。晴太郎は気を落ち着け、「ほら」と、小さく笑って見せた。

身内としてずっと一緒に暮らしてきたなら、立派な「身内」だ。血の繋がりなんて、どうだっていい。

晴太郎は、その場に平伏した。

慌てて止めようとした幸次郎の腕を払い、晴太郎は声を張った。

「叔父さん。どうか後生です。『清右衛門』の名を、俺に下さい。そして、父の菓子帳をお返しください」

叔父の応えはない。怒声も、投げやりな皮肉も、返ってこない。晴太郎は顔を上げずに続けた。

「どうか、叔父さんがひとりで肩に負った、お父っつぁんの影を、名と一緒に捨てて下さい。その重荷は、この晴太郎が背負わせていただきます。叔父さんの悲しみも寂しさも、ここまでの苦労も、全て。叔父さんの甥として、背負わせて下さい」

ですから、どうか。あてつけでなく、叔父さんは叔父さんが思うような砂糖や小豆を選び、思う通りの菓子を。

息を詰めて待っても、誰も口を開かない。

そっと顔を上げると、いつの間にか叔母のお勝が清右衛門叔父に寄り添っていた。瞳を涙で滲ませながら晴太郎を見、幸次郎を見、そして、石のように動かない亭主の顔を、傍らから見上げた。

「お前さん。ねぇ、お前さん」

清右衛門叔父の二の腕をそっと取り、ただそれだけを繰り返す。

お勝もまた苦しんだのだ。叔父の気のすむように。そう腹を据えながら、晴太郎に辛く当たり、娘の恋を潰す。母おしのと実の姉妹のように仲が良く、言葉は厳しいが根はやさしい、そんな叔母だった。

随分長いこと待った挙句、叔父の口から聞けた台詞は、たった一言、「帰れ」だった。

お勝が目で送ってきた合図を、幸次郎が汲み取った。

「お糸は、おろくさんのところで預かってもらいます。男所帯に寝泊まりさせる訳にもいきませんから」

それにも叔父は返事をしなかった。

「幸次郎、失礼しよう」

晴太郎は弟を促し、立ち上がった。こちらを見ようとしない叔父に頭を下げ、告げる。

「父の菓子帳にあった『百代桜』、出来上がりました。茂市っつぁんから聞きました。兄弟二人で考えた一番仕舞いの菓子だそうですね。香りの工夫は、父が書きとめていた叔父さんの一言を頂戴しました。『何かに香りを閉じ込めておくことができれば、いいんだけど』」

『藍千堂』への帰り途、幸次郎がぽつりと声を掛けてきた。

「叔父さんは、どうするつもりでしょう」

幸次郎が叔父さんと呼ぶのを聞いたのは、何年振りだろう。こっそり笑いながら、晴太郎は答えた。

「皆に一番いいように、収めてくれるさ。お父っつあんの弟、俺達の叔父さんだぞ」

長めの間を置いて、ぽつりと弟は呟いた。

「血に囚われていたのは、私も同じかもしれない。それで、むきになっていたのかも」

「何か、言ったかい」

聞こえないふりをした晴太郎に、幸次郎が「なんでもありません」と、ぶっきらぼうに返す。照れの隠しようも叔父にそっくりだと、晴太郎は思った。

お糸は、お勝の迎えですぐに『百瀬屋』へ戻ったそうだ。

垣間見たお糸に一目惚れしたという元村家の三男坊には、幸次郎が旗本松沢家の若夫婦に頼み込んで釘を刺して貰った。しばらくはお糸の周りに気をつけてくれるよう、同心の岡にも頭を下げたらしい。それはきっと、「可愛い従妹だから」だけではないだろうと、晴太郎は勘ぐっている。

父の覚書を携えたお糸が『藍千堂』を訪ねたのは、「百代桜」のてんてこ舞いが過ぎ、町が若葉に装いを変えた、夏の始めだった。

二藍《ふたあい》の大人しい小袖を着、大人びた顔で三つ指を突き、お糸は深々と頭を下げた。

「先代清右衛門の形見、確かに御子息にお戻しいたします。それからこちらは、『百瀬屋』に連なる者の粗相で怪我をされたお人の治療代でございます。どうぞお納めくださ い」

晴太郎は込み上げる笑いを堪えて、『百瀬屋』主名代」に応じた。

「ご丁寧な挨拶、ありがとう存じます。詫びは確かに受け取りましたと、御主人にお伝え下さい」

ぎこちない間の後、お糸、晴太郎、茂市が一斉に噴き出した。幸次郎はひとり顰め面をしているが、口の端で笑いを堪えている。

あーあ、肩が凝った。可愛らしい声でぼやいてから、お糸が砕けた調子で言い足した。

「これは、お父っつあんから従兄さん達へ、言伝。清右衛門の名は譲らない。あれは父が『百瀬屋』の屋号に似合うよう、兄の為に考えた名だから、『藍千堂』の主には名乗らせない。それから、『藍千堂』は変わらず商売敵だから、これで手打ちだとはくれぐれも思わないように。今度の詫びは『百瀬屋』として筋を通したまでだ。ですって。まったく、呆れちゃうったらないわ」

「本当に、とんだ強情者だ」

冷やかに、幸次郎が評する。

「うん。お前にそっくりだ」

すかさず茶化した晴太郎を幸次郎がじろりと睨んだ。茂市が笑いを堪え損ね、咽《むせ》ている。

叔父らしいのは、強がりだけではない。強がりながら、父のことをわざわざ兄と呼んでみたり、『百瀬屋』大事を伝えてみたり。照れ隠しの遠回りな言い様は、幸次郎にそっくりで、なんだか皆が一緒で幸せだった頃の叔父に戻ったようにも思える。

ほんわりと胸の隅が温もる心地のまま、晴太郎はお糸に頼んだ。

「じゃあ、叔父さんにこう伝えてくれるかな。それでは俺は、お父っつあんの菓子帳の菓子を全て仕上げたら、松沢様にお願いして新しい名を名乗ります。立派な名にしていただきますから、覚悟しておいてくださいってね」

お糸が軽く目を瞠ってから、嬉しそうに頷いた。

「やれやれ。伊勢屋の小父さんが盛大に臍を曲げますよ」

幸次郎が、ぼやいた。

「まだ先の話じゃないか。それより、そろそろ柏餅の仕度に取り掛からなきゃあ」

「また、どこぞから邪魔が入らないよう、工夫をしなければいけませんね。骨の折れる役目だ」

お糸は、父の心がもう少しほぐれるまで、幸次郎とは只の従兄として付き合う決心をしたらしい。軽い口調で幸次郎をからかう。

「いやだ、幸次郎従兄さん。さっきからぼやいてばっかり。どこかのご隠居さんみたい」

笑いの満ちる小さな菓子司『藍千堂』の仕事場に、涼やかな風が吹き込んできた。

解説

涙を笑顔に変える魔法の言葉

大矢博子

田牧大和の小説は、すぐに続きが読みたくなる。

第二回小説現代長編新人賞を受賞したデビュー作『花合せ　濱次お役者双六』（講談社文庫）も、若き日の水野忠邦・遠山金四郎・鳥居耀蔵が大活躍するピカレスク『三悪人』（同）も、天才女性錠前師を主人公にした『緋色からくり　女錠前師　謎とき帖』（新潮文庫）も、そして男装の女性船頭の裏稼業を描いた『とんずら屋請負帖』（角川文庫）もそうだった。読み終わるやいなや「次！　次を早く！」と思ったものだ。それは私だけではなかったらしく、これら四作はのちにシリーズ化されている。

田牧大和は二〇〇七年のデビュー以来、捕物帳や職人もの、実在の人物を使った『酔《ゑ》ひもせず』（光文社）から架空世界が舞台のファンタジー『八万遠《やまと》』（新潮社）まで、実に精力的に、バラエティに富んだ作品を発表し続けている。しみじみしたりワクワクしたりと、読み心地もいろいろ。だが、結局ここに行き着く。

もっと読みたい。この先を読みたい。

読者にそう思わせる田牧作品とは、どんな小説なのか。そこにはふたつの要素がある。ひとつは人物造形。読者が惚れ込み、感情移入できるだけの魅力がなければ、この人の活躍をもっと読みたいとは思わない。そしてもうひとつは舞台設定。主人公の職業や環境、人間関係に奥行きがあり、「これ、もっといろいろ話のネタがあるよね？」と期待させるような舞台であることが必要だ。田牧大和の小説に「次」を望むのは、どの作品でも人物造形と舞台設定という両輪がしっかりしているからに他ならない。

そして本書『甘いもんでもおひとつ　藍千堂菓子噺』もまた、そのふたつが見事に機能した作品である。読み終わったとき、あなたは必ずこう思うはずだ。「次を早く！」と。


舞台になるのは江戸の菓子司、藍千堂。気弱だけど優しい菓子職人の兄・晴太郎と、キレ者で商売を取り仕切る弟・幸次郎。そして二人の父の片腕だった茂市の三人でやっている小さな新興の上菓子屋だ。しかし規模は小さくても晴太郎と茂市の腕、幸次郎の知恵、そして江戸指折りの薬種問屋・伊勢屋の後ろ盾で、着実な商いを続けている。

晴太郎と幸次郎の父は、一代で菓子司「百瀬屋」を大きくした菓子職人だった。弟──晴太郎と幸次郎にとっての叔父清右衛門と一緒に、兄弟でやっていた店だ。ところが父が亡くなったあと、叔父は唐突に難癖をつけて晴太郎を店から追い出してしまった。しかも叔父は、百瀬屋の味の核だった父の砂糖「三盆白《さんぼんじろ》」を使うのをやめ、店の味まで変えてしまう。

兄を追って叔父と袂を分かった幸次郎とともに、晴太郎は独立を決意。茂市にも助けられ、父の味を継ぐ「藍千堂」を開業した。ところがそれ以降も、百瀬屋の叔父から何くれとなく妨害される。百瀬屋の娘で晴太郎たちの従妹にあたるお糸は兄弟を慕っているものの、藍千堂と百瀬屋の仲は険悪なまま。

物語は、叔父の妨害工作をかいくぐりながら、持ち前の技術と知恵で藍千堂が難関を越えていく様子が六話にわたって描かれている。各話に登場する個々の事件はもちろんだが、兄弟と百瀬屋の確執とその理由、お糸の恋心といった全編を貫くテーマも読みどころだ。

では、先に述べた「人物造形」と「舞台設定」から、本書を見てみよう。

まず何と言っても目を引くのは「舞台設定」だ。江戸の菓子司が舞台とあって、各話にいろいろな上菓子（美的に洗練された上等の和菓子）が登場する。それが絶妙に物語にリンクしているのである。

和菓子には大きな特徴がある。季節と歴史を映す文化である、ということだ。

京都の貴族文化として発展した和菓子は、戦国期の茶の湯の流行と渡来した南蛮菓子の影響を受け、江戸時代に大きく開花する。戦乱の世が終わって生活を楽しむ余裕ができたからだ。それぞれの土地で名物と呼ばれる菓子が生まれ、それが参勤交代で江戸や京都に持ち込まれ、味や手法の交流が広がった。さらに八代将軍・吉宗が砂糖の生産を奨励したことで白糖の入手が容易になり（それまで砂糖といえば黒砂糖で、白糖は大部分を輸入に頼っていた）、いっそう菓子作りが盛んになる。現在、香川県の名産品となっている高級砂糖・和三盆も、この時代から作られ始めたものだ。

本書には柏餅や桜餅が登場する（一七一七年に発売が始まった長命寺の桜餅が話題に上るところから、本書はそれ以降の時代であることがわかる）が、それぞれ柏の葉、桜の葉や花びらが必要なお菓子であることに気づかれたい。その季節にしか食べられないもの、である。しかも柏餅は、新芽が出るまで葉を落とさない柏が「家系が絶えない」ことに通じるとして縁起物の節句菓子になった。つまり和菓子とは、日本の歴史や季節、風習と密接につながった文化であることがお分かりいただけるだろう。

和菓子はその時代ごとの条件の中で職人が工夫を重ねたものであり、季節の変化を愛おしみ節句の行事を大事にしてきた日本人の心を映す鏡なのだ。

それが物語の重要なキーになっているのだから、面白くないわけがない。

本書ではそんな和菓子が実に効果的に使われている。ひとつずつ見てみよう。

第一話「四文の柏餅」は、進物用の上等な柏餅のほかに、庶民が気軽に食べられる四文の柏餅を売り出そうとする話だ。ところが柏の葉の商人に百瀬屋の叔父が手を回し、藍千堂に卸させない。さて兄弟はどうやって柏の葉を工面するのか。ここでは菓子というものが江戸の人々にとってどのようなものだったかが、季節の行事と併せて描かれる。

第二話「氷柱姫《つららひめ》」は秋の始まり。嫡男の婚姻がまとまった旗本から、茶会の菓子の誂えを頼まれ、晴太郎は結婚間近の二人にふさわしい巾飩《きんとん》を作る。ここで作られる巾飩は、一見、秋から冬にかけての愛宕山を模しているように見えて、二人だけにはある思い出を想起させるデザインになっている。さらに晴太郎は、氷砂糖を削った氷研《こおりおろし》を巾飩にぱらりとかけた。本編では当日の「雨上がりの煌めきに見立てた」とあるが、勝気な性格から「氷柱姫」と呼ばれる新婦のメタファであることは自明だ。冷たい氷がやわらかく削られ、きらめきながらふたりの思い出を包むのだ。和菓子には、職人の工夫ひとつでそれだけの物語を込められるということが伝わってくる。

弥生三月が舞台の第三話「弥生のかの女」は変り種。キレ者幸次郎の恋愛が描かれる。仕事もおろそかになるほどのめり込んだ幸次郎もさることながら、やきもきする晴太郎と、幸次郎に思いを寄せるお糸の心情描写が読みどころだ。この話に登場するお菓子は有平糖《あるへいとう》。砂糖と水で作ったキャンディだ。幸次郎が思いを寄せる女性の、きれいな爪をした指から連想した桜色の有平糖を、晴太郎は弟にそっと手渡す。

「父の名と祝い菓子」は水無月。夏の始まりだ。悪阻《つわり》で何も食べられなくなった若奥様のため、晴太郎は青柚子の香り高い葛切を作る。また、息子たちが生まれたときに父が作った吉野饅頭も、兄と弟のときでは違いがあったというエピソードも紹介される。いずれも不特定多数のお客さんのためではなく、特定の誰かのために作られた菓子の物語だ。

お糸がついに父親に反旗を翻す《ひるがえ》「迷子騒動」は霜月の出来事。ここに登場するのは、白いういろうの間に吊るし柿を挟んだ柿入りういろう餅（柿は弥生時代から日本にある、最も古い甘味だ）。それを食べる長屋の子どもたちの、食べるのがもったいない、でも食べたいというワクワクがこちらにまで伝わって嬉しくなる。このういろうは、お糸の置かれた「板挟み」の状況を表しているようにも思えるが、お糸という甘い柿が周囲の人に大事に守られる様子にも受け取れる。さてどちらだろう？

そして最終話「百代桜《ももよざくら》」では、ついに叔父と直接対決。ここに登場する菓子は、田牧大和オリジナルだという。和菓子は見た目の美しさに始まり五感すべてに訴える食べ物だが、特にここでは菓子に香りを閉じ込める工夫に注目されたい。父と叔父が途中まで製法を考えていた菓子を、晴太郎が完成させる。それは父や叔父の思いを次の世代が受け継ぐ行為に他ならない。

いかがだろう。それぞれの物語にこれしかないという和菓子を登場させ、テーマを強めていることがお分かりいただけると思う。

そして何より、どの話でも登場する和菓子が実に美味しそうなのだ。上記に挙げたものの他にも、金鍔《きんつば》だの薯蕷饅頭《じょうよまんじゅう》だの琥珀《こはく》だの羊羹《ようかん》だのともう……しかも素材やレシピ、見た目や味を生き生きと書いてくれてるものだから、食べたくて仕方なくなる。特に茂市の煉羊羹は気になるぞ。この稿を書くため私は本書を何度も読んだが、そのたびにデパ地下に走ったことを告白しておく。

と、これだけ書いてきたことをいきなり否定するようだが、和菓子は決して、本書の主役ではない。本書の風合いを担い、季節感を演出し、人の心を映し出す重要なモチーフではあるが、主役はあくまでも人だ。

ここで「続きを読みたいと思わせるための、ふたつの要素」のもうひとつの話になる。人物造形だ。

ほんわかした晴太郎にキリッとした幸次郎。この凸凹兄弟がいい。実際はこちらが兄なのではないかと思われるほどテキパキした幸次郎が、実は何より兄を大事に思っているツンデレなのも可愛いし、いつもはぽやっとしてる和菓子バカの晴太郎が、弟の一大事には迷わず店より弟をとる潔さを見せるのも痺れる。ふたりをサポートする朴訥な職人の茂市、厳しいが頼りになる伊勢屋、さりげなく力を貸してくれる定廻り同心の岡。そして幸次郎に片思いしている百瀬屋の娘、お糸。このファミリーは実にいい。

そして物語の中心にあるのは、「なぜ百瀬屋の叔父は、ここまで甥たちを目の敵にするのか」という謎だ。その謎が最終話で明かされたとき、物語は「若き菓子職人と番頭の奮闘記」から、「切ない兄弟の物語」へと一変する。自分の拠って立つところは何なのか、自分が向かう道はどこなのかという、普遍的なアイデンティティの物語へと変貌するのである。単なる江戸職人小説だと思って読んでいると、びっくりするぞ。明かしてしまうと興を削ぐので具体的には書かないが、本書の核になるのは晴太郎と幸次郎、父と叔父という二組の兄弟であることだけお伝えしておこう。

『甘いもんでもおひとつ』という本書のタイトルを、あらためて噛みしめる。晴太郎は、普段上等な菓子は食べられない庶民のために四文の柏餅を、悪阻に苦しむ姫様に青柚子の葛切を、恋に悩む弟のために有平糖を、拗ねる従妹に柿入りういろう餅を、そして憎き叔父にもとっておきの菓子を、差し出す。その人にいちばん必要なものを、その人のために差し出す。喜ばせたいという思いを込めて。

甘いもんでもおひとつ——それは昂《たかぶ》った心を鎮め、沈んだ気持ちを引き上げ、涙を笑顔に変える魔法の言葉だ。本書は、そんな魔法で満ちている。

季節感がなくなって久しい今、和菓子は数少ない、四季と歴史を感じさせてくれる食べ物だ。しかもこれだけ物語を込められるのだから時代小説のモチーフとしてはうってつけで、他にも西條奈加『まるまるの毬』（講談社）や、中島久枝『日乃出が走る　浜風屋菓子話』（ポプラ文庫）、髙田郁『銀二貫』（幻冬舎時代小説文庫）など、多くの作品が和菓子と和菓子職人を扱っている。また、当時の和菓子が、そこに込められた意味や物語も含めて現代に伝わっていることがわかるのが坂木司『和菓子のアン』（光文社文庫）だ。本書を読んで和菓子小説に興味を持たれた人は、ぜひ併せて読まれたい。

――が、やっぱりいちばん読みたいのは本書の続きだ。だってモチーフは和菓子なんだから、まだ登場していない和菓子がたくさんあるではないか。お糸と幸次郎はどうなるのか、叔父と兄弟の関係はどうなるのか、気になる展開も山盛りだ。伊勢屋や茂市、岡の話も読んでみたい。

だから思うのだ。「次を！」と。

田牧大和の小説は、読み終わるとすぐに続きが読みたくなる、と書いたのがおわかりいただけると思う。

甘いもんでもおひとつ？　いや、ひとつと言わず、ここはぜひともふたつめをお願いしたい。――と言ったら、なんと六月に第二弾が刊行予定というニュースが飛び込んできた。ほらね、やっぱり誰だって「次を！」と思う作家なのだ、田牧大和は。

（書評家）

オール讀物
四文の柏餅　二〇一〇年十一月号
氷柱姫　二〇一一年四月号
弥生のかの女　二〇一二年三月号
父の名と祝い菓子　二〇一二年九月号
迷子騒動　二〇一三年三月号
百代桜　二〇一三年七月号

単行本　二〇一三年十月　文藝春秋刊

DTP制作　ジェイ エスキューブ

文春文庫

甘《あま》いもんでもおひとつ
藍千堂《あいせんどう》菓《か》子噺《しばなし》

定価はカバーに表示してあります

2016年5月10日　第1刷

著　者　田《た》牧《まき》大和《やまと》
発行者　飯窪成幸
発行所　株式会社 文藝春秋

東京都千代田区紀尾井町 3-23　〒102-8008
TEL 03・3265・1211
文藝春秋ホームページ　http://www.bunshun.co.jp

落丁、乱丁本は、お手数ですが小社製作部宛お送り下さい。送料小社負担でお取替致します。

印刷製本・凸版印刷

Printed in Japan
ISBN978-4-16-790614-6

（　）内は解説者。品切の節はご容赦下さい。

杉本章子
春告鳥
女占い十二か月
江戸時代も占いは流行し、女性は一喜一憂していた。一月から十二月まで月ごとの風物を織り込みながら、江戸の女を生き生きと描き出す。切なくも愛らしい傑作時代小説。（遠藤展子）
す-6-16

祐光　正
思い立ったが吉原
ものぐさ次郎酔狂日記
ひょんなことから恭次郎は御高祖頭巾の女と一夜を共にする。江戸で噂の、男漁りをする姫君らしいが、相手の男は多くが殺されていた。媚薬の出所を手づるに、事件を調べる恭次郎。
す-18-2

祐光　正
地獄の札も賭け放題
ものぐさ次郎酔狂日記
金貸し婆さん殺しの探索で、賭場に潜入した恭次郎。宿敵の凄腕浪人・不知火が、百両よこせば下手人を教えると言うのだが。きまじめ隠密の道楽修行、第三弾のテーマはばくち。
す-18-3

田辺聖子
私本・源氏物語
「どの女も新鮮味が無うなった」「大将、またでっか」。世間をよく知る中年の従者を通して描かれる本音の光源氏。大阪弁で軽快に語られる庶民感覚満載の、爆笑源氏物語。（金田元彦）
た-3-45

滝口康彦
非運の果て
「異聞浪人記」映画化で話題の滝口康彦の傑作短編集。武家社会の掟に縛られる人間の無残と峻烈、哀歓の中に規矩ある生き方の厳粛を描いて読者を魅了する全六編。（宇江佐真理）
た-7-3

高橋克彦
蘭陽きらら舞
白い着物の裾からのぞく、赤い襦袢の艶やかさ——。女と見紛う美貌と役者仕込みの軽業でならす蘭陽が、相棒の天才絵師・春朗（葛飾北斎）と怪事件に挑む青春捕物帖。（ペリー荻野）
た-26-14

高橋克彦
源内なかま講
埋蔵されたままになっている二万両分の源内焼を掘り出さんと、自由の身となった源内は春朗、蘭陽と一路讃岐へ！　痛快なる探索行を描く、大人気だましゑシリーズ。（門井慶喜）
た-26-15

（　）内は解説者。品切の節はご容赦下さい。

高橋克彦
えびす聖子《みこ》
里に現れた鬼を追って、因幡の国を目指した少年シコオ。選ばれし仲間たちとともに試練を乗り越え、行き着いた先で彼らを待っていたものとは？　そして鬼の正体は？　（里中満智子）
た-26-13

高橋義夫
雪猫　鬼悠市 風信帖
松ヶ岡藩内きっての実力者、奏者番の加納を毒殺しようとしたのは誰か？　竹林で暮らす足軽にして藩の隠密・鬼悠市が真相に迫る。薫り高い文章にますます磨きがかかるシリーズ第五弾。
た-36-12

高橋直樹
曾我兄弟の密命　天皇の刺客《しかく》
日本三大仇討ちのひとつ、曾我兄弟の仇討ちの裏には、壮絶な策略が隠されていた。頼朝と兄弟の知られざる因縁と、勝者によって闇に葬られた敗者の無念を描く長篇小説。　（井家上隆幸）
た-43-6

高橋直樹
源氏の流儀　源義朝伝
頼朝、義経の父にして、清盛最大のライバルと目された男、義朝。心ならずも父や弟を手にかけ、関東を源氏の拠点として作り上げた悲運の御曹司が辿った波瀾の生涯。文庫書き下ろし。
た-43-7

田中啓文
チュウは忠臣蔵のチュウ
赤穂浪士の討ち入りは本当に義挙だったのか？　史実と思われているエピソードの大半はじつは講談からきているのだ。斬新な視点で忠臣蔵を読み替えたユーモア時代小説。　（旭堂南湖）
た-82-1

田中芳樹
蘭陵王
あまりの美貌ゆえに仮面をつけて戦場に出た中国史上屈指の勇将、高長恭（蘭陵王）。崩れかけた国を一人で支えながら暗君にうとまれ悲劇的な死をとげた名将の鮮烈な生涯。　（仁木英之）
た-83-1

高橋由太
猫は仕事人
時は幕末。江戸は本所深川に化け猫のまるは住んでいた。裏の仕事人稼業からは足をあらって、桜や三味線を愛でる駄猫ライフを満喫するはずだったけれど……。痛快新シリーズ開幕！
た-93-1

（　）内は解説者。品切の節はご容赦下さい。

綱淵謙錠
斬《ざん》
最も人道的な斬首の方法とは苦痛を与えず、一瞬のうちにその首を打ち落とすことである。"首斬り浅右衛門"の異名で罪人の首を斬り続けた一族の苦悩。第67回直木賞受賞作。（西尾幹二）
つ-2-17

津本　陽
宮本武蔵
十三歳で試合相手の頭蓋をかち割った少年は、時代に翻弄されながらも、剣の道を極めてゆく——。自身も剣の達人である著者が描いた凄絶なる歴史長編！（桶谷秀昭）
つ-4-68

津本　陽
龍馬の油断　幕末七人の侍
銃を持った龍馬はなぜ遅れをとった？　勝海舟、陸奥宗光、山岡鉄舟など、幕末維新にひと際光を放った七人の剣士たち。それぞれの剣の道を枯淡の筆致で描いた短篇集。（酒井若菜）
つ-4-69

東郷　隆
戦国名刀伝
無類の刀剣好きだった太閤秀吉は、権力にあかせて国中の名刀を手中にした。なかに「にっかり」という奇妙な名で呼ばれた一腰があった……。戦国名将と名刀をめぐる奇譚八篇を収録。
と-13-3

東郷　隆
洛中の露　金森宗和《かなもりそうわ》覚え書
大坂冬の陣の頃、京の片隅に庵を結び、静かに暮らす茶人がいた。飛騨高山城主の座をなげうち、茶道に突き進む金森宗和がめぐり合う、人の世の不思議の数々。連作歴史短篇集。
と-13-5

東郷　隆
本朝甲冑奇談
戦国乱世にあって、甲冑は単なる武具ではなく、武士たちが野望を誇示する究極の自己表現でもあった。信長や秀吉ら、武将たちの野望と出世、そして無念の死を抱えた六つの甲冑の物語。
と-13-6

鳥羽　亮
八丁堀吟味帳「鬼彦組」
裏切り
日本橋の両替商を襲った強盗殺人。手口を見ると殺しのほかは十年前に巷を騒がした強盗「穴熊」と同じ。だが昔の一味は、鬼彦組の捜査を先廻りするように殺されていた。シリーズ第4弾。
と-26-4

（　）内は解説者。品切の節はご容赦下さい。

鳥羽 亮
八丁堀吟味帳「鬼彦組」
はやり薬《ぐすり》
江戸の町に流行風邪が蔓延。人気医者・玄泉が出す万寿丸は飛ぶように売れたが、効かないと直言していた町医者が殺された。いぶかしむ鬼彦組が聞きこみを始めると——。シリーズ第5弾。
と-26-5

永井路子
炎環
辺境であった東国にひとつの灯がともった。源頼朝の挙兵、それはまたたくまに関東の野をおおい、鎌倉幕府が成立した。武士たちの情熱と野望を描く、直木賞受賞の名作。（進藤純孝）
な-2-50

永井路子
美貌の女帝
壬申の乱を経て、藤原京、平城京へと都が遷る時代。その裏では、皇位をめぐる大変革が進行していた。氷高皇女＝元正女帝が守り抜こうとしたものとは。傑作長編歴史小説。（磯貝勝太郎）
な-2-51

永井路子
山霧　毛利元就の妻（上下）
中国地方の大内、尼子といった大勢力のはざまで苦闘する元就の許に、鬼吉川の娘が輿入れしてきた。明るい妻に励まされながら戦国乱世を生き抜く武将を描く歴史長編。（清原康正）
な-2-52

南條範夫
暁の群像　豪商　岩崎弥太郎の生涯（上下）
土佐藩の郷士であった岩崎弥太郎は、いかにして維新の動乱期に政商としてのしあがり三菱財閥の基礎を築いたのか。経済学者でもある著者の本領が発揮された本格時代小説。（加藤　廣）
な-6-22

南條範夫
武家盛衰記
乱世を生きた戦国武将に欠かせぬ能力とは何か。浅井長政、柴田勝家、明智光秀、直江兼続、真田幸村ら二十四人の武将を冷静な視線で描く、現代にも教訓を残す戦国武将評伝の傑作。
な-6-24

中村彰彦
二つの山河
大正初め、徳島のドイツ人俘虜収容所で例のない寛容な処遇がなされ、日本人市民と俘虜との交歓が実現した。所長こそサムライと称えられた会津人の生涯を描く直木賞受賞作。（山内昌之）
な-29-3

（　）内は解説者。品切の節はご容赦下さい。

中村彰彦
われに千里の思いあり　上　風雲児・前田利常
前田利家と洗濯女の間に生まれ、関ケ原の合戦では、西軍へ人質に送られた少年は、のちに加賀藩三代藩主となる。前田家三代の波乱の人生。前田家三代の華麗なる歴史絵巻の幕開け。風雲児・利常
な-29-14

新田次郎
武田信玄　（全四冊）
父・信虎を追放し、甲斐の国主となった信玄は天下統一を夢みる（風の巻）。信州に出た信玄は上杉謙信と川中島で戦う（林の巻）。長男・義信の離反（火の巻）。上洛の途上に死す（山の巻）。
に-1-30

新田次郎
怒る富士　（上下）
宝永の大噴火で山の形が一変した富士山。噴火の被害は甚大で、被災農民たちの救済策こそ急がれた。奔走する関東郡代の前に立ちはだかる幕府官僚たち。歴史災害小説の白眉。（島内景二）
に-1-36

野村胡堂
銭形平次捕物控傑作選 1　金色《こんじき》の処女《おとめ》
投げ銭でおなじみ銭形平次。その推理力と反骨心、下手人をむやみに縛らぬ人情で難事件を鮮やかに解決。子分ガラッ八との軽妙な掛合いも楽しい名作を復刻。厳選八篇収録。注解付き。
の-19-1

野村胡堂
銭形平次捕物控傑作選 2　花見の仇討
「親分、大変《てえへん》だッ」今日もガラッ八が決まり文句とともに、捕物名人・銭形平次の元へ飛んでくる。顔の見えない下手人を平次の明智が探る表題作など傑作揃いの第二弾。（安藤　満）
の-19-2

野村胡堂
銭形平次捕物控傑作選 3　八五郎子守唄
惚れっぽいが岡惚ればかりでいまだ独り身のガラッ八に、まさかの〝隠し子〟が……？　江戸風俗と謎が交錯する表題作など八篇収録。時代小説ファン必読の傑作選最終巻。（鈴木文彦）
の-19-3

林　真理子
本朝金瓶梅　お伊勢篇
慶左衛門は江戸で評判の女好き。噂の強壮剤を手に入れるため、お伊勢参りにかこつけて二人の妾と共に旅に出たが……。色欲全開、豪華絢爛時代小説シリーズ第二弾登場。（川西政明）
は-3-34

（　）内は解説者。品切の節はご容赦下さい。

林　真理子
本朝金瓶梅　西国漫遊篇
すべての女を虜にする、江戸随一の色男・慶左衛門。伊勢参りで自慢のモノがついに回復、京都で大坂で金毘羅で、さあ色欲全快！　痛快エロティック時代小説。（柚木麻子）
は-3-42

蜂谷　涼
はだか嫁
美貌を見込まれ、大店に嫁いで十二年。夫が外で生ませた子を育てながら、舅姑とともに商売に精を出すおしの。幾多の事件を乗り越え成長した彼女の決断とは。長篇時代小説。（島内景二）
は-35-3

蜂谷　涼
紅ぎらい　献残屋はだか嫁始末
江戸の高級リサイクルショップ・仙石屋の暖簾を守るおしの。大地震の後、もと夫が妾と娘を連れて戻ってきた。女主人の座を狙う妾との女の戦が始まる。シリーズ第二弾。（井上由美子）
は-35-5

蜂谷　涼
月影の道　小説・新島八重
NHK大河ドラマの主人公・新島八重――壮絶な籠城戦に男装で参加、「幕末のジャンヌ・ダルク」と呼ばれた女性の人生を、女心を描いて定評ある著者がドラマティックに描いた長編。
は-35-4

葉室　麟
銀漢の賦
江戸中期、西国の小藩で同じ道場に通った少年二人。不名誉な死を遂げた父を持つ藩士・源五の友は、いまや名家老に出世していた。彼の窮地を救うために源五は……。（島内景二）
は-36-1

葉室　麟
花や散るらん
京で平穏に暮らしていた雨宮蔵人と咲弥。二人は朝廷と幕府の暗闘に巻き込まれ、江戸へと向かう。赤穂浪士と係り、遂には吉良邸討ち入りに立ち会うことになるのだが……。（島内景二）
は-36-3

葉室　麟
恋しぐれ
老境を迎えた与謝蕪村。俳人、画家として名も定まり、よき友人や弟子たちに囲まれ、悠々自適に暮らす彼に訪れた最後の恋。新たな蕪村像を描いた意欲作。（内藤麻里子）
は-36-4